Re:ゼロ
Re: Life in a different world from zero
から始める異世界生活

集った仲間たちを率い、
黒髪の少年——
ナツキ・スバルが叫ぶ。
「——俺たちは、最強っ!!」

「「「最強！　最強!!　最強――ッ!!」」」
一斉に上げられる
雄叫びが空を轟かせ、凄まじい闘気が
戦場へと燃え広がる。

囚われの『獅子騎士』

The Lion Knight in Captivity

ゴズ・ラルフォン
レム

「話しやせんよ、鬼面の御方」

瀟洒な印象の美声が紡がれ、
答えを拒否しながらも存在は肯定された。

「――バルロイ・テメグリフ！

何故、貴様が生きている！」

Re: Life in a different world from zero

The only ability I got in a different world "Returns by Death"
I die again and again to save her.

CONTENTS

Re：ゼロから始める異世界生活33

長月達平

MF文庫J

口絵・本文イラスト●大塚真一郎

第一章　『プレアデス戦団』

1

――世界で最も長い歴史を持つ大国、神聖ヴォラキア帝国。

その帝都ルプガナを舞台に、帝国軍と反乱軍との間で繰り広げられる一大決戦、それは随所で佳境を迎えつつあった。

白い雪の降る戦場に雲を纏《まと》った龍《りゅう》が舞い降り、赤々と燃ゆる炎が乱雲の如《ごと》く空を焼く。石塊《いしくれ》の人形たちと決死の覚悟の兵士たちがぶつかり合い、崩れた城壁を前に激突するは獣の豪腕と老獪《ろうかい》なる悪意――戦況は、一進一退に歪《ゆが》んでいく。

しかし、この瞬間、この刹那《せつな》、この戦場で最大の焦点は帝都の最奥――水晶宮《すいしょうきゅう》と呼ばれる、世界で最も美しい城から放たれた白い光だ。

城の全体に使われた魔水晶――魔石の中でも特に純度の高いそれが、内に溜《た》め込《こ》んだマナを増幅しながら対象を薙《な》ぎ払《はら》う戦略兵器『魔晶砲』。

ヴォラキア帝国の有する最大火力の砲撃であり、この大規模な戦いの趨勢《すうせい》を一発で決めかねない、文字通りの切り札であった。

「──魔晶砲の余力は限界で三度、だがこの戦場では一度しか切れぬ」

それが反乱軍を指揮し、帝都の攻略に采配を振るアベルの読み。

魔晶砲は国土防衛の要《かなめ》であり、先々のことを考えれば使い潰すなどありえない。そこに関しては、偽皇帝として帝都に居座るヴィンセントも同じ考えのはずだ。

──その、敵に対する絶対的な確信に、アベルはあえて名前を付けなかった。

その名前のない確信を根拠に、アベルは戦場に策を敷いた。一度きりしか撃てない代わりに、空撃ちさせなければ確実に敗北する切り札を撃たせるための策を。

貴重な戦力であるズィクル・オスマンとその部下たち、さらに立て直した各部族の主力を束ねた囮《おとり》を、『九神将』の一人、モグロ・ハガネと正面からぶつける策だ。

「──精鋭は囮に使う。敵は無視できない」

結果、魔晶砲の砲口は第三頂点へ向けられた。アベルたちはズィクルたちの犠牲と引き換えに、敵の切り札の空撃ちに成功する──はずだった。

「────」

刹那《せつな》、放たれた白い光が、黒い光に呑《の》み込《こ》まれるのを戦場の大勢が目の当《ま》たり《あ》にした。

魔晶砲の存在を知らぬものたちは何もかもが、知るものたちはその一撃が消失した原因が、一瞬の出来事に無数の疑問が生じ、時が奪われる。

それが想像の慮外だったことは、本陣で全てを目にしたアベルも例外ではない。

「──予定通り、打ち上げよ！」

「――っ」

「従え！　遅れれば、ズィクル・オスマンの死を招く！」

ただ彼が他のものと違ったのは、そこからの復帰が誰よりも早かった点だ。直面した現実を認め、アベルは硬直する本陣の兵たちへと鋭い声で指示を飛ばす。

多くの場合、戦場において必要なのは正しい判断よりも、速い判断だ。そして、その判断の先にあるものを掌握し、判断を正しいものへと変えること。

このとき、本陣に残された兵はいずれもズィクル肝煎りの優秀なものたちだった。元より、ズィクルの犠牲を前提とした作戦を知る彼らに、ズィクルの命を引き合いに出した指示は空々しく響いただろう。しかし、彼らは躊躇《ちゅうちょ》なく呑み込み、動いた。

「――――」

破裂音が鳴り響き、魔石砲が異なる二色の光を放つ魔石を打ち上げる。

相手も魔晶砲という切り札を切った。こちらも、同様に奥の手を繰り出す合図だ。

これにより、めまぐるしく戦況の変わる戦場に新たな風が吹く。だが同時に、アベルは自分が起こした風とは異なる、別の風が戦場を荒らした事実に目を凝らした。

魔晶砲の一撃、その消失とも無関係ではない、新風の発生源――、

「――西から盤面を動かそうとする貴様は、いったい何者だ？」

2

「……相手に閣下がおられる以上、魔晶砲への対策はあると考えてはいましたが」

まさか、被害を最小限に抑えるどころか、不発に終わらせる対策を用意するとは。

水晶宮《すいしようきゆう》の最上層から戦場を眺め、引き金を預けられた魔晶砲の無効化を見届けたベルステツ・フォンダルフォンは、滅多《めった》なことでは見開かない眼《め》を開かされていた。

帝国の切り札たる魔晶砲は、その存在が知られていても防ぎようのない戦略兵器。

故にベルステツは、敵対したヴィンセントが叛徒《はんと》の布陣を散らし、犠牲を覚悟で包囲戦を行う苦肉の策に出るものと推測した。事実、先走って壊走した烏合《うごう》の衆を取り込み、第三頂点に戦力を集めたのはその策の一環だと確信していた。

だからこそ、ベルステツは最大の被害を与えんと魔晶砲で第三頂点を狙ったのだ。

相手の思惑に乗りながらも最大戦果を得る。その上で戦場を仕切り直し、正しく雌雄を決する腹積もり――それが、魔晶砲の封殺で完全に目論見《もくろみ》を外された。

如何《いか》なる手法によるものか、帝国宰相であるベルステツすら予想もできない方法。たとえ玉座を追われようと、賢帝ヴィンセント・ヴォラキアは健在というわけだ。

「それ故に、私奴《わたくしめ》は心から惜しいと思うのですよ、閣下」

強者が尊ばれるヴォラキア帝国、その頂点にありながら暴力よりも知略で帝国を支配したヴィンセントの在り方は奇跡的で、武才に見放されたベルステツのようなものにとっての希望だった。仕え、支えることを誇らしくさえ思えていた。

ただ皇帝の務めを果たし、ヴォラキア帝国の栄華を守ることとさえしてくれたなら。

「戻ってなんとされますか、閣下……」

玉座に返り咲いたとて、その在り方を変えるつもりがないならば、皇帝の務めを放棄し続けるつもりなら、如何に優れたる皇帝だろうと玉座に在るべきではない。

それこそが、ベルステッツ・フォンダルフォンが皇帝に謀反《むほん》した理由の全てなのだから。

「ベルステッツ宰相！　あれを！」

不意に、ベルステッツの傍《そば》に控える兵の一人が声を上げた。

兵の視線を辿《たど》れば、戦場のはるか後方――おそらく、叛徒たちの本陣が敷かれているだろう地点の空に、魔石の放つ二色の光が見えた。何らかの合図だ。

ただし、前線の兵に向けたものにしては、音も光も弱すぎる。

「――予備戦力」

すぐに、それが戦場の内ではなく、外へと向けた合図だとベルステッツは気付いた。

だが、各地から集まった叛徒はすでに戦場に投入され、『九神将』が守護する城壁の攻防戦で損耗している。いったい、何が予備戦力として機能するのか。

予備戦力とは、ただ単に出し惜しんだ駒のことではない。

戦況を決定的に変えるために投入される、正しい意味での切り札であるべきだ。当然、それ相応の決定力が見込まれるものでなければ意味がない。

この状況で、叛徒《はんと》側の決定力として機能する余地があるのは――、

「まさか」

不意に過《よぎ》った可能性、それにベルステッツが糸のように細い目を西の彼方《かなた》へ向けた。

そのベルステッツの視界に飛び込んでくるのは、大きく左右に展開し、悠然と空を埋め尽くしながらやってくる影――ヴォラキア帝国が誇る空の覇者、飛竜の群れだ。

「――セリーナ・ドラクロイ上級伯ですか」

複数の飛竜に運ばせる豪奢《ごうしゃ》な飛竜船は、『灼熱公《しゃくねつこう》』たる上級伯の代名詞。

門外不出の技術と繰り手の才能なくして従えられない獰猛《どうもう》な飛竜、その使い手たる飛竜乗りを最も多く抱えた帝国最強の打撃力が、相手の用意した予備戦力の正体だ。

「さすが、我が帝国の上級伯……機を見るに敏、実に抜け目がない」

自領の抑えに回ると、此度《こたび》の帝都決戦への招集を拒んだ上級伯が敵に回った。その意味は大きい。相手がセリーナ・ドラクロイ上級伯ならなおさらだ。

現在、帝国軍の戦況の優勢には飛竜による制空圏の掌握が大きく寄与している。

それは『九神将』の一人であるマデリン・エッシャルトの功績であり、全ての飛竜は竜《りゅう》人《びと》たる彼女の意のままに動く。――ただし、『飛竜繰り』の影響下にある飛竜は別だ。

『飛竜繰り』の術式は竜人の命令に優先する。そして前述の通り、ドラクロイ上級伯は帝国で最も多くの飛竜乗りを有しており、空の勢力図が塗り替えられかねない。

「いえ、マデリン一将が『雲龍《うんりゅう》』を呼び出したなら、話は別です」

魔晶砲を打ち消された衝撃がありつつも、ベルステッツは戦場の把握を怠っていない。

帝都を守る星型の城壁、その五つの頂点で繰り広げられる戦いの中、天地の色さえ変わる常軌を逸した戦場に、強大な龍が舞い降りたとの報告があった。

――マデリン・エッシャルトの血族、『雲龍』メゾレイアが召喚されたのだ。

これまで頑《かたく》なに呼ぶのを拒んだ龍の参戦で、戦況は大きく変わるだろう。無論、それだけマデリンが追い込まれた証左であり、予断の許される状況ではない。

しかし――、

「多くの血を流さずして、得られる名誉はありはしませんぞ、ドラクロイ上級伯」

したたかに叛徒の方へ与《くみ》したセリーナ・ドラクロイ、彼女の判断と決断力にはヴォラキアの男として滾《たぎ》るものがある。だからこそ、ねじ伏せ甲斐《がい》があるものと――、

「――？」

そう考え、西の方角を睨《にら》んでいたベルステッツはふと気付いた。

ゆっくりと西の彼方からやってくる飛竜隊、そちらにばかり目を奪われていたが、西に起こった変化はそれだけではなかった。

――よくよく見れば、西にある丘陵に新たに展開する一団の姿がある。

一瞬、ドラクロイ上級伯の別動隊かと思われたが、どうやらそうではないらしいとすぐにベルステッツは考えを改めた。

理由は単純、その一団が掲げている旗だ。

ドラクロイ上級伯の家紋である、頬傷《ほお》のある飛竜のものでも、ヴォラキア帝国の剣に貫かれた狼《おおかみ》の国紋でもなく、全く異なる旗が掲げられている。

描かれているそれが何なのか、ベルステッはわずかに思案し、言った。

「――あれは、星？」

3

「おい、兄弟、どうすんだ⁉　完全に出遅れちまってんぞ⁉」

「グダグダ騒ぐな、トカゲ野郎……。シュバルツは取り込み中だ……！」

「だが、ヒアインの言にも一理ある。我々はどうする。このまま叛徒《はんと》に合流するのか？」

「うわぁ、あれ見えます、ボス？　右も左もわやくちゃしててまさしく天下分け目の大戦の様相！　これはどこへ参じるべきか胸の高鳴りがやみませんよ！」

「ええい、うるせぇ！　今、ものすごい感動シーンやってるとこだよ⁉」

わあわあと飛び込んでくる聞き慣れた声の嵐、それらを一喝し、ナツキ・スバルは最近すっかり、ナツキ・シュバルツの呼び名がしっくりくるのに危機感を覚える。

それでも、やはりナツキ・シュバルツはあくまで偽名でしかない。自分の本当の名前は『ナツキ・スバル』であるのだと、そう呼ばれて強く実感できた。

もっとも――、

「お前のそれ、俺の名前呼んでるって認識でいいんだよな？」

「うあう！　うあう、うあう、うあうー！」

「わかった！　わかったから鼻水付けるな！　ばっちぃ！」

縋《すが》り付《つ》いてくる金髪の少女――ルイにぐいぐいと顔を押し付けられ、涙と鼻水を浴びせられながら、しかしスバルは彼女を一思いに振り払えない。

予期せぬ別れのあとの再会というのもあるが、それ以上に重大なのは、ルイがスバルのためにしてくれたあれやこれやへの借りと、スバルが彼女にしたことの負い目だ。

仕方ないことだったと、そう言い訳することもできるだろうが。

「それをしたら、もう俺にお前と向き合う資格はないもんな」

「うー……」

スバルの背中に取りついて、額を押し当てながらルイがそう呻《うめ》く。

それが彼女なりの許しなのか、それとも再会を喜んでくれているだけなのか。ネガティブな感情ではなさそうだと、そうスバルは受け止める。

それから――、

「――ベアトリス」

ぎゅっと、腕の中に抱いた少女の名前を呼んで、スバルはその頭を柔らかく撫《な》でる。

ものすごいボリュームの巻き髪と華やかなドレス、戦場に不釣り合いなことこの上ない格好の彼女がここにいるのは、間違いなくスバルのためだ。

彼女が危うく、自分が消えかねないほどの無茶《むちゃ》をしたのも、きっと。

「──スバル」

だから、その彼女の唇が名前を呼んでくれて、スバルは安堵《あんど》を噛《か》みしめる。

やはり、自分の名前は『ナツキ・スバル』であるのだと、そう改めて──。

「──シュバルツ様、よろしいですか」

「うわう！」

実感の直後、不意打ち気味の耳打ちにスバルが飛び跳ねて驚く。思わず振り向くと、そこにいたのは見慣れた可愛《かわい》い顔──タンザだ。キモノ姿の鹿人《しかびと》の少女は、その内心が見えづらいいつもの無表情で、ベアトリスとルイに挟まれたスバルを見やり、

「お楽しみの最中に申し訳ございませんが、悠長にされている時間はないのでは？」

「悠長って、なんか刺々《とげとげ》しい言い方……」

「悠長にされている時間はないのでは？」

「ごめんごめん、悪かった！ ……タンザの気持ちもわかるよ。たぶん、この戦場のどっかにいるはずだもんな、ヨルナさんも」

冷たく無感情な声で刺してきたタンザが、そのスバルの言葉に「はい」と頷《うなず》く。

成り行きでスバルと一緒にいるタンザだが、彼女は元々、魔都カオスフレームの支配者であるヨルナ・ミシグレの従者だった少女だ。そのヨルナが同じ戦場にいるのなら、一刻も早く再会したいだろう。厳しい態度も、無理のない話だ。

「……スバル、この生意気な鹿娘は何なのかしら」

しかし、スバルの腕の中、身をよじったベアトリスがタンザを見据え、何となく不満げな声でそう言った。途端、タンザもくりくりと丸い目をベアトリスに向けて、

「タンザと申します。成り行き上、シュバルツ様の世話係をしておりました」

「ふうん、わかったのよ。ご苦労だったかしら。ここからはちゃんとスバルはベティーたちで引き取るから、もうお前はお役御免《ごめん》なのよ」

「引き取る、ですか？　失礼ですが、そのご様子で？　シュバルツ様に抱っこしてもらわなくては、まともに動くこともできないようですが……」

「ベティーを抱っこするのはスバルの生き甲斐《がい》だから、これでいいかしら！」

「待て待て待て待て、なんでケンカすんの⁉　幼女同士、仲良くしようよ⁉」

何故《なぜ》か険悪な雰囲気が勃発した二人に挟まれ、スバルは思わず声を裏返らせる。

その仲裁も空《むな》しく、タンザもベアトリスも視線の刺々しさが減らない。それどころか、二人に触発されたルイまで「うー！」と背中で騒ぎ出す有様だった。

思いがけず、三人の幼女に囲まれてスバルの進退が窮まるが――、

「――シュバルツ、本職の忍耐も無限ではない。君は知っているはずだな」

太く重苦しい声が頭上から降ってきて、文字通りの助け舟を出してくれた。ぬっと真上から黒い影がかかり、「みゃっ」と驚いたベアトリスが目を真ん丸にする。

ベアトリスが驚くのも無理はない。なにせ、丸太みたいな四本腕に怪物のような恐ろし

い顔つき——グスタフ・モレロの第一印象は、なかなかのインパクトがあるから。

もっとも、親しくなればグスタフがその第一印象と正反対の紳士であると知れる。剣奴《けんど》孤島の総督であり、本来ならスバルたちを捕らえる側だった彼は、現在はこうして堂々と島の外を往《ゆ》くスバルたちの協力者——否《いな》、頼もしい同志の一人だ。

そんなグスタフと他の仲間たちを見やり、ベアトリスが「スバル」と声を潜め、

「周りの連中はどこまで知っているのよ？　スバルが実は……」

「それが俺のサイズのことなら話すとややこしいんだ。だから、みんなには内緒で」

「——いいかしら。ベティーはスバルのパートナーだから、黙っててあげるのよ」

「大助かりだ。それと、これもしなくちゃだよな？」

パートナーと、自分の立場を主張するベアトリスに笑いかけ、その手を握る。ベアトリスの小さな手と、スバルの小さな手が指を絡めるように結ばれた。

途端、スバルは一瞬、目が眩《くら》むような虚脱感を味わう。が、最初の大きな波が引くと虚脱感は薄れ、次第にじんわりと柔らかな熱の受け渡しに変わる。

ずっと滞っていた循環が再開し、あるべき場所に戻った感覚がスバルを満たしていく。

「——。スバル、なんだか変かしら」

「うん？　そりゃ、お前の知ってる手と比べたらちょっとサイズが小さいから……」

「そうじゃないのよ。ベティーと離れ離れの間、マナが溜《た》まる一方だったにしても……」

不可解を確かめるように、絡んだ指に力を込めるベアトリス。長い睫毛《まつげ》を震わせ、考え

込むベアトリスの唇が、「多すぎる」と声にならない呟《つぶや》きをこぼした。

だが、それが何を意味するのか確かめるより早く――、

「――ヤバい、兄弟！　セシルスの奴《やつ》が先走った!!」

「ああん!?」

悲鳴みたいなヒアインの叫びに振り向くと、戦場に続く丘陵を砂煙が遠ざかっていく。

我慢を知らない聞かん坊が待ちかねて、飛び出していってしまった証拠だ。

勢いよく上がる砂煙の中に躍る青い後ろ髪が見えて、スバルは顔を覆って嘆息する。

「クソ！　まぁ、セッシーの手綱《たづな》が握れないのはわかってたことだ。――旗を！」

「ああ……！」

「心得ているぞ、シュバルツ」

暴走機関車の突発を追うべく発したスバルの呼びかけ、それに応えたヴァイツとイドラの二人がその場に旗を掲げ、旗を持った他の同志たちもそれに続く。

丘陵に集った一団を象徴する、幼稚で不細工な星の描かれた渾身《こんしん》の御旗《みはた》を。

「――タンザ、準備は？」

「はい。――プレアデス戦団、いつでも出られます」

深々とお辞儀するタンザと、並んだ仲間たちの姿にスバルはぐっと背筋を正した。

士気は上々、やる気は満々、目標は目の前となればあとはぶちかますだけ。

「セッシーも、さすがに俺の方針はわかってるはずだから……仕掛けるぜ、みんな！」

「「「おおおお――っ」」」

声が空気を、足踏みが地面を揺らし、その意気軒昂《いきけんこう》さにベアトリスとルイが驚く。

初めて聞くなら無理のない反応。しかし、もはやスバルにとっては耳どころか魂に馴染《なじ》んだ、戦いを始める前の大事な儀式だ。

「うあう？」

「いったい、何を始めるつもりかしら？」

合流したての二人に呼ばれ、スバルは「決まってるだろ？」と笑った。

体の奥底から湧き上がってくる昂《たかぶ》り、溢《あふ》れんばかりのそれを原動力に前に踏み出し、

「――俺たちプレアデス戦団の、開幕の舞台挨拶だ」

4

――ヴォラキア帝国において、魔法の存在は他国と比べて歴史的に軽視されてきた。

強者が尊ばれ、強いことが正義とされる帝国の流儀に照らし合わせれば意外な印象があるかもしれないが、それは帝国の人間の怠惰《たいだ》を意味するわけではない。

魔法の分野が拓《ひら》かれなかった背景には、別の技術が拓かれてきたという事実がある。

『魔法を使うより、ビュンって近付いて叩《たた》いちゃった方が早いときもあるでしょ？』

とは、とある少女の精霊術師にあるまじき見解だが、ヴォラキア帝国の一般的な帝国民

の魔法への認識も、それと似たり寄ったりなものだ。

それはヴォラキア帝国が魔法ではなく、武技の錬度を磨いてきた歴史に由来する。

これは誤解を招きやすく、なおかつ一般的に周知されていない事実だが、人の体に宿るマナの使い道は魔法だけに限らない。精霊術や呪術、一部の『ミーティア』の起動に用いられるように、戦士の武技――『流法《りゅうほう》』と呼ばれる技術にもマナは応用される。

常人とは比較にならない身体能力を有する存在、その大半が自然と習得しているのがマナによる肉体強化を行う『流法』であり、一流の戦士はこれを磨くことに生涯を費やすことで、英雄や英傑として歴史にその名を刻むのだ。

ただし――、

「ちゃっちゃっちゃちゃちゃちゃ！」

トン、と一足だけ爪先を地に着いて、次の瞬間には十数メートルの距離が消える。

傍目《はため》にその姿を追うものがいれば、まるで時間を盗まれたのかと錯覚するような一瞬だが、それは目の錯覚でも異常でもない。――異常なのは、その青い髪の少年だ。

直前の説明に倣えば、人域を踏み越えた少年の走りは『流法』を会得したものの動き。

しかし、幼い少年の内には血の滲《にじ》むような修練に励んだ積立ての一切が皆無。

――世界には稀《まれ》に、こうした存在がいる。

武芸の極みとさえ言われ、その習得に一生を費やす覚悟のいる『流法』を、生まれながらに無自覚に行使し、理《ことわり》に囚《とら》われるものたちを置き去りにするモノが。

「はいはいはいはいお待たせしました！　花形役者の御登壇《ごとうだん》！」

「な⁉」

そんな残酷な現実を蹴り足で置き去りに、少年は戦場に華々しく乱入する。

ずらりと仲間たちの並んだ丘陵を駆け下り、飛び込んだのは星型の城壁を奪い合う両陣営の真《ま》っ只中《ただなか》。赤い拵《こしら》えの東軍と、粗末な武装の西軍。睨《にら》み合《あ》う数十人ずつの小集団の小競り合いを最初の舞台に定め、少年が剣を振りかざしたものたちの隙間を掻《か》い潜《くぐ》る。

怒り、苛立《いらだ》ち、興奮、不安、色々が入り交じった天晴《あっぱれ》な舞台と見合った演者。戦場に突如現れた闖入者《ちんにゅうしゃ》に、すぐさま武器を向ける心意気にも拍手喝采——、

「——でも残念ながら役者が違う！」

雷鳴のような音が高らかに響いて、「か」と白目を剥《む》いた兵士が次々と崩れ落ちる。

すれ違いざまに首に手刀を打たれ、倒れる兵士は一度に八人。響いた音は一発限りのようでいて、その実、都合八発の手刀の音が重なった結果だ。

刹那《せつな》の攻防で信じ難《がた》い戦果、しかし少年は不満げに手刀を放った腕を振り、

「むむう、手刀も神速に達すれば首を落とせるかもと思いましたが……まぁ、うっかり死なせるとボスの心証が下がるので失敗も大成功ということにしておきましょう！」

只人《ただびと》と異なる価値観を口にし、少年が最初の一撃を締めくくる。そんな少年の言動に兵たちは敵味方なく息を呑《の》み、命懸けの鍔迫《つばぜ》り合《あ》いをしていた現実を忘れた。

誰もがその少年の存在感に呑まれ、時を、すなわち人生を彼に奪われていた。

「ううん、役者冥利《みようり》に尽きる眼差《まなざ》し……」

「お、お前……」

他人の人生を否応《いやおう》なく奪う。その実感に甘美な満足感を得る少年に、呑まれていた兵たちの一人が声をかける。大勢が倒れた東軍、それと対立する西軍の一人だ。

彼は倒れた兵たちを横目にしながら、少年の姿を上から下まで眺めて、

「どこの部族の奴《やつ》だ？　こっちの味方か？」

「ふむ、ふむふむふむ！　僕の所属ですか。それはなかなかいい質問ですね。いったい、どちらだと思います？　僕はあなたの敵か味方か！」

「な、なに……？」

「あ！　誤解しないでください。からかってるんじゃなくて真剣な答えなんです。なにせボスの話をよく聞いてなかったので誰が味方なのか皆目見当もつかないのです！」

「は？」

「なのでとりあえず露払いに両成敗していきますね」

目を丸くする兵士の驚き顔が横にブレ、次の瞬間には地べたと水平に倒れ込む。

へらっと笑った少年の姿が掻き消え、今度は先に打ち倒した東軍と反対の、西軍の兵士たちの足下へ滑り込み、猛然と彼らの足を刈り取ったのだ。

青い髪が躍り、鋭い打突音がまたしても響けば、戦士たちの意識は次々断ち切られる。

その苛烈なる暴挙、まさしく嵐の如《ごと》く――否《いな》、

「青い、雷《いかずち》……」

「おお、素晴らしい！　それ、僕が名乗ろうと思ってる異名ズバリですよ！」

衝撃に掠《かす》れた息をこぼし、その言葉を最後に戦士の意識が途絶える。

友好的な相手にも敵対的な相手にも、等しく暴力で応じるのが帝国流――などと言えば
この国の皇帝も眉を顰《ひそ》めるだろうが、誰も少年の暴挙を止められない。

そしてそれが、この帝国の流儀において最も正しいとされる行いなのだ。

「う、おおお――!!」

その小旋風を巻き起こす少年の脅威に、遅きに失した戦士たちが動き出す。

もはや帝国兵も叛徒《はんと》も区別なく、全員の意識がこの少年を止めることで一致した。それ
はある意味、この空間だけでも内乱を止めた偉業というべき場面だ。

しかし、彼らの勇気ある決断が、運命の女神に微笑《ほほえ》まれることはついぞなかった。

「ほいほいほいのほいほいほい」

身を傾け、刃《やいば》を避ける。踊るように下がり、拳打を避ける。股下を抜けて、斧撃《ふげき》を避け
る。矢を避け、槍《やり》を避け、牙を避け、盾を避け、避けて避けて避けて、よけてよけ
てよけてよけて、躱《かわ》して躱して躱して躱して、躱す躱す躱す躱す――。

「武器もなしに……っ」

「わかります。僕も得物があった方が見せ場に彩りが生まれると思うんですが半端なもの

は持ちたくない。一流は一流を知るというやつです。あ、これボスの受け売りですけど」

「ぼす……？」

「ええ。——我らが、プレアデス戦団の親玉ですよ」

振るわれる殺意と敵意を難なく躱しながら、そう自慢げに少年が笑みを深める。少年の口が語った聞き慣れない単語に、戦士たちは得体の知れない恐怖に襲われた。

自分たちはいずれも、この帝国の趨勢《すうせい》を決めるための戦いに命を懸けにきたはずだ。にも拘《かかわ》らず、目の前でこちらを翻弄する少年はその所属もわからなければ、力量の底も言動の真意も何もかもわからない。

何もかもわからないのに、何もかもが少年の思うがままのようで——、

「「「——っ!!」」」

——次の瞬間、はるか遠くの丘陵の方角から、凄《すさ》まじい雄叫《おたけ》びが聞こえてきた。

その混沌《こんとん》の中、「ひっ」と思わず身を竦《すく》めてしまった戦士をいったい誰が責められようか。

故に、声を上げた以外の戦士たちにも、動揺と混乱は波紋のように広がった。

少年の口元の笑みがより大きくなったのは、戦士たちの怯《おび》えた様子を嘲笑《あざわら》ったからではなく、もっと端的な理由だ。

隠し切れない期待と高揚、そしてわかりづらくも含まれた確かな信頼——、

「さて、まず第一の見せ場ですよ、ボス。——派手に決めてくださいね」

5

――ここで一つ、『魔法』に関する残念な事実を語らなくてはならない。

ヴォラキア帝国では魔法の技術が発展せず、身体的な武技や『流法《りゅうほう》』の技術ばかりが磨かれてきた背景は説明したが、それとはまた別の問題――この世界における、六つの属性に分類される魔法体系の中、『陽魔法』と『陰魔法』が軽視されている現実だ。

熱量を操作し、炎や氷を生み出す火属性。

生き物の生命力に干渉し、傷や病の治療を促し、命を救う水属性。

大気に干渉することで環境を整え、時には危険地帯の生存圏すら確保する風属性。

大地の力を操り、土地を肥やすことも飢えさせることも可能とする地属性。

それぞれ使用感をイメージしやすい属性と並んで、陰陽の両属性は基本的に、人体の機能を向上、あるいは低下させる効果があるというのが一般的な認識だ。

厳密には誤った理解であるのだが、そうしたイメージが定着していることが、今日、陰陽二つの属性の研究が進んでいない大きな要因でもある。

そして意外かもしれないが、とりわけ、外れや役立たずといった不遇な評価を受け続けているのが『陽属性』――対象の能力を強化する系統の力なのだ。

能力を著しく向上させると聞けば、その評価に首を傾《かし》げたくなるものも多かろう。

だが、陽魔法の効能には無視できない致命的な欠陥が存在した。

例えば、陽魔法で強化された戦士が戦場でどれだけ活躍できるかと言えば、大抵のものが為《な》す術《すべ》なく敵にやられる。理由は単純で、強化された肉体を扱い切れずに持て余し、実力以上の力を発揮するどころか、本来の実力さえも発揮できなくなるためだ。

戦場へ赴く戦士とは日々肉体を鍛え、自分の技量を信頼し、そこに命を託すものだ。

しかし、陽魔法の効果はそうした本来の自分を捨てさせ、未知の自分を戦場へ送り出すこととなる。結果、多くの戦士が味方の陽魔法が原因で敗死した。

また、陽魔法の効果は使い手の技量、その日のコンディションにも大きく影響され、安定した効力を発揮する保証がまるでない。

かつて、ヴォラキア帝国にも陽魔法の効力に着目し、最強の兵団を作り上げようとした皇帝がいたが、その皇帝が帝国史に残した名が『大敗帝』だ。

そうした歴史的事実からも陽魔法の信頼は地に落ち、あらゆる智謀《ちぼう》を巡らせるヴィンセント・ヴォラキアですら、陽魔法の運用は検討の余地なしと切り捨てている。

これはヴォラキア帝国に限った話ではなく、魔法の研究が最も進んだルグニカ王国においても同じ結論——個人レベルでの運用はともかく、集団戦での陽魔法の運用は夢物語でしかない。それも、出来の悪い悪夢に類する夢物語だと。

それが今日まで、陽魔法が不遇な扱いを受け続ける残念な現実である。

——しかし、何事にも、例外は、ある。

「やるぞ、お前らぁ——っ!!」

大きく息を吸い、まだ高い少年の声が、戦場を遠くに望む西の丘陵で張り上げられる。

その少年を中心に、丘の上に横並びに展開している戦士たち——数千を下らない一団で次々と掲げられるのは、集団の統一と志を表すための旗。

描かれる星を象《かたど》ったシンボルは、貴族の家紋でも帝国の国紋でもなく、ただ己の心がどこに置かれているのかを証明するための、全方位に向けた宣戦布告。

御旗《みはた》に集った集団は誇張なく、帝国の大地に生きるあらゆる種族が轡《くつわ》を並べている。

ただでさえ多数の種族が混在して暮らすヴォラキア帝国でも、種族の垣根を超えて協調が成り立つ関係は少ない。数少ない例外の都市として機能したのが魔都カオスフレームであり、この帝都包囲戦においても叛徒《はんと》たちに協調の意識は皆無だった。

だが、この一団は違う。

同じ目的のために、ただ同道するという在り方ではない。それでは同じ志を示すための旗の下に集うことはできない。

目的が同じなのではなく、志が同じであるのだ。

それ故にこの集団は——否《いな》、『プレアデス戦団』は戦場を吹き抜ける新風となり得る。

それらの旗の下、集った仲間たちを率い、黒髪の少年——ナツキ・スバルが叫ぶ。


「——俺たちは、最強っ!!」

「「最強！　最強!!　最強――ッ!!」」

一斉に上げられる雄叫《おたけ》びが空を轟《とどろ》かせ、凄《すさ》まじい闘気が戦場へと燃え広がる。

叫んだスバルの腕に抱かれるベアトリスが絶句し、しがみつくルイの爪が痛いぐらい背中に食い込む。だが、驚いているのは二人の少女だけ。

何千といる仲間たちは誰一人、この雄叫びに異を唱えない。

「――俺たちは、無敵っ!!」

「「無敵！　無敵!!　無敵――ッ!!」」

ヒアインが、ヴァイツが、イドラが、グスタフが、オーソンたちが、ヌル爺《じい》さんが、レックスがミルザックがカシューがモイゾがディロイがクリグキンがコドローがフェンメルがジョズロが、タンザが、大きく吠《ほ》える。

地面を踏みしめて大地が揺れ、揺れがさらなる揺れを呼び、戦意を鼓舞する。

胸の奥が、熱い。

熱くて熱くて、頼もしくてたまらないものが、この全身を駆け巡る。

その、熱くて頼もしくてたまらないモノを舌の上に乗せて――、

「──運命様ぁぁ!!」

「「「上等！　上等!!　上等──ッ!!」」」

そう声を揃《そろ》えて叫んだ一団、全員の視線が正面へ、丘陵の下の戦場へ向いた。

そして──、

「──いくぞ」

6

空が、地面が、世界が揺れる感覚が、第四頂点を守る帝国兵たちへ迫りくる。

丘陵を駆け下りてくる旗を掲げた集団、所属不明のものたちと相対する瞬間を目前とされ、西の城壁に配置された将兵の多くが混乱に身を硬くした。

だが──、

「狼狽《うろた》えるな！　我らは皇帝閣下より、帝都守護を命じられた剣狼《けんろう》の群れだ!!」

気迫で負けてなるものかと、帝国二将『虎狩』グッダ・ディアルモが踏みとどまる。

一瞬、敵の唐突な出現と士気の高さに驚きこそしたが、飛び道具の効果はそこまでだ。

第四頂点の守護に立つグッダと部下たちは、すぐさま心身を立て直す。

元より、この帝都決戦の戦場において、グッダたちの損耗は最も少ない。それは第四頂点の守護者として君臨した、『悪辣翁《あくらつおう》』オルバルト・ダンクルケンの功績だ。

「そもそも、ここに届くまでに相手の足を刈っとくのがお約束じゃろ。水でも武器でも、なきゃ戦えねえもんを断つのが戦の定石じゃぜ」

他の頂点と比べ、敵の攻勢が圧倒的に弱い理由を述べた『悪辣翁』には、味方でなかった場合を想像する将兵の背筋を冷たくする残酷さがあった。

しかし、そんなオルバルトも、他の頂点が抜かれかけているとなれば、帝都守護の役割を果たすため、そちらへ駆け付けなくてはならない。

故に、現在の第四頂点は帝国最高戦力である『九神将』を欠いた状態にある。

オルバルトの置き土産である、彼の鍛えた超人たるシノビたちには、押し寄せる一団の頭上からやってくる飛竜隊を押さえてもらわなくてはならない。

シノビの有する術技の数々が、強力な飛竜隊に抗する唯一の手段なのだ。

そして、猛然と駆け込んでくる一団に対しては――、

「――こちらの全霊を以《もっ》てお相手する！」

言いながら、グッダ・ディアルモは『虎狩』の異名の代名詞――かつて、帝国の街々を荒らしに荒らした虎人《とらびと》の集団、それを根こそぎに打ち砕いた二本の金棒を手に、颯爽《さっそう》と部下たちの先陣を切って走り出した。

「迎え撃つぞ!!」

砲撃のような野太い声を上げ、グッダの巨体が地を蹴り、敵の群れへ迫る。

その背に続く部下たちを引き連れ、グッダは星の旗を掲げた叛徒《はんと》たちの先頭——地鳴りを起こしながらやってくる一団の前を往《ゆ》く、一頭の赤い疾風馬《はやうま》を見た。

目を引くのは、その疾風馬の手綱《たづな》を握る男——ではない。男はあくまで馬の繰り手に過ぎず、見るべきはその男に抱えられるように疾風馬に跨《また》がる小さな存在だ。

——その腕に少女を抱いた黒髪の少年の黒瞳が、真《ま》っ直《す》ぐグッダを射抜いてくる。

場違いに思える組み合わせでありながら、その位置にいるのが当然とばかりに突っ込んでくる少年の姿に、グッダの脳裏を『黒髪の皇太子』の呼び名が過《よぎ》った。

「——ッ」

開戦前に流布された下らぬ流言、叛徒たちは馬鹿げた噂《うわさ》を利用して、愚かにも皇帝閣下に逆らう自分たちに大義があるかのように見せかけた。

皇帝閣下を討つべく、賢帝の血を継ぐ『黒髪の皇太子』が叛徒を率いていると。

だが、帝都防衛の役目を負った『将』たちは——否《いな》、将兵は揃《そろ》って心を決めている。黒髪の子どもの真贋《しんがん》など興味はない。仰ぐべき皇帝は、ただ一人と。

「——ヴィンセント・ヴォラキア皇帝へ仇《あだ》なす、賊徒共めがぁ!!」

二振りの超重量の金棒を振り回し、正面、赤い疾風馬を駆る少年と、それを追ってくる賊徒の一切を薙《な》ぎ払《はら》わんとグッダが渾身《こんしん》の一撃を放つ。打ち下ろされる金棒の衝撃音は凄《すさ》まじく、軟弱な鼓膜を爆《は》ぜさせるほどの威力があった。

グッダの太い腕にも会心の手応え——しかし、そのグッダの目が見開かれる。

「シュバルツを守るのが、本職の今の務めなのでな」

グッダ以上の巨体と、太くたくましい四本の腕、それが手にした大盾でこちらの金棒の一撃——否、二撃を真正面から受け止めていた。

多腕族の身体能力、それを加味しても驚異的な光景にグッダの喉が詰まる。

その、一瞬の停滞へ滑り込んで——、

「そして……シュバルツの敵を叩《たた》きのめすのが、オレの役目だ……！」

勇ましく、強い自負と誇りに彩られた声が、グッダの胴体を痛烈に一撃する。「か」と苦鳴をこぼすグッダの体が、全身に刺青《いれずみ》を入れた男の大槌《おおつち》で打ち上げられる。

体格も技も、明らかにこちらの方が上なのに、何故《なぜ》自分が——自分たちが打ち負ける。

「「「おおおおお——っ!!」」」

たとえ目の前でグッダの首が刎《は》ねられようと、それでも戦意を喪失しないだけ部下を鍛え上げた。その自負があるからこそ、眼下の光景が信じ難《がた》かった。

吹き飛ばされるグッダに続いて、部下たちも為《な》す術《すべ》なく叛徒の群れに打ち砕かれる。

あまりにも、あまりにも受け入れ難いその光景は、『将』としてのグッダ・ディアルモの自負も、誇りも矜持《きょうじ》も、何もかもを蹴散らし——、

「——馬鹿げてる」

そう、歴戦の『将』をして、悪夢を呪うような言葉しか漏らせなかったのだった。

7

——何事にも、例外はある。

その例外こそが、猛将である『虎狩』グッダ・ディアルモと、彼の鍛えた精強なる帝国兵を打ち砕いた、脅威の素人集団『プレアデス戦団』だ。

彼らに鍛えた技はなく、彼らに優れた武具はなく、彼らに確固たる大義もない。

彼らにあるのは強い、本当に強い結束の意志と、何があろうと引くことはしないと決めている己自身への誓いぐらいのものだった。

そしてそれこそが、プレアデス戦団を異常な集団に仕立て上げたカラクリだ。

陽魔法の欠点について、長々と講釈した事実を覚えていようか。

術者の技量や体調で効果が増減し、多くの戦士に本来の実力を忘れさせる。あの賢帝、ヴィンセント・ヴォラキアですら有用性を見出《みいだ》せなかった欠陥魔法。

しかし、もしも仮に、数百を超える兵力の全員に一律同じ効力の強化が施され、なおかつ全員が元々の戦闘力とのギャップに苦しまない素人の集まりで、肝心の陽魔法の使い手も数を揃《そろ》える必要がない。——そんな、奇跡のような条件が満たされたなら。

それは、ヴィンセント・ヴォラキアが聞けば鼻で笑って切り捨てる夢物語。

この戦時下、この状況、この事態でしか成立しないとさえ言い切れる偶然の塊。

ナツキ・スバルを——否《いな》、『ナツキ・シュバルツ』を自分たちの中心と認めて、心から彼に仲間と思われ、心から彼を仲間と信じるものだけが巻き込まれる奇跡。

――スバル個人にかけられた陽属性の身体強化を、『コル・レオニス』の効果で、共に行動する戦団の仲間たち全員に共有する。

本来、傷を、負担を分け合うことを目的とした『小さな王』の力を悪用し、王一人では持て余すだけの力を、王を支える仲間たちと一緒に使う。

そして、いったい誰がスバルに陽属性の強化をかけているかと言えば、全員だ。

「「「最強！　最強!!　最強――ッ!!」」」

張り上げられる雄叫《おたけ》びがもたらす昂揚《こうよう》感、それが陽魔法に類する効果を発揮する。

――本来、『ウォークライ』とはただの雄叫びに過ぎない。

何がしかの勝負に挑む己を、味方を鼓舞するための単なる気休めだ。心の退路を断ち、勇気を奮い立たせるための魔法の言葉。――それがこの世界において、ナツキ・スバルを中心に本物の『陽魔法』としての効果を発揮する。

故に、プレアデス戦団は――、

「――愛してるぜ、みんな!!」

ナツキ・スバルと共に往《ゆ》く、数千人の『素人』を無双の軍勢へと作り変え、この帝都決戦の戦場を荒らす新風として暴れ始めた。

「……信じられないかしら」

と、猛然と敵勢へ飛び込み、身構える帝国兵を粉砕する素人集団の破壊力に、疾風馬《はやうま》の背で揺られるベアトリスは絶句する。

躍動する疾風馬の手綱《たづな》を握るのは、イドラと呼ばれた冴《さ》えない髭《ひげ》の男で、その手前にベアトリスを抱いたスバルが、背にルイを引っ付けた状態で不細工に乗馬している。

そんな締まらないスバルを旗頭にした一団が起こした、世界的に前例のない奇跡——数千人に上るプレアデス戦団全員が、『流法《りゅうほう》』を会得したに近い戦闘力を発揮するのだ。


「「無敵！　無敵!!　無敵——ッ!!」」


五感を研ぎ澄まされ、身体能力が跳ね上がり、肉体の頑健さは鋼の如《ごと》く、思考力や反応速度が著しく上昇した彼らは、一人一人が一騎当千の怪物と化した。

そんな規格外の戦団を前情報なく受け止めた帝国兵の戦列は、まるで熱した鉄を当てられた氷のように為《な》す術《すべ》なく溶けていき、敵陣に巨大な穴が開く。

しかし、ベアトリスの驚きはそれにとどまらない。

「——ぶっ飛ばしても死なせるな！　やり合っても勝てねぇって思わせろ！」

「「おお——!!」」

「「わかってるぜ、ボス！」」「「オレたちが、あんたに救われたのと一緒だ!!」」

　これだけ大勢が命懸けでぶつかり合う戦場で、先陣を切るトップからの不殺宣言。

　それを馬鹿げた話と、子どもの戯言《たわごと》だと笑うものはいない。先頭を往《ゆ》く自分たちの旗頭の言葉を実現するべく、彼らは命ではなく、戦意を奪うことで戦場を支配する。

　繰り出される攻撃が次々と帝国兵たちを打ち倒していくが、量産されるのは死者ではなく、心身共に戦意をへし折られた負傷者の山だった。

　生かしておけば、敵は倒れた仲間の救援に手を割かれるという戦術的判断――などではない。ただ単に、ナツキ・スバルが死者を出す勇気がないだけの話。

　その臆病なだけのスバルの希望が、プレアデス戦団の圧倒的な力に叶《かな》えられていく。

「スバル、どこまで考えてやっているのよ!?」

「え？　ああ、騒がしくて悪い！　でも、こうやってみんなででっかい声出して、やるぜやるぜやるぜってなってるとすげぇ気持ちが盛り上がるんだよ！」

「～～っ、馬鹿げてるかしら！」

　図らずも、この戦団の規格外さを最初に味わった『将』と同じ結論をベアトリスも口にする。だが、責められる謂《いわ》れはない。そう言いたくなって当然だ。

　今のスバルの答えで、ベアトリスは理解してしまった。――スバルは、そして周りの連中は、誰一人この状況を作り上げた奇跡の価値に気付いてもいない。

　ただ、思い切り声を出して戦ったら力が湧くなんて、そんなわけのわからない理屈を武器に、かつて『魔女』エキドナさえ理論化を諦めた空想を実現している。

そして、ベアトリスは知る由もないことだが、世界全土を見渡しても、それを可能とするのは『小さな王』の権能を有するナツキ・スバルだけなのだ。

「それでこそ……」

「うん？」

「それでこそ、ベティーのパートナーなのよ！」

他の誰にもできないことをやってのけるナツキ・スバルの腕の中、ベアトリスは枯渇しつつあったマナを供給されながら、理論とか理屈とか、それを全部投げ捨てた。

大事なことは、ナツキ・スバルがここにいて、彼のために自分に何ができるのか。

「お前たちみたいなぽっと出に、ベティーが後れを取るわけにいかないかしら！」

「うー！　あうー！」

周りを固める戦団に負けん気を発揮すると、同じ馬上のルイも高い声を上げる。

癪《しゃく》だが同じ気持ち、同じ思いを抱いているなら、やることは明白――プレアデス戦団の一人として、過剰に高まる自らの力にベアトリスは身を任せる。

こんなにも晴れ晴れしい気持ち、早くエミリアたちにも味わわせてあげたい。

「――エル・シャマク」

そんな愛《いと》おしい気持ちを抱いたまま、ベアトリスは容赦なく、敵陣の粉砕に貢献した。

8

そのプレアデス戦団の破竹の快進撃は、本陣のアベルの耳にも即座に届いていた。

もっとも、その時点ではプレアデス戦団の名称は届かず、西の方角から現れた集団が第四頂点へと攻め込み、喰《く》らい尽くす勢いで防衛線を崩壊させた報告に留《とど》まったが。

ともあれ――、

「――やれやれ、切り札登場とばかりにやってきたというのに、我々の見せ場が奪われてしまったな。実に痛快だ」

勇ましい声を本陣に響かせ、その顔に刀傷を刻んだ美貌が好戦的に笑う。

現れたのは、高貴な身分にそぐわない、荒くれ者の好みそうな装束に身を包んだ女傑、ヴォラキア帝国有数の上級伯の一人――『灼熱公《しゃくねつこう》』セリーナ・ドラクロイだ。

反乱軍の本陣に堂々と足を踏み入れた彼女は、此度《こたび》は皇帝の側ではなく、叛徒《はんと》に与《くみ》した体制への反逆者――そして、アベルの用意した切り札の一枚だった。

そのセリーナの訪問に、彼方《かなた》の戦場を眺めたままアベルは腕を組み、

「貴様の援軍の肝は飛竜隊であると、そうこちらは認識していたが？」

「安心しろ。私の方も自軍の最精鋭が飛竜隊だという事実は変えるつもりがない。今、戦場の目を奪っているあれらは予想外の代物だ」

「貴様の手のものではないと？」

「寄ってくるなら傘に入れなくもないが、生憎《あいにく》とあのものたちが仰いでいるのは一人だけのようでな。こちらには見向きもしないときたものだ」

答えながら、長い足で歩くセリーナの姿がアベルの隣に並んだ。

彼女はその切れ長な瞳でアベルの顔を窺《うかが》い、鬼面に覆われた面貌に目を細める。

「よもや、顔を隠したものとは手を組めぬとでも？」

「そう退屈なことを言うつもりはない。化粧で本心を押し隠す輩《やから》も、面で素顔を隠す輩も大差ないだろう。隠す理由が傷だとしたら、私ほど派手ではあるまいと返すがな」

「理由は語らぬが、この面は手傷が理由ではない。必要あってのものだ」

「そうだろうさ。必要でないことはしない主義だと、文からもそう読み取れた。実際にこうして言葉を交わして、よりその印象は深まったぞ」

腰に手を当てて猛々《たけだけ》しく微笑《ほほえ》み、セリーナがアベルをそう見定める。

鬼面の『認識阻害』の効果は、本来のアベルとセリーナとの間にあった面識をも覆い隠す。故に彼女はアベルの正体に気付かないが、アベルも彼女を高く評価していた。

苛烈で先進的で、必要とあらば皇帝へ噛《か》みつくことも厭《いと》わない帝国流の化身――そんな彼女だからこそ、この決戦のための伏せ札の役割を任せられたのだと。

「それはつまり、私のような物好きは他にいない、という評価か？」

「引き込むための材料をどう用意するかという思案は必要だった。だが、貴様を選んだ最大の理由は、引き入れることで戦の勝算を上げるためだ」

「帝都から冷や飯を食わされている私の飛竜隊を、そうまで評価してもらえるとはな」

肩をすくめたセリーナ、その内心は態度と裏腹に腸《はらわた》が煮え繰り返っているだろう。

ドラクロイ上級伯の有する飛竜隊は帝国最強の呼び声も高く、帝国流を奉じるセリーナの矜持《きょうじ》の源だ。たとえ、ドラクロイ領出身のものが悪事を働こうと――それこそ、皇帝の暗殺未遂に加担したとしても、その力量は称賛されて然《しか》るべきというほどに。

だからこそ――、

「貴様は此度《こたび》の誘いに乗った。戦場の空を支配する飛竜……竜人《りゅうびと》であるマデリン・エッシャルトに従うあれらを退け、制空圏を奪ってみせよ」

「実はお前からの魅力的な提案だけが誘いに乗った理由ではないが……それを果たすのも私にとって大事なことだ。――あの賑《にぎ》やかな援軍に見せ場を取られるのも癪《しゃく》だしな」

賑やかと、そう評した一団の暴れる戦域にセリーナが目を向ける。彼女と同じ方に視線をやり、アベルは鬼面の奥の瞳を細めた。

想定外の戦力、予想の外側からの干渉。――正直、自分の組み立てた道筋を外れるのなら、たとえ戦況が有利に運ぶとしても歓迎はできないが。

「あれらは帝都の西を騒がせていた戦団だそうだ。耳には入っていただろう？」

「入ってはいた。だが、勢力としての目的が読めなかったのと、最後に報告された位置からして間に合わぬと判断し、故に戦力に計上しなかった」

「なら、あれらはお前の予想を覆したということだ。聞くところによると、この戦場に間に合わせるために昼夜を問わず走り続けたそうだぞ」

「――。理屈は理解できても、現実味のない行動だ。一日にどれだけ走れば間に合う。挙句、間に合わせても離脱者が多すぎて戦えるはずがない」

当たり前だが、集団の数が増えれば増えるほど、移動するだけでも労力は絶大だ。

大軍を維持する兵站《へいたん》、補給、戦闘と無縁の時間が過ぎるほどに狂奔は覚めていき、積み重なる疲労は容易《たやす》く戦意を奪い、掲げられた旗から心は離れていく。

そうしたものを戦場へ連れてくるのは並大抵のことではなく、そうしたものが戦場へきたところでまともな戦働きができるはずもない。

だが――、

「では、お前にはあれが士気の低いものたちの戦いに見えるのか？」

そうセリーナに問われれば、アベルは自分の目で見たものを否定しなくてはならない。

遠目に見える西の戦場、そこで暴れる一団の戦いぶりは常軌を逸していた。あれを指して自説が絶対と嘯《うそぶ》くのは、現実の見えていない愚か者の妄言であろう。

「率いているのは、皇帝閣下の落とし胤《だね》と噂《うわさ》される『黒髪の皇太子』の一人だそうだ。笑い話と思っていたが、案外、本物のように頭角を現すものもいる」

「――。そういうことか」

「うん？」

たなびく土煙を遠目に、目を細めるアベルの思考がカチッと音を立てて嵌《は》まった。

自分の知る話をしただろうセリーナは、アベルの言葉に首を傾《かし》げる。が、アベルは彼女の疑問の声には応じず、ただ自らの内で芽生えた納得に片目をつむる。

異常な士気の高さとまとまりで、辿《たど》り着《つ》けないはずの距離を踏破し、この戦場に猛然と土足で上がり込んできた集団――その背景に、合点がいった。

「――ようやく、己の力をまともに使う気になったか」

そうであれば、西の地から決戦に間に合わせた一団の結束も頷《うなず》ける。そしてそれは間違いなく、水晶宮《すいしょうきゅう》で待ち受ける偽の皇帝にとっても想定外のはずだ。

その『黒髪の皇太子』が、噂に相応《ふさわ》しい能力の持ち主――少なくとも、そうであることを演じ切れるだけの輩《やから》であるなら。

「西の戦場にこちらから手を加える必要はない。だが、依然として突くべき急所は第三頂点だ。手を緩めるつもりはない。――ドラクロイ上級伯」

名を呼ばれ、セリーナは「わかっている」と頷いた。

それから彼女はアベルの視線の先、飛び交う飛竜が支配する空を見やりながら、

「野生の飛竜と訓練された飛竜乗りとの差を、荒々しく不躾《ぶしつけ》な竜人《りゅうびと》を重用する皇帝閣下の御目《おめ》にかけるとしよう」

そう、件《くだん》の皇帝の本物が隣にいるとは微塵《みじん》も思わずに、野性味のある笑みを浮かべて請け合ったのだった。

9

――己の飛竜隊の実力を見せつけんと、『灼熱公《しゃくねつこう》』旗下の飛竜乗りが空へ上がる。

凶暴な本能のままに暴れ、空から戦場を支配していた飛竜たちへと、理性ある飛竜乗りたちの攻撃が迫り、熾烈《しれつ》な戦いが始まった。

不運にも、飛竜の多くはその初撃に対応できず、翼を破られて地上へ落ちる。それを免れた竜たちも、連携と無縁の稚拙な反撃に出ては返り討ちに遭う悲劇に見舞われた。

これが野生の世界なら、不利を悟った時点で飛竜たちは空から逃れただろう。

しかし、哀れにも飛竜の群れは撤退しない。空を死守し、命尽きるまで戦い続けるよう命じられた。――上位種たる竜人《りゅうびと》、マデリン・エッシャルトによって。

飛竜たちはそれに逆らえない。無論、新たな命令が上書きすれば話は別だが、戦況を理解した上位種が適切な命令を下してくれる期待はできなかった。

何故《なぜ》なら――、

『――我、メゾレイア。我が愛し子《いとご》の声に従い、天空よりの風とならん』

「――アイシクルライン!!」

両手を振るい、その手で白い世界に氷の線を引き直したエミリアが跳躍する。

直後、寸前までエミリアのいた雪の降り積もる大地を尾が薙《な》ぎ払《はら》い、一瞬で地面が剥《は》がされ、雪が蒸発——雲を纏《まと》った白い巨体、その所業にエミリアは唇を噛《か》む。

「メゾレイア……！」

白い鱗《うろこ》に荘厳な顔つき、地上に舞い降りた世界最強の生命体『龍《りゅう》』——それはマデリン・エッシャルトが呼び寄せた、彼女を手助けするとんでもない助《すけ》っ人《と》だ。

その強大さを前にすると、さしものエミリアも思わず心が竦《すく》みそうになる。

「でも、他のみんなのところにはいかせないから」

うんと勇気を奮い立たせ、エミリアは引き直した氷の線上に氷壁を立ち上がらせる。

それは帝都の城壁には及ばないものの、空を飛んでいるメゾレイアが他の戦場にいく邪魔になるくらいには一生懸命作った壁だ。

しかも、閉じ込めるのはメゾレイアだけではない。——寒さもなのだった。

「どんどんどんどん、冷たくしてるから」

冷え込んでいく空気——周囲の気温を下げながら、エミリアは戦い続けている。

正直、マデリンにメゾレイアを呼ばれてしまったとき、エミリアはかなり困った。

マデリン一人を相手するだけでもてんてこ舞いなのに、メゾレイアまで加わったらもっと大変になるのは目に見えていたからだ。

それでも弱音は吐けないと自分を勇気づけ、十秒で考え出した作戦が極寒の冷気だ。

「——パックの発魔期のときみたい」

うっかりパックのマナの発散が遅れて、燃える前のロズワール邸をほとんど氷漬けにしてしまったときがあったが、今の戦場の冷え具合はそのときに匹敵する。

人間は手がかじかんで武器なんて持てないし、動物だって家族で集まって丸まりながら暖を取る。龍《りゆう》も、限度を超えた寒さに耐えるには頑張る必要があるはずだ。

頑張る必要があってほしいと、そうエミリアは切に願う。

『──我、メゾレイア。我が愛し子《いとご》の声に従い、天空よりの風とならん』

そのエミリアの期待を裏切るように、分厚い雲がかかった空そのものが喋《しやべ》ったような錯覚を与えながら、『雲龍《うんりゆう》』メゾレイアの強大な竜爪《りゆうそう》が振るわれた。

それは鋼鉄には及ばなくても、頑張って硬くした氷の壁を易々《やすやす》と削り取る。その事実にガッカリやビックリするより先に、氷塊が砲弾のようにエミリアへと殺到した。

「えい！　や！　よしょっ！　危ないっ！」

一発でも当たるか、掠《かす》めるだけでも致命的になりかねない龍の攻撃。

それをエミリアはまるで舞を踊るような動きで躱《かわ》し、避け切れない氷塊はとっさに作った氷の剣と盾で打ち払って耐える。

このとき、相手と視線を切らないのは、プレアデス監視塔で『神龍《しんりゆう》』ボルカニカと直接戦った経験が活《い》きている。

龍の力はエミリアたちの想像をはるかに超えているから、攻撃に見えないような些細《ささい》な動きさえも、とんでもなく危ないことになりかねないのだ。

「ボルカニカのときは、鼻息で吹き飛びそうになっちゃったもの」

そのときのことが思い出され、エミリアはここにいたのが自分でよかったと再認識。

龍との戦い方を知らないと、うっかり最初の何かで転んでおじゃんになりかねない。ただ、メゾレイアとの戦いでエミリアが思い返すのはそれだけではなかった。

マデリンの呼び声に従い、空をかき分けて戦場へ舞い降りた『雲龍』メゾレイア――その、龍特有のとんでもない戦い方はもちろん、とても大変なのだが。

「メゾレイア！　お願いだから話を聞いて！　マデリンとも、戦いたく……」

『――我、メゾレイア。我が愛し子の声に従い、天空よりの風とならん』

「うう、やっぱり……」

声高らかに訴えるエミリア、しかしその言葉を撥《は》ね除《の》け、メゾレイアは聞く耳を持たずに長い髭《ひげ》を揺らすと、その瞳で地上の小さなエミリアを見下ろす。

その視線を真っ向から受け止めて、細い体の全神経に気迫をみなぎらせながら、エミリアはひしひしと、感じている事実に歯を噛《か》んだ。

それは――、

『――我、メゾレイア。我が愛し子の声に従い、天空よりの風とならん』

「メゾレイアもボルカニカとおんなじで、お年寄りすぎて全部忘れちゃってる！」

人生で二度目に遭遇した超常の存在たる龍――その『雲龍』メゾレイアも、塔で出くわした『神龍』と同じように、精神の死を迎えてしまっていたのだった。

第二章 『頂点万化』

1

――『雲龍《うんりゅう》』メゾレイアを襲った精神の『死』。

発覚したその驚くべき事実は、エミリアをとんでもなく大変な苦境に追い込んでいた。

「ボルカニカのときはやっつけるんじゃなくて、『試験』を終わらせるのが目的だったから頑張れたけど……」

プレアデス監視塔の最上層、一層で遭遇した『神龍《しんりゅう》』ボルカニカとの一幕は、塔のてっぺんのさらにてっぺんにあった黒い石碑――モノリスに触ることで決着した。

エミリアとしては、いまだに『試験』の決着があれでよかったのか自信がないのだが、ボルカニカは証《あかし》として爪をくれたので、無理くり自分を納得させている。

とはいえ、ボルカニカとの戦いだって基本的には防戦一方であり、やっつけるつもりがなかったこともあって、ちっとも戦いになっていなかった。

そしてそれは、相手が『神龍』から『雲龍』に変わった今も同じ――、

「ううん、むしろやっつける以外の方法がなくて、メゾレイアの方が大弱りしちゃう！」

言いながら、エミリアはその場で大きく跳び上がり、中空にある白い龍に迫る。

長い髭《ひげ》を揺らし、白い目に何を映しているのか見せない龍は、その飛んでくるエミリアに鋭い爪――そんじょそこらの刀剣よりよっぽど斬れるそれを無造作に振るった。

当たったら、エミリアの体なんて簡単に真っ二つになってしまうだろうが――、

「兵隊さん！」

それを、エミリアは空中でさらに跳躍することで回避する。

空中にいるエミリアの足場となったのは、跳んだエミリアと一緒に跳躍していた氷の兵隊の一体で、スバル似の氷兵が伸ばした腕を踏み台にエミリアは跳んだ。

逃げ遅れる氷兵が爪に砕かれ、その犠牲をバネにしたエミリアの蹴りが龍へと届く。

「えい、やぁ！」

繰り出したエミリアの蹴り足には、爪先を尖《とが》らせた氷の靴が履かれていた。

足だから手は抜けないと、容赦と手加減なしの本気の蹴り――とんでもなく痛々しい凶悪な一発が、無防備なメゾレイアの横っ面を豪快に蹴り飛ばす。

しかし――、

『――我、メゾレイア。我が愛《いと》し子《ご》の声に従い、天空よりの風とならん』

「ちっとも効いてない！」

メゾレイアの巨体は、自分の顔を思い切り蹴られても小揺るぎもしない。

直後、鬱陶しい虫を払うみたいに閃《ひらめ》く翼がエミリアに当たりかけるのを、大慌てで氷の

壁から飛び降りる氷兵が救助、砕かれる代わりにエミリアを下に逃がしてくれる。

氷の砕かれる音に胸を痛めながら、凍った地面に手をついてエミリアは反転、急いでメゾレイアの追撃に備えるも、龍《りゅう》は宙《ちゅう》に留《とど》まったまま知らん顔だった。

「もう！　なんなの！」

エミリアを、敵だとは思っているはずなのだ。

だからこそ、近付くエミリアに爪や翼をぶつけ、その白い目でじっとこっちを睨《にら》んできている。でも、ボルカニカのときみたいな落とし所を見つけるのが大変だ。

もしも、その手掛かりになるとしたら――、

「――マデリン！　話を聞いてってば！」

「うるさいっちゃ！　竜に気安く、話しかけるんじゃないっちゃぁ!!」

頼みの綱と思った相手に襲いかかられ、エミリアはその場から大きく飛びのく。

豪腕を地面に叩《たた》き付《つ》けて、凍った大地を割ったのは龍を呼んだマデリンだ。武器である飛翼刃《ひよくじん》をなくしても、その怪力は十分以上にエミリアを苦しめる。

ただ、白い息を吐きながら、聞く耳を持たずにエミリアに追い縋《すが》るマデリンの動きはどことなくぎこちなくて、それで何とかエミリアは間一髪をしのいでいる。

急激に気温を下げる『パックの真似《まね》っ子《こ》』作戦が、ちょっとは効いているのかも。

「だったら――アイシクルライン!!」

「――ぐっ!?」

瞬間、金色の目を光らせるマデリンに、エミリアは周囲の冷気を一気に集中する。

第二頂点の戦場全体に広げていた冷気がマデリンを押し包み、雪を蒸発させる竜人《りゅうびと》の体温を一気に冷却、血も凍る氷点下へと彼女を突き落とした。

「おま、え……ッ」

「ごめんね、マデリン。もっとちゃんと、あなたとお話した方がいいと思う。でも、聞く耳を持ってくれないなら、今は大人しくしてもらうしかないの！」

全身を激しく軋《きし》ませて、マデリンは凍結に全力で抗《あらが》おうとした。

でも、体の内側、芯の芯まで冷やされてしまえば、それがとても頑丈で元気な竜人であっても、自由を奪われるのは避けられなかった。

「──ぁ」

血も肉も、肌も髪の毛も全部を白く凍えさせ、エミリアがマデリンを氷漬けにする。

ぐいっと伸ばされた鋭い爪が、エミリアの胸元に届く寸前の決着だった。両手をマデリンに向けたまま、エミリアは動かなくなった少女の様子に長く息を吐く。

「あ、危ないところだった……」

ホッと胸を撫《な》で下《お》ろしながら、エミリアは氷漬けにしたマデリンに眉尻を下げる。

勝った負けたと、喜んだり悔しがったりする気持ちにはなれない。でも、ほんの少しだけ理不尽に、ちょっぴり怒っていることがあった。

「メゾレイア！　こないでくれてすご－く助かったけど、どうしてマデリンを助けてあげようとしないの⁉　二人とも、ちっとも協力し合わないで」

振り向いて、マデリンが氷漬けになるのを見届けたメゾレイアにエミリアは怒る。

マデリンに呼ばれ、メゾレイアが空から現れたとき、エミリアは自分がもっと大変な窮地に追いやられることを覚悟した。でも蓋を開けてみれば、マデリンとメゾレイアは全然協力しないで、片方が動いて片方が休んで、交代交代でエミリアと戦った。

今だって、マデリンが凍らされているのを、メゾレイアは知らんぷりして。もちろん、一緒にこられていたら大弱りだったが、それはそれ、これはこれだ。

「そんな風なんじゃ、あなたも私には敵《かな》わないんだから！　お話がわからないなら、戦うのはやめにしてもう帰って！」

きりっとした顔を作り、エミリアはまだまだ余力があるぞとメゾレイアを脅かす。

実は、マデリンを凍らせっ放しにするのに力がいるので、今言ったみたいにメゾレイアを倒せるだけの力が残っている気は全然しない。

でも、メゾレイアが驚いて逃げ帰ってくれるかもしれないので、エミリアはスバルやオットーを見習った大嘘《おおうそ》をついていた。

『――我、メゾレイア。我が愛し子《いとご》の声に従い、天空よりの風とならん』

そのエミリアの大嘘に、メゾレイアの低くて太い声の返事は変わらなかった。

それがなんだか、エミリアはとても悔しく感じる。嘘が通じなかったからではなく、マデリンが凍ってしまったのに、メゾレイアの答えが変わらなかったからだ。

マデリンとメゾレイア、二人の関係の本当のところはわからない。でも、助けに呼ばれて駆け付けたのだから、きっとお互いを大事に思っているはずなのに。

そう、エミリアが寂しさに、胸の魔水晶をぎゅっと握ったときだ。

『――我、メゾレイア。我が愛し子の、声、に』

「……あれ？」

『愛し子の、声に……声に、従い……』

何を言っても、同じ言葉を繰り返すだけだったメゾレイアの態度が崩れる。言葉がたどたどしくなり、蹴られてもピンピンしていた顔を歪《ゆが》めて、空で龍《りゅう》がもがき始めた。

「急にどうしたの⁉　頭が痛いの？」

その龍の突然の変調に、エミリアが紫紺の瞳を揺らして驚く。

急に怒って暴れ出されても困ってしまうが、こんな風に苦しそうにされても心配になってしまう。ハラハラと、空中で悶《もだ》える龍を見守ることしかできない。

そんな不安を抱くエミリアの頭上、メゾレイアの動きが唐突に止まった。

『――――』

苦しげに頭を揺らしていた龍が、不意に静かになってエミリアの方を見る。その白い双《そう》眸《ぼう》と見つめ合って、エミリアは「ぁ」と息を漏らした。

今、初めて、メゾレイアとはっきり見つめ合ったと、そう感じたからだ。

それはつまり、メゾレイアがちゃんとした意識を宿した証《あかし》で――、

「やっと話を――」

『――言ったはずだぞ、ニンゲン』

それまでと違い、眼下のエミリアを見据えた龍《りゅう》の一声、それに全身を打たれ、エミリアは身を硬くした。怖いとか、危ないとかの理由ではなくて。

その声に込められた感情が、ついさっきまで向けられていたものとそっくり――違う、全く同じものだと、そんなはずがないのにそう感じられたからだ。

そうして、驚きに硬直するエミリアへと、龍が続けた。

『お前と話す言葉を、竜は持たないっちゃ』

「まぢり――」

目の前の変事に呑《の》まれて、とっさに動けなくなってしまったエミリア。

そのエミリアに向けて、龍は口を開けると、息を吐いた。――それが白い光となり、世界を染め上げるのは『雲龍《うんりゅう》』という存在の真骨頂。

龍の力に確かな意志が宿ることの恐ろしさが、エミリアへと容赦なく降り注いだ。

2

西から戦場に介入した戦団、その存在の影響は各所に波及する。

無論、戦団の影響を最も大きく受けたのは、直接の攻撃を受けた第四頂点の守備隊だ。

だが、そこを除いて最も影響を、それも恩恵を受けたのは第三頂点の攻撃隊だった。

本来、帝都ルプガナの切り札だった『魔晶砲』を空撃ちさせるため、ズィクル・オスマン率いる第三頂点への攻撃隊は捨て石にされるはずだった。

実際、死を覚悟して反乱軍の先頭を走ったズィクルは、唯一、個人的な判断で射線上から外した『シュドラクの民』以外、全員を犠牲にするつもりだったのだ。

しかし、事実はそうならず、捨て石だった攻撃隊の生存に計画を狂わされながら、本陣のアベルはすぐさま予備戦力を投入――頭上を、颯爽《さっそう》と飛竜が飛んでいく。

「――あれが、セリーナ・ドラクロイ上級伯の飛竜隊」

石塊《いしくれ》の人形との乱戦の最中《さなか》、軍刀を振るうズィクルが愛馬レイディの馬上で呟《つぶや》く。

白と赤に半分ほど塗り潰された高い蒼穹《そうきゅう》では、野性と理性、異なる性質を武器とした飛竜同士がぶつかり合い、縦横無尽の戦いが繰り広げられている。

数で勝るのは『飛竜将』マデリン・エッシャルトに従う飛竜の群れだが、質で圧倒するのは飛竜乗りを背に、洗練された技を振るう飛竜隊の翼。

それまで敵一色だった空の戦況が、たちまち半々に、そして優勢に塗り替わる。その空の勢力図の変化を目の当《ま》たりにしながら、ズィクルの気掛かりは別にあった。

「ベアトリス嬢はご無事ならばよいが……」

淡い発色の髪を豪奢《ごうしゃ》に巻いたドレスの少女――彼女こそが押し寄せる魔晶砲の一撃を身を挺《てい》して防ぎ、死ぬはずだったズィクルたちの命を救った恩人だった。

一度、この眼《め》で捉えた女性をズィクルが見間違えることはない。

故にベアトリスは命の恩人であり、愛らしい以上の祝福をもたらした救世主だった。

「どうか、御無事であれ——!!」

あの魔晶砲を打ち消すのに、何の代償も支払わずに済むと思うほどズィクルも間抜けではない。だから、最大の殊勲賞を得るべき彼女の無事を、ズィクルは祈る。

——自分の残り少ない幸運が全て、あの少女の下へと降り注ぎますようにと。


一方、最前線で功労者の無事を祈るズィクルと同じように、魔晶砲が放った白光の不自然な消失、それを誰が成し遂げたものなのかタリッタは目撃していた。

「下がるよう言われレ、戦場を見渡せていたのが幸いしましたガ……」

帝都を守る城壁と一体化し、立ちはだかった『鋼人《はがねびと》』モグロ・ハガネ——敵にもたらされた被害を立て直したズィクルは、タリッタたちシュドラクに後方からの援護を命じた。

それがまさか——、

「私たちだけでも救おうとしたとはナ。シュドラクも侮られたものダ」

隣に並んだミゼルダの怒りを交えた声、それはタリッタも認識する事実に一致する。

帝都の水晶宮《すいしょうきゅう》は、本物の皇帝であるアベルの暮らした城だ。その彼が魔晶砲を知らなかったはずがないし、不自然な指示をしたズィクルもおそらく聞いていた。

シュドラクを下がらせたのは、きっとズィクルの独断だろう。

侮ったのではなく、女性を大切に尊重する『女好き』らしい思いやり――、

「――ですガ、私も姉上と同じ気持ちでス。ズィクルの気遣いハ、嬉《うれ》しくありませン」

好戦的なミゼルダと同じ結論に至り、タリッタは唇を堅く引き結ぶ。

ズィクルに譲れない主義や信条があるように、『シュドラクの民』にもそれはある。だから、タリッタは手にした弓を強く握りしめ、

「この文句ハ、直接顔を見てズィクルに伝えるとしましょウ」

「フ、いい答えダ。あのマ、ズィクルやジャマルにいいところを奪われるのは癪《しゃく》だからナ。――聞いたナ、同胞ヨ!!」

義足を器用に大地に突き立て、大鉈《おおなた》を掲げたミゼルダが仲間たちに声をかける。

居並んだシュドラクの全員が、ミゼルダの言葉に、タリッタの決断に、自分たちも同じ気持ちだと目つきで、顔つきで、みなぎる覇気で応える。

そうして意気軒昂《いきけんこう》に、モグロ・ハガネの守護する第三頂点の攻防最前線へ、シュドラクの一団も乗り込もうとしたところへ――、

「――どうやら、やる気は十分の一団のようね」

と、そこへ冷たく渇いた声がして、タリッタとミゼルダは振り返る。

とっさにタリッタは弓に矢をつがえ、ミゼルダも身を低くして構える。そのぐらい相手の出現は唐突で、『シュドラクの民』をして警戒を高めさせる手合い。

しかし、そのタリッタたちの警戒は、現れた相手の姿を見て、すぐに氷解する。

ゆっくりと草を踏み、シュドラクの一団の後ろからやってくるのは、桃色の髪を風に揺らした知った顔の少女だった。──ただし、それは正確ではない。

何故《なぜ》なら、タリッタたちの知るその顔の少女と、現れた少女とは別人であるのだから。

「──？　なんだか、おかしな視線ね。どこからきたのか不思議？　それなら、飛竜から飛び降りてきただけよ」

「イ、いいエ、私たちが驚いているのハ、そのこととは違いまス」

「だったら、なんだと言うの？」

「──お前の顔ガ、私たちの知る娘と瓜二《うりふた》つだからダ」

向けられるシュドラクの視線に、桃髪の少女が小首を傾《かし》げた。その少女の疑問にミゼルダがそう答えると、彼女は薄紅の瞳を軽く見張った。

それから、「そう」と短く息をつくと、

「その、同じ顔をした子とはうまくやれていたの？」

「少なくとモ、私たちは気に入っていタ」

薄紅の瞳の問いかけに、ミゼルダが厳かに頷《うなず》いて答える。

私たち、と一同を代表した発言だったが、タリッタもそこに異論はない。そして、目の前の少女の素性にも、シュドラクの全員が心当たりがあった。

言っていたのだ。ナツキ・スバルが。──彼女には、双子の姉がいるのだと。

その、タリッタたちの知る少女と同じ顔の、彼女の双子の姉は「そう」ともう一度、同

じように呟《つぶや》いたあとで、

「だったら、ラムとあなたたちとはうまくやれるでしょうね」

言いながら進み出る彼女――ラムのために道が空けられ、当然のようにやってくる少女の言葉に、タリッタは躊躇《ためら》いなく頷《うなず》いた。

「えエ、そうありたいと思いまス。状況ハ？」

「おおよそわかっているわ。今ここに、腰の引けた女がいないってこともね」

「――」

「男はやれ、『君の身が心配だーぁよ』だの『下がっていてくれたまーぇ』だのと言うけれど、教えてやりましょう。――余計なお世話よ、と」

「同感でス」

シュドラクの顔ぶれを見て言い放ったラムに、タリッタも口の端を緩めて同意する。

思いやりも配慮も気遣いも、戦場に出れば余計なお世話のありがた迷惑。

何やら実感のこもったラムが杖《つえ》を構えるのに合わせ、タリッタも敵へ向き直る。そのタリッタと、ちょうどラムを挟んで反対に並んだミゼルダが笑う。

野性味のある笑みを浮かべた彼女は、ラムの横顔に深く頷いて――、

「会うのは初めてだガ、確信しタ。――お前もレムと同じデ、私の愛する戦士だト」

3

ズシンと、芯まで響くような衝撃があって、重石《おもし》を内臓に引っかけられる。

そんな常外の感覚が、一度二度、三度四度と続けられ、増えていく枷《かせ》が自由を奪い、ゆっくりと、膝から下が泥沼に沈んでいくような錯覚に支配されていった。

それを振り払おうと、泥沼から足を引き抜くように身をひねり――、

「やり口が素直すぎるわな。カフマの奴《やつ》はそれでどうとでもなったかもわからんけど、ワシは真っ向からお前さんの土俵に付き合っちゃやらんのじゃぜ」

次の瞬間、忌々《いまいま》しいしゃがれ声が背後から聞こえ、無意識に裏拳を放り込む。が、豪腕は空振った。代わりに、凄《すさ》まじい灼熱《しゃくねつ》が肩に生じ、喉で叫びが爆発する。

「あ、が、ぐ、ぎぁぁぁ――ッ」

見れば、べったりと左肩に赤い手形がついていて、それがブスブス音を立てていた。

毒だと、そう見て取った直後、迷わず手形に齧《かぶ》りつき、患部ごと肉を食い千切る。最悪の食感と味を牙に引っかけ、毒に侵された肉を吐き捨て、治癒魔法を全開にする。

深々と抉《えぐ》られた肩の傷が血の蒸気を噴いて、凄まじい勢いで修復を――、

「最善手じゃけどよ、無茶《むちゃ》しやがるもんじゃぜ」

そのガーフィールの鼻面が、真正面から蹴りにぶち抜かれる。

矮躯《わいく》の老人の蹴りとは思えない威力に首を跳ね上げられ、鼻をへし折られたガーフィールは大きくのけ反り、吹き飛ばされた。全身が地面に投げ出され、轟沈《ごうちん》する。

頑健なガーフィールの首でなければ、頭が千切れかねない蹴りだった。

だが、首と胴は繋《つな》がっている。──それならば、まだ、戦える。

「……ったく、死にづれえってのはそれだけで武器よな。厄介すぎじゃぜ、お前さん」

「るッせェよ、爺《じい》さん……まだまァだ、こっからッだ……」

折られた鼻に手を添えて、硬い音と共に元の位置に戻すガーフィール。その呆《あき》れた回復力に脱帽だと、『悪辣翁《あくらつおう》』オルバルト・ダンクルケンが手首から先のない袖を振った。

──帝国史に残る一騎打ちだと、誰もが認めるだろうカフマ・イルルクスとの一戦。それに続いて始まったオルバルトとの戦いは、ガーフィールを一方的に追い詰める。

無数の傷を刻まれ、それでも衰えないガーフィールの闘志。しかし、それと相対する怪老の眼差《まなざ》しは冷め切っていて、相手への称賛とは無縁の一言。

「あんまし、お前さんにだけ構ってられんのよな。どうも、ワシが抜けってきた壁の方がキナ臭《くせ》ぇのよ。面倒な連中が出てきたっぽくて、戻らんとヤバそうなんじゃぜ」

「面倒な連中だァ……？」

「耳澄ましてみりゃ聞こえんじゃろ。まさかジジイのワシより耳遠いとかなくね？」

耳に手を当てるオルバルトに言われ、ガーフィールは視野が狭くなっていた己を自覚する。言われた通りは癪《しゃく》だが耳を澄ませると、オルバルトの話が本当だとわかる。

確かに大勢の、それも常識外れな力を秘めたものたちの足踏みが大地を揺らし、この戦場の空気を塗り替えようとしているのが伝わって──、

「いや、本気かよ。ワシの前で無防備晒《さら》すとか勇敢すぎじゃろ」

刹那《せつな》、オルバルトが投じた炸薬《さくやく》が、ガーフィールの頭の左右で爆発する。

轟音《ごうおん》と赤い光が灼熱《しゃくねつ》を伴って広がり、爆炎がガーフィールを頭から呑《の》み込《こ》んだ。

「これでちったぁ――」

と、燃ゆる炎にオルバルトが目を凝らした直後だ。

「が、ああぁぁぁァ――ッ!!」

自らを呑み込んだ爆炎、それを目くらましにガーフィールが吶喊《とっかん》する。

あえて隙を見せれば、オルバルトがそれに乗じるのはわかっていた。そのオルバルト自身の攻撃を利用し、ガーフィールは伸ばした両腕を相手に叩《たた》き込《こ》んで――、

「若《わけ》ぇなぁ、若造」

「――ッ」

「さすがのお前さんも、首が飛んだら死んじまうじゃろ？」

瞬間、両腕が真下からの攻撃に肘で折られ、目を剥《む》くガーフィールの前で矮躯《わいく》が反転、冷たい死の宣告が首へ突き刺さる感覚に、ガーフィールは死から逃れようと後ろへ――。

「――胸だ」

無我夢中で、聞こえた声の言う通りにひしゃげた腕を胸の前で打ち合わせた。

「ぬ」としゃがれ声が微《かす》かに呻《うめ》くのと、鋼が砕かれる破砕音が連鎖する。見れば、胸の前で合わせた腕と腕の間で、突き出された刃《やいば》の刀身が砕け散っていた。

それはガーフィールの胸の中心、心の臓へと放たれたオルバルトの一突き。

かろうじて防いだ刃《やいば》の先端を浅く胸に埋《うず》めたまま、ガーフィールの体が後ろに下がる。

あとわずかでも反応が遅れていれば、ガーフィールの心臓はくり抜かれていた。どれだけ高い回復力があろうと、心臓を奪われては助からない。

声に従わず、首が狙われると思い込んだままなら死んでいた。

それがわかっていても――、

「……クソったれ」

「悪態とは心外だね。せめて、感謝の言葉が聞けるものと思っていたが」

舌打ちするガーフィールの背中が、後ろに立った何者かに支えられた。

いっそのことと体重をかけてやると、支える相手の手から苦笑が伝わってくる。それがますます忌々《いまいま》しく思えて、ガーフィールが血塗《ちまみ》れの鼻面に皺《しわ》を寄せた。

およそ、人を嫌うのが得意ではないガーフィールだが、目の前のオルバルトは嫌いな部類の人間だ。そして一番嫌いな人間が、後ろに立っている相手だった。

前後を嫌いな人間に挟まれて、ガーフィール史上、最悪の状況だ。

「あの爺《じい》さんをぶっちめッたら、次ァてめェだ……」

「それはいよいよ、八つ当たりも極まったものだね。だが、ここにきたのが私で幸運だったと思うよ？　君も、今の姿をラムに見られたくはないだろう？」

「がお……ッ」

痛いところを突かれ、ガーフィールの喉が弱々しい呻《うめ》きをこぼした。

そうしたやり取りを交わすガーフィールたちに、「あのよ」と正面から声がかかり、

「一応、そこの地面の線からこっちきた奴《やつ》の命はねえって言ってあるんじゃが？」

「それは失礼を、ご老人。ただ、その忠告は聞いていなくてね。なにせ、空からきた」

頭上を指差しての返答に、オルバルトがちらと視線を空に向ける。

その無気力な老人に見える素振りも、相手を油断させるための怪老の手口か。それを苦々しく警戒しながら、ガーフィールは折れた腕を癒《いや》し、胸に刺さった刃を抜く。

「てめェが、こォして出てッきてやがるってこたァ……」

「ラムは別の戦場だよ。下がるよう言ってても聞き分けてもらえなくてね」

「……言っとくが、魔法なしのてめェが役立つ相手じゃァねェぞ」

「無論、決め手は君だろうさ。ただ幸い、私がここにきたことも意味がありそうでね」

見慣れた化粧を施した顔ではなく、見慣れない素顔を晒《さら》した男――ロズワール・L・メイザースが進み出て、『悪辣翁《あくらつおう》』と向かい合うガーフィールの隣に並ぶ。

そして――、

「――私も以前、シノビと殺し合った経験が活《い》かせそうじゃないか」

と、敵に負けないぐらい悪辣に笑みを深め、青い方の目を残してウィンクした。

4

――龍《りゅう》の息吹が放たれる瞬間、エミリアは自分の『死』を幻視した。

負けん気を強く持って、どんな状況でも希望を失ってはいけない。

そんな気構えでお腹《なか》に力を入れているエミリアにとって、それは衝撃的なことだった。

「――ぁ」

急いで動かなくちゃいけないと、頭の中で小さいエミリアが叫んでいる。

でも、右と左、どっちに動けばいいのか体が反応してくれない。いつもなら、何も考えないでも体が動いてくれるのに、それができない。

その理由は、右にも左にも、前にも後ろにも逃げ場がないと心が感じてしまったから。

「アイシクルライン」

だから、エミリアは逃げるのではなく、防ぐ――違う、受け流す方を選んだ。

自分の体の前に分厚い氷の壁を作って、斜めに傾けたその上に光を滑らせる。それができるかできないかではなく、できなくちゃいけないのつもりで。

グァラルではプリシラがいた。今回はエミリア一人だけだ。

あのときとおんなじにできるかはわからない。でも、おんなじことをしなくては。

「――頑張って、私！」

踏ん張り、体の前に氷の壁を生み出して、その手に氷剣をぎゅっと握りしめる。

氷の剣は御守《おまも》り代わり、息吹を宝剣で斬り払ったプリシラを真似《まね》たゲン担ぎだった。

『消えるっちゃ、ニンゲン——』

全部を込めて踏ん張るエミリアに、『雲龍《うんりゅう》』の息吹が放たれる。

その声と言葉と、色んなものへの疑問を全部忘れて、この瞬間に全力で身構えた。そして一拍も待たず、白い光が氷の壁ごとエミリアを呑《の》み込《こ》む瞬間——、

「——え？」

光に氷剣をぶつけようとして、エミリアは目を丸くした。

放たれた光、それがエミリアに当たる——よりも、ほんの少しだけ横に逸《そ》れたのだ。それでもすごい風と衝撃波に、エミリアの銀髪と服が引き千切られそうになる。

それに踏ん張って耐えながら、エミリアは何が起きたのかとメゾレイアを見た。

息吹を放ったメゾレイアが、その頭を斜め上に向けている。

直前で思いとどまってくれた、わけではない。ただ無理やりに、その首の向きを変えられたのだ。——その、龍の顔の真横からぶつかった、飛翼刃《ひよくじん》の衝撃に。

「あれって、私がずっと向こうに投げちゃったはずの……」

飛翼刃はマデリンの愛用の武器で、彼女との戦いの最中、投げ返すのに失敗したエミリアの手で、うっかり彼方《かなた》に飛んでいってしまっていたはずだった。

それがメゾレイアの顔に当たっていて、「まさか」とエミリアは目を見開く。

「もしかして、私が投げたのが今になって戻ってきちゃった？」

「ははははは！　それはすごく夢があって素晴らしい想像ですね！　でも残念ながら違います！　向こうに刺さってたのを僕が蹴飛ばしてやっただけですよ！」

「きゃあ!?」

奇跡的な偶然かもと思ったエミリアが、その威勢のいい声に大いに驚く。

慌ててエミリアが振り向くと、声の相手はすぐ横にしゃがみ込んで、「ふんふん」と言いながらエミリアの握った氷剣をしげしげ眺めていた。

「これ、なかなか美麗な出来で素晴らしいですね。僕もどうせ持ち歩くなら相応《ふさわ》しい名剣をと思っているんですが見た目だけなら候補に並べたいくらいですよ」

「え、ええと……ありがとう？」

「いえいえそれを言うなら僕の方こそありがとうと言わせてください」

こんな状況で褒められると思わず、反射的にお礼を言ってしまったエミリアに、その声の主——青い髪を後ろで結んだ少年が朗らかに笑う。

彼は曲げていた膝を伸ばしてその場に立ち上がると、

「青い空を分かつ白と赤の光！　どちらへ向かうべきか悩みつつも駆け付けてみれば待ち受けるのは大きな龍《りゅう》と美しい女性！　さすがは僕！　引きが強すぎると思いませんか！」

「ええと？」

「強すぎると思いませんか！」

キラキラした目で重ねて言われ、エミリアは答えなくてはいけない気持ちにさせられ、

「すごーく強いと思う」と返事をする。

そのエミリアの答えに、少年は満足そうににっかり笑みを深めて、

「でしょう！」

と、エミリアの隣から一歩前に、『雲龍《うんりゅう》』の視界へと進み出た。

それを危ないと引き止めようとして、エミリアはその言葉を躊躇《ためら》う。圧迫感だ。しかしそれは巨大な龍からもたらされたものではなく、目の前の小さな背中から。

その、場違いに朗らかな少年からもたらされたもので――、

「巡ってきました大舞台！　さあさ皆様御覧《ごろう》じろ！　『青き雷光』セシルス・セグムントの晴れ舞台！　瞬《まばた》き厳禁見逃せば！　一生モノの大後悔ですよ――!!」

超越者たる龍を前にも一歩も引かず、少年――セシルス・セグムントは威風堂々とやかましく、そう宣言したのであった。

5

――帝都攻防戦を彩る戦場の中、もはや異界と呼ぶべき光景に変じた二ヶ所の地。

一ヶ所は、空の彼方《かなた》より来たる『雲龍』が雄大に翼を広げ、その被害の拡大を防ぐために白く雪景色に染められた第二頂点。

そしてもう一ヶ所が、赤々と赫炎《かくえん》に彩られた空――その中心を成している娘の力で、あ

らゆる生き物の生存が危うくなるほど、過酷な環境と化した第一頂点だ。

「――――」

陽炎《かげろう》の如《ごと》く揺らめいて、その身を赤い空へ躍らせる『九神将』の一人、アラキア。

『精霊喰《ぐ》らい』たる力の本領を遺憾なく発揮する彼女の手で世界は変質させられ、第一頂点は理外の力を持たないものの命が蝕《むしば》まれる地獄となった。

そうまでして、世界を赫炎《かくえん》に塗り替えたアラキア、彼女の願うことは一つ。

「わたしは、姫様を――」

――必ず、取り戻してみせる。

それが、アラキアがこうして戦場に臨む一番の、そして唯一の理由だ。

そこには帝国一将としての忠義や愛国心、最強の存在である『九神将』としての誇りや矜持《きょうじ》、種族としての怒りや不満、自らの功名心といった邪念の一切がない。

他の『九神将』たちが持つ、戦う理由や抱えた信念。

そういった強さを支える高尚な根拠を何一つ持たず、それでも、ヴォラキア帝国の最高戦力として君臨するのが『弐《に》』のアラキアだった。

だがそれは、彼女の出自――『精霊喰らい』である事実を踏まえれば当然のこと。

強さを求められ、その強さを他者のために使うことを強いられる生き物。そうした性質に仕立てられたモノが『精霊喰らい』であり、アラキアも例外ではないのだ。

――精霊とは、大地のあらゆる場所に、空のあらゆる場所に存在する。

その精霊を喰《く》らい、力を取り込み、自らと一体にする『精霊喰《ぐ》らい』――それは自然そのものを取り込むも同然の暴挙であり、必然、大小様々な影響がある。

火の精霊を取り込めば体温は上昇し、風の精霊を取り込めば体の内を破られる危険性がある。水の精霊を取り込めば血の巡りを危うくする恐れがあり、地の精霊を取り込めば大地と自身の区別を忘れ、人の体を失う可能性すらあった。

事実、そうした副作用が原因で、人間ではなくなった失敗作は多い。

古《いにしえ》の時代、あらゆるものを魅了し、物言わぬ大精霊さえも虜《とりこ》にした『魔女』と対抗するために生み出されたこの存在は、瘴気《しょうき》を感じ取る鬼族と同じ、戦うための生き物だ。

その『魔女』が死に、本来の役目を失った『精霊喰らい』だったが、その力を利用できると考え、復活させようと試みたのがヴォラキア帝国の一派。

アラキアも、そうした試みの中で稀有《けう》な才能を認められた一人に過ぎなかった。

稀有な才能とは、『精霊喰らい』に必要となる二つの素養――すなわち、精霊を取り込んでも壊れない肉体と、精霊を取り込んでも人でいられる精神だ。

精霊の力を借りる精霊術師や、隷属させる聖王国の神殿騎士と違い、力を得るために精霊を喰らう必要のある『精霊喰らい』は、常に心身が崩壊する危険と隣り合わせにある。

一度でも取り込む精霊に心身が負ければ、人の肉体を失うか、その精神を精霊と同化した人でない次元の存在に変異させられる。かといって、強すぎる自我は精霊の力との親和性を阻害するため、『精霊喰らい』に期待される能力を発揮することができない。

そのため、『精霊喰らい』には希薄な自意識と自我が要求されると同時に、精神を精霊に取り込まれないための、絶対順守すべき『柱』が与えられる。

『柱』はさながら、卵から孵《かえ》った雛《ひな》鳥が初めて目にした相手を親鳥と慕う刷り込みのように機能し、『精霊喰らい』の本能に深々と根付き、根幹を成す。

『精霊喰らい』の絶大な力は、その柱のためにこそ振るわれ、『精霊喰らい』の未熟な精神は、その柱の存在によって占められる。

まさしく、柱こそが『精霊喰らい』の存在意義であり、世界の全てなのだ。

――柱に対し、裏切る野心もなく、無私の奉仕を誓い続ける『精霊喰らい』。

無数の犠牲の果てに唯一の成功例となった娘は、貴重な能力を備えた存在として当時の皇帝だったドライゼン・ヴォラキアへ献上され、ドライゼンはそれを自身の血を継いだ娘の一人に乳兄弟として与えた。

はたして、ドライゼンが何を考え、その娘を我が子に譲り渡したのかはわからない。

一つ言えることがあるとすれば、その娘は『精霊喰らい』の力の復活を目論《もくろ》んだ一派が望んだ通りに機能し、ドライゼンの娘をしかと自らの柱と定めたこと。

そして何より――、

――『精霊喰らい』としてアラキアは、『魔女』との戦いが求められたかつての時代のどんな同類たちよりも、手の付けられない強力な存在として完成したのだった。

6

常識を嘲笑《あざわら》うように過熱していく世界、呼吸するだけで肺を焼かれ、体の内を流れる血の管が熱に膨張し、渇いていく瞳を潤すための涙滴さえも蒸発する。

刻一刻と命を蝕《むしば》んでいく環境にあって、生中《なまなか》な使い手ではアラキアの瞳の色を確かめる距離までも近付けない。どのような命も区別なく、改変されていく世界についてゆけずに置き去りにされ、渇き、衰えながら死んでいく。

それ故に、赤い空に見下ろされる大地には、その世界の改変の中核たるアラキアを除いて、ヨルナ・ミシグレとプリシラ・バーリエルのたった二人しか立っていない。

そのヨルナたちにしても、じりじりと命を蝕まれる感覚からは逃れられない。

「──っ」

音を立てて四つ目の簪《かんざし》を壊され、ヨルナが喪失感に頬《ほお》を硬くする。

『魂婚術《こんこんじゅつ》』の効果で、ヨルナへと捧《ささ》げられた献上品の数々がその命の肩代わりをする。おかげで、文字通り怪物級の使い手であるアラキアと戦いながらも、ヨルナに肉体的な損傷はなく、動きにも悪影響が一切ない。

ただし──、

「わっちの、この胸の痛みを除けるならでありんしょう」

ヨルナの命の肩代わり、それ自体が贈り物に込められた愛の証明だ。

簪は決して、特別優れた意匠を施されたものでも高価なものでもない。ただ、ヨルナの庇護《ひご》を受ける街の住民たちが、自分の角や鱗《うろこ》、体の部位を使って献上してくれた品々。

そこにあるのは敬愛と信頼だけである。故に、値段は付けられない。

「簪が砕けたか。先ほどは耳飾りと、じりじりと削られるな、母上」

と、砕けた破片を指の隙間から落とすヨルナの傍《かたわ》らへ、赤いドレスの裾を翻《ひるがえ》しながらプリシラが着地する。

眩《まばゆ》く輝く『陽剣』を手に、美しい横顔に不敵な表情を宿したプリシラ。——その娘の言動に、ヨルナはわずかに目を細め、

「言っておくでありんすが、愛《いと》し子《ご》たちからの贈り物を、ただ命の肩代わりの残数のように数えられるのは不愉快でありんす」

「幾度も人生を乗り換え、長き時を生きてきた母上が可愛《かわい》いことを言う。贈り物の一つもしたことのない妾《わらわ》では、愛し子と呼ぶには抵抗があるか？」

「——」

「戯れにも付き合えぬか。——ならば、望み通りに現実的な話をしてやろう」

肌を露《あら》わにした白い肩をすくめて、プリシラが視線を正面へ向ける。その姿勢と言葉にヨルナは「現実的、でありんすか？」と眉を顰《ひそ》めた。

その問いかけを受け、プリシラは小さく顎を引くと、

「あとどれだけ、あれと渡り合えるか、じゃ」

プリシラの紅の双眸《そうぼう》が空へ向く。――直後、地上のヨルナとプリシラの二人を狙い、雨あられとばかりに水流の槍《やり》が降り注いだ。

「――ッ」

歯噛《はが》みし、ヨルナは猛然と落ちてくる水の槍に身を伏せる。

撃ち込まれる水の槍、その一本一本はそれこそ指一本分ほどの太さにまで圧縮されていたが、そうされた威力まで指一本と侮るなかれ。

高密度に圧縮された水流には、途上にあるものを容赦なく穿《うが》ち、区別なく切り裂く脅威が宿っており、掠《かす》めるだけで腕や足を飛ばされかねない致命の一撃だ。

膨大な水量で大雑把《おおざっぱ》に大地を割ったかと思えば、こうした対処の困難な繊細な技を惜しげもなく振るってくる。いずれも危険という以外、一貫性がない。

「――っ、プリシラ！」

身を伏せ、降り注ぐ水の槍の回避に全霊を注ぎながら、ヨルナは『陽剣』を用いて水流を切り払うプリシラの名を呼ぶ。

紅の剣閃《けんせん》が空を踊り、舞うようなプリシラの剣技は見惚《みほ》れるほどに優雅だ。

しかし、それがアラキアの攻撃を完全に封じ込めているかといえば、そうは言えない。

先ほど彼女がヨルナの身に着けた装飾品の残数に言及したように、プリシラもこの戦いの中でその美貌を飾る宝飾品の数々を砕かれている。

あとどれだけ、という刻限はヨルナに限ったものではないのだ。

「妾《わらわ》の手足を飛ばしても、か。――醜悪な希望に魅入られたものよな」

穿たれる一撃に豊満な胸の中心を射抜かれ、プリシラの首飾りの宝石が爆《は》ぜる。

その命の肩代わりをした宝石の末路に目もくれず、プリシラの紅の双眸が向くのは空にあるアラキアの姿のみ。

ただ、そうしてアラキアの姿を望むプリシラの横顔を目にし、この瞬間のヨルナは自分の目を疑った。一瞬、その紅の瞳に過《よぎ》ったもの、それが信じ難《がた》く。

それは――、

「後悔しておりんすか、プリシラ。――アラキア一将の在り方に」

「戯《ざ》れ言《ごと》を。――この世界は全て、妾にとって都合のよいようにできておる」

ヨルナの問いかけに鼻を鳴らし、プリシラが身を前に傾けて走り出す。

母を置き去りに袂《たもと》を分かった乳兄弟へと切り込む姿は、その両者に対して瞳を覗《のぞ》かせないための心情が隠されているようにも思えて。

「悔やんでいるのは、わっちも同じでありんすか」

プリシラとアラキアの間に、どのような出会いと別れがあったのかヨルナは知らない。知ることもできる立場にあったのに、それを知る機会は命ごと手放された。ヨルナの前身が、プリシラを産み落としたときの難産に耐えられずに命を落としたためだ。

その後は『選帝の儀』が執り行われ、ヴォラキアの皇族であった娘――プリスカ・ベネディクトもまた、戦いに敗れて命を落とした。

それがヨルナの前身、サンドラ・ベネディクトの知る娘の一生涯であるはずだった。

だが、時間は流れ、何の因果が巡り合ったか、ヨルナはプリシラとの再会を果たした。

互いにサンドラでもプリスカでもなく、ヨルナとプリシラとしての再会だが、本来なら
ありえなかったはずの奇跡が起きて、母と子は赤い地獄を共に往《ゆ》く。

――そう、共に往くのだ。

「――愛しなんし」

呟《つぶや》きが漏れ、ヨルナの瞳が前を走るプリシラの背をそっとなぞった。

次の瞬間、プリシラの担った『陽剣』の斬撃が、殺到する千変万化の自然現象、炎を水を、雷を風を、土を光を、一切合切を薙《な》ぎ払《はら》い、吹き飛ばした。

「これは……」

わずかに意表を突かれた呼気を声に乗せ、プリシラが紅の瞳を瞬かせる。

そして彼女は何かに気付いたように、宝剣を握るのと反対の手を、そっと自分の顔の目元に伸ばした。瞼《まぶた》を撫《な》でる指先、しかし、違和を感じ取ることはできなかっただろう。

ヨルナは知っている。それが、物理的な影響を伴う炎とは異なるものであると。

――その、ヨルナの愛し子《いとご》への愛情が形となった、瞳を燃やす絆《きずな》の炎は。

「――――」

紅の宝剣を手にし、真《ま》っ直《す》ぐに立つプリシラの左目が炎を灯《とも》している。

それは、魔都カオスフレームの住民たちに施される、ヨルナの庇護《ひご》の証《あかし》。『魂婚術《こんこんじゅつ》』の

付与により、その守るべき対象へとヨルナの力の一部が分け与えられる秘術。

本来、戦う力と術《すべ》を持たない子らへと、その子らを守るために授けられるヨルナの秘術であり、戦士には付与できない縛りが存在するものだった。

だが、ここにその例外が生まれる。

戦う力と術を持ち、ヴォラキアの皇族以外には振るうことを許されない宝剣を手に、力の大小に拘《かかわ》らず、ヨルナが守りたいと願う『愛し子』の資格を満たした存在――。

「――ようやく、妾《わらわ》を我が子と認める気になったか、母上」

「生意気を。ただ、逸《はや》る背を見送るだけの愚かな母にはなれぬでありんす。主さんが往くなら、わっちも同じ地獄を往きんしょう」

プリシラ一人、その先へ往かせるつもりはない。

そのヨルナの答えにプリシラが鼻を鳴らし、隣に並ぶヨルナの覚悟を許した。その証に、ヨルナは自分の顔に違和感を覚え、そっと手を顔へやる。

違和感の原因は自分の目元――おそらく、そこにプリシラと同じ、炎が宿っている。

資格なくして扱えない『魂婚術』、その使い手が二人、お互いに条件を満たして、互いの魂を補完し合う。本来なら、絶対に起こり得ない現象が起こっていた。

そして、それを目の当《ま》たりにし――、

「……なんで」

か細い声が漏れ、呪うように地上へと視線が落ちてくる。

じっと、プリシラと並んだヨルナを睨《にら》むのは、その身を空に置くアラキアだ。彼女は自分の顔に手をやり、左目を覆った眼帯に手をやる。

そして、むしり取るようにその眼帯を引き剝《は》がして、

「なんで！　なんでなんで、なんで、あなたに姫様の！」

怒りを剝《む》き出《だ》しにしながら、アラキアが光のない赤い目を見せる。その見えていない眼《め》にヨルナを映し、アラキアは赤い双眸《そうぼう》でヨルナに叫んだ。

その瞳に炎を宿し、プリシラからの『魂婚術《こんこんじゅつ》』の恩恵を受けるヨルナへと。

その瞳に炎を宿せず、プリシラの恩恵を受け取れないアラキアが。

「姫様は、わたしの……っ」

「勘違いをするな、アラキア。もし仮に、貴様の望みがまかり通ったとしても、百歩譲ろうとも貴様が妾《わらわ》のものであり、妾が貴様のものになるわけではない」

「――っ」

「そして、妾が誰かに百を譲ることなどない」

断ずるプリシラの視線に、アラキアが小さく息を呑《の》んだ。

だが、そのプリシラの苛烈なまでの宣言に、抗議するような小さな音が割り込んだ。

それは――、

「母上、何ゆえに妾の頭を叩《たた》いた？」

「そのような言いよう、するものではありんせん。わっちは我が子を、そうまで居丈高に

育てた覚えはないでありんす」

「そもそも、母上に育てられた覚えがない」

「であれば、ようようその機会が巡ってきたということでありんしょう」

そう言って、ヨルナはプリシラの頭をこつんとやった煙管《きせる》を下ろし、ゆるゆると首を振ってからアラキアを見上げた。

彼女の双眸《そうぼう》には変わらぬ怒りと、今しがたの行為に対するわずかな動揺がある。

それを見据え、ヨルナは地獄の中で煙管を口にくわえると、紫煙を吸い込んだ。

そして、いくらか晴れ晴れと、状況にそぐわぬ身なれど笑い、

「ようやっと、わっちを見たでありんすな、アラキア一将。——するべき躾《しつけ》をできずにいたわっちの不徳、プリシラ共々、贖《あがな》う機会がきたでありんす」

「何を……」

「早い話——」

戸惑いが言の葉に乗せられ、それを受け止めながらヨルナは紫煙を吐いた。

その唇から溢《あふ》れる煙を自らに纏《まと》い、娘からの信に瞳を燃やしながら、ヨルナ・ミシグレは、かつてサンドラ・ベネディクトであった一人の母は——、

「——子の躾に手を抜く親ではありんせん。覚悟するでありんす、小娘たち」

そう、したたかに宣言したのであった。

7

——トッド・ファングは、特別自分が用心深いとも周到とも考えていない。

ひたすら『当然』を突き詰めた結果、思いつく抜け穴を全部潰し、取り得る手段は可能な限り網羅し、できるだけ物事を悲観的に考えて失策を減らしておく。

それだけのことをやっても、相手が自分の考えの及ばない作戦や行動、奥の手を用意していた場合、手も足も出ないで呆気《あっけ》なくやられるだろう。

その程度が、自分の生まれ持った能力と現実との折り合いだと弁《わきま》えている。

幸い、これまでそうした存在と出くわすことなく、あるいは出くわしても決定的な敵対を避けられてきたから、自分は今日まで生き長らえてきた。

ただし——、

「——このところ、とにかく運が悪い」

このひと月かふた月、ほんの短い期間を振り返り、トッドは我が身をそう嘆く。

ケチのつき始めは、帝都から東の地への派兵の一団に編入されたこと。それで婚約者のカチュアと引き離されたと思えば、あの最悪の拾い物だ。

野営地近くの川を流されていた三人の男女——女二人の方はともかく、男の方は今日までのトッドに降りかかった不運、その全ての元凶と言って差し支えない。

前述の通り、トッドは自分が『特別』だとはまるで考えていないが、あの男はそこのところのタガが外れている。――凡庸であり、そして異常だった。

それがヤバい。だから、機会さえあれば何が何でも殺そうと考えた。それが叶《かな》わないとわかれば、即座に絶殺の方針を放棄し、関わらないで遠ざかることを選んだ。

雨除《あまよ》けの傘だったジャマルを犠牲に、囚《とら》われのアラキアを助けたのもその一環――なのに目論見《もくろみ》は外れ、トッドは帝国全土を巻き込む一大事の只中《ただなか》に取り残されていた。

何もかも、本当に何もかもがうまくいかない。

この全部の不運の始まりが、あの疫病神にもたらされたものであるように思える。だからせめて、このぐらいの思惑はうまくいってほしいのに――。


「――失敗失敗、今のでいっぺんにやっちまうつもりだったんだが」

敵陣深くへ潜り込み、奇襲を狙った先制攻撃。

初手で武装した兵を始末したあと、居残った敵を見据えてトッドはそうぼやく。

相手は三人――女子が二人と優男が一人、まともな戦力である兵士を最初に仕留められたが、最善の結果とは思わない。むしろ、戦果は最低限に留《とど》まったと認識した。

トッドが本来の持ち場を離れて敵陣に乗り込んだのは、この帝都決戦で厄介な働きをしている存在――情報戦において、非凡な能力を発揮している敵の始末が目的だ。

これだけ大規模な戦いでは、正確な情報の取り扱いが生命線となる。

正直、堅固な防壁と一騎当千の『九神将』を抱えながら、数だけが取り柄の叛徒《はんと》を押し切れずにいる最大の理由は、この生命線の働きにあるとトッドは考えていた。

「戦場にいるのに女も子どもも、って答えるのは簡単だが、それだと帝都の住民がとばっちりすぎる話だな。それに、その言い分はちょっと都合がよすぎるだろ」

交わすべきでない言葉を交わしながら、トッドは三人の敵を値踏みする。

青年と少女たち、三人のいずれが標的とすべき生命線なのか、確証は得ていない。いかにも戦場に似つかわしくないのは少女たちだが、いるべきではない存在が戦場にいるという事実は、トッドの欲しい根拠を疑わせる要因にはなる。

「戦場に取り残されただけの非戦闘員なら、お前さんの今の理屈も通るだろうさ。だが、戦場で仕事してる奴《やつ》を非戦闘員とは認めんよ」

ただ、真正面からトッドと相対する優男の目が、トッドを強く警戒させた。

非力さという意味では少女たちと大差ない雰囲気だが、目つきがおかしい。自分の命を平気で道具にする類《たぐい》の、抜け目のない眼光が細面の裏に隠れている。

一方、優男に注目しすぎ、少女たちへの警戒を解くこともすべきではない。

少女の片方は異様に肝の据わった目をしているし、武器を持っている方の少女は構えに迷いがない。ちゃんと、人を殺したことがある位置取りだ。

殺しの経験がある少女は、帝国では珍しくない。つまり、油断ならない敵だ。

「さあな。ただ、俺の勘が言ってる。お前さんたちが、この戦争で悪さを働いてる一番の根っこだ。それと、俺の勘はこうも言ってる」

三者、三様にトッドの警戒を招く相手揃《ぞろ》い。

会話しながらトッドの隙を窺《うかが》い、あるいは作ろうと画策している節があるのもいただけない。——誰が、最優先の対象であるか決定打に欠けるが。

「——お前さんたちも、時間をやらない方がいい奴《やつ》らだってな」

全員、殺しておくべき標的であると、それがトッドの動かざる結論だった。

8

——オットー・スーウェンはたびたび、自分の迂闊《うかつ》さを呪うことがある。

ナツキ・スバルとレムの二人が行方をくらまし、こうしてヴォラキア帝国へやってくる羽目になった事態が最たるものだが、それ以外にも自省する点は多々あった。

直前にペトラに窘《たしな》められた点に関しても、大いに反省の必要な事態である。

——『言霊《ことだま》の加護』を用い、この帝都決戦の戦場を支配する。

大見得《おおみえ》を切り、ペトラに助けられながら決行したこの方針は、贔屓目《ひいきめ》や自惚《うぬぼ》れを抜きにして戦場の形勢を一変させた。オットーの聴覚をペトラの陽魔法で拡大した合わせ技は、刻一刻と動く戦場の様子を完璧に捉え、常に情報を最新に更新し続ける。

無論、集めた情報を的確に運用できなければ宝の持ち腐れだが、人格面はともかく、能力的にアベルはオットーの期待に応え、見事に有効活用してみせた。

故に、此度《こたび》の戦場でのオットーの貢献は計り知れないが――、

「必要なのは、ナツキさんとレムさんを連れ帰る結果だけ。……もちろん犠牲なしで」

どのみち、ヴォラキア帝国での働きは、ルグニカ王国に持ち帰ることはできないのだ。

ならば、この旅の最善は身内の犠牲なしで、スバルとレムを連れ帰ること以外にない。

そのために、持てる手札を全部使おうとして、その無茶《むちゃ》をペトラに叱られた。

それで大いに反省したつもりだったが、足りなかった。

足りなかった迂闊さの報いが、眼前に現れた斧《おの》を手にした帝国兵の存在だった。

「――失敗失敗、今のでいっぺんにやっちまうつもりだったんだが」

長柄の斧を握った帝国兵の目的は、情報を運用するアベルではなく、その情報を取得するオットーたちを仕留めること。効果が同じなら、より手薄な方を狙う。

理に適《かな》った考え方だ。オットーも、立場が逆なら同じことをやっただろう。

「戦場にいるのに女も子どもも、って答えるのは簡単だが、それだと帝都の住民がとばっちりすぎる話だな。それに、その言い分はちょっと都合がよすぎるだろ」

言葉を投げかけ、こちらを値踏みする男を同じようにオットーも観察する。

主な疑問は二つ、男はどうやってオットーの『言霊の加護』のチャンネルを回避してここへきたのかと、どうやってオットーたちの居場所を特定したのか。

おそらく、二つの疑問は同じ理由が答えになっているものと推測する。

男の何らかの特殊性が、オットーのチャンネルを回避し、ここへ辿《たど》り着《つ》かせたのだと。

「戦場に取り残されただけの非戦闘員なら、お前さんの今の理屈も通るだろうさ。だが、戦場で仕事してる奴《やつ》を非戦闘員とは認めんよ」

会話からその糸口を探りたかったが、最初の分析通り、男は徹底していた。

多くを語らないことが、自分を守る術《すべ》になると理解している。帝国に多い、圧倒的な武力で相手をねじ伏せる類《たぐい》の手合いではなく、狡猾《こうかつ》な姿勢で。

「さあな。ただ、俺の勘が言ってる。お前さんたちが、この戦争で悪さを働いてる一番の根っこだ。それと、俺の勘はこうも言ってる」

こういう敵は、手強《てごわ》い。──自分が弱いと思っている相手は脅威だった。

そのせいで──、

「──お前さんたちも、時間をやらない方がいい奴らだってな」

長柄の斧《おの》を振りかざし、男が真《ま》っ直《す》ぐに飛び込んでくる。

それに対し、オットーは歯噛《はが》みしながら、最初の一撃の回避に全霊を注ぐ。注いで、そして身構えた。──最低限の備えで、どこまで男とやれるものかと。

9

──ペトラ・レイテは逆境に置かれるたび、自分の研磨不足を悔しがる。

幼さを理由に、陣営の仲間たちから甘やかされることの多いペトラだが、その立場に甘んじて未熟さを受け入れるのは違うと、そう自分に任じていた。

もしもこれが、屋敷で過ごす日常の中、メイドとしての業務で起こした失敗が理由だったらここまで深刻に捉えずともいいのかもしれない。

しかし、そうした状況次第でという気の緩みは、やがて大きな失敗に繋《つな》がる。

常に緊張していなくてはならないとまでは言わない。

でも、いつでも期待された成果は挙げられなくてはならない。それがペトラの物事の考え方であり、せめてそう在りたいと思う未熟な自分なりの理想だった。

だから——、

「——お前さんたちも、時間をやらない方がいい奴らだってな」

斧を手に飛び込んでくる帝国兵に対して、手足の震えを堪《こら》えて顔を上げる。

込み上げる涙で潤みかける視界の端には、なおも荒ぶる炎に焼かれ、黒焦げの死体となった伝令兵の姿が見えていた。

もしもとっさにオットーが手を引いてくれなければ、自分も同じように命を落としていたはずだ。その事実は、ペトラの魂をひび割れさせると同時に——、

「ペトラちゃん！　七番！」

「——っ」

そう自分の名前を呼んだオットーへの、大きな信頼となってペトラを動かす。

名前に続いた番号は、事前に打ち合わせていた仕掛けを起動させる合図——刹那《せつな》、ペト

ラの心を不安が過《よぎ》る。ずっと練習はしてきた。本番に強いと、自信もある。

あとは――、

「――スバル」

過った不安を蹴散らすように、想《おも》い人の名前を呼んで、歯を食い縛るだけ。

「――ジワルド！」

そう唱えたペトラの指先から、白い光の一条が放たれた。

それは陽魔法における数少ない攻撃魔法であり、途上にあるものを穿《うが》つ光の槍《やり》――もっとも、それは一流の使い手が行使した場合で、未熟なペトラはその基準に及ばない。

ペトラのジワルドでは、生き物を殺すどころか、火傷《やけど》を負わせるのがせいぜいだ。

だが、それでいい。

指先から放たれた光が向かうのは、飛び込んでくる男――ではなく、その斜め後ろの地面に仕込まれた、オットーお得意の火の魔石を用いた罠《わな》だ。

火力に乏しいペトラのジワルド、その狙いは仕込みに着火させること。

持ち運べた魔石に限りがあり、索敵のために何度も場所を変えたため、罠の数は万全とは言えない。それでも、陰湿なぐらい周到なオットーの罠は牙を剥《む》いた。

男の背後で、熱を帯びた魔石が赤熱し、爆発を起こす。

それは男の注意を後ろに引き付け、飛びかかる隙を窺《うかが》う少女の起爆剤になった。

「おりゃあああ――!!」

手にした蛮刀を振り回して、相手の懐へミディアムが飛び込む。

ペトラとそう背丈の変わらない金髪の少女は、しかし、ペトラとは違った勇猛さで果敢に切り込むと、斧《おの》を持った相手の腕を斬り飛ばしにかかった。

「ちっ」

まんまと注意を逸《そ》らされ、舌打ちした男が手首をひねり、ミディアムの一撃をとっさに斧で跳ね返す。互いの初撃をしのがれ、仕切り直しへと――、

「まだまだ！　まだまだ！　まだだだだ!!」

持ち込まれるかと思いきや、ミディアムは全くそんな弱腰にはなっていなかった。

相手の攻撃で蛮刀を跳ね返されるも、その跳ね返された勢いでくるっと回転し、そのまま勢いを乗せて剣撃を放つ。それが相手によけられれば、よけられた勢いを乗っけてまたしても回転して剣撃を放つ。

まるで、増水した川の水みたいに勢いの止まらない剣舞――、

「四番！」

「はいっ」

目を奪われかけるペトラの肩が叩《たた》かれ、オットーが次なる指示を飛ばしてくる。

合図を出されれば、何も考えずに指定された地点に魔法を撃ち込む。それがオットーと交わした約束であり、その指示だけは何が何でも守るとペトラは決めていた。

「ジワルド！」

またしても放たれる魔法が、今度はさっきよりも近い地点の地面を爆発させる。

もしかしたら男は、ミディアムの巻き添えを恐れてペトラたちが攻撃を引っ込めると思っていたかもしれない。しかし、それは甘い考えだ。

「必要なら、ミディアムさんごと巻き込みます」

「あとでちゃんと、治癒魔法かけるからっ」

「うおおおお！　よくわかんないけど、あたしは止まらない！」

数メートル隣で爆発が起ころうと、ミディアムの勢いは増すばかりだった。

冷酷かもしれないが、オットーの判断にペトラも賛同する。三人が無傷で切り抜けられれば理想だが、大事なのは三人が傷を負ってでも生き延びる現実だと。

その発想の下、ペトラはオットーの指示に従い、次の罠《わな》を起動させようと――、

「――なんだ。考えることは同じか」

爆音の向こうで、そう呟《つぶや》いた男の声にペトラの全身が総毛立った。

それは意味はわからなくても、意図はわかるような嫌な言葉で。

「二番!!」

ペトラの感じた戦慄、その正体をもう少し詳しく悟ったオットーの叫びに、ペトラは一切の思考を放棄して反射的に従い――足下の罠へと着火する。

「――――」

一瞬、無音に思える世界の中で、ペトラは自分が起動したのが、「痛いので使いたくな

いですね」とオットーが前置きした緊急避難用の仕込みであったと気付く。

足下から溢《あふ》れる光と衝撃波が、二人の体を跳ね上げる。とっさに伸びてくる腕に抱き寄せられ、ペトラは自分がオットーに抱きしめられたのだと理解した。

とっさに、自分を抱きしめるオットーをペトラは陽魔法で強化する。修練不足で気休め程度の効果だが、オットーならないよりマシなそれを有効活用するだろう。

そのまま、弾《はじ》かれた二人の体が地面の上に落ちる――そのときだ。

ドン、と激しい爆音が、一拍遅れてペトラの起こした爆発に重なる。それは直前まで、ペトラとオットーのいた場所で炸裂《さくれつ》した致命的な爆風。

おそらくは、最初の奇襲で二人の伝令を焼き殺したあの炎だった。

「斧《おの》で……」

ペトラたちを斬り殺すと見せかけ、本命は後ろに仕込んであったあの炎だった。

決して、真正面から戦うことを誉れと思わない男の手口、それが事前に罠を仕掛けたオットーの手法と重なって、あの男の呟きに繋《つな》がったのだろう。

「づっ！」

直後、ペトラを抱きしめるオットーの体が地面にぶつかり、硬い感触の上を転がりながら距離を取り、二人はすぐさま追撃に備えて男に向き直った。

しかし、男からの追撃はない。代わりに男は小さく鼻を鳴らすと、

「そこと、そこ。それからそこだ」

呟《つぶや》いた男が首を巡らせ、その後の出来事にペトラは目を見開く。

男が視線を向けた先で、次々と地面が爆発を起こした。最初は六番、それから九番と一番、立て続けに五番と八番と、仕込みがどんどん暴かれていく。

「な、なんで⁉ なんで魔石が……」

「……まさか、精霊？」

仕込みの在処《ありか》を見抜かれたことも、それを爆破した方法もわからずに困惑したペトラの横で、オットーが頬《ほお》を硬くしながら嫌な推測を口にした。

精霊術師だとしたら、それはスバルやエミリアと同じだ。

ペトラにとって、色々な意味で愛情深い二人と同じ種類の人間だと、目の前の男を認めたくない気持ちが強くあるが――、

「でも、精霊なんてどこにも……」

「なにも従わせる方法は一個じゃない。喰《く》われたくなきゃ従えって脅す手もある」

「え？」

「意趣返しじゃありませんが、聞く耳を持たない方がよさそうですね」

理解できない――否《いな》、したくない男の発言に、オットーが声に嫌悪を滲《にじ》ませた。それが本気の答えなのか、それとも隙を作るための狂言だったのかはわからない。

ただ、はっきり断言できることがあった。

「わたし、あなたのこと嫌いですっ」

「あたしもおんなじ意見！」

精一杯の怒りを込めて、そう叫んだペトラに呼応して小さな影が飛んだ。

それは男の背後に回り込み、仕掛ける隙を見計らっていたミディアムだ。彼女は男が仕掛けを爆破して起こした煙に紛《まぎ》れ、蛮刀で男を背中から狙った。

我慢に我慢を重ねたミディアムの一撃、それは真《ま》っ直《す》ぐ男へ吸い込まれ――、

「お前たち三人の中で、一番読みやすいのがお前さんだよ」

「――ぁ」

「帝国流で、反吐《へど》が出る」

体を横に傾けて、振り下ろされる蛮刀を読み切った男が身を回し、斧《おの》を振るう。その斧の残酷な刃《やいば》の軌道に、目を見開いたミディアムの首があり――、

「ミディアムちゃんっ」

ペトラの尾を引く悲鳴も空《むな》しく、斧は彼女の細い首へと吸い込まれていった。

10

――ミディアム・オコーネルは、物事を深く考えない。

厳密には、ミディアムも色々と考えることはある。

兄であるフロップ・オコーネルのことはいつも心配だし、同時に信頼してもいる。城郭《じょうかく》

都市《とし》から連れ去られたと聞いて、驚きと心配は胸が張り裂けそうなくらいにあったが、自分も自分で体が縮んでいたりして、それを知ったら兄も慌てふためくだろう。

なので、心配も信頼もお相子様だと、そう考えていた。

「妹よ！　僕たちは頭で考えるより、心で考える方がずっといい正解が引けそうだ。特にお前はそんな雰囲気があるから、覚えておくといい！」

と、ずいぶん前に兄に言われたそれは、ミディアムの中で大事な道しるべとして、縮む前の胸と、縮んだあとの胸のどちらにも仕舞《しま》ってある。

心で物を考えると、どうにも筋が通らなかったり、突拍子もない発言に繋《つな》がりがちで嫌がられることもある。特にアベルなどは、それがとても嫌そうだ。

でも、兄の言うことはすごい。実際、ミディアムはそのやり方でうまくいってきた。

「やっぱり、あんちゃんはすげえや！」

もちろん、それで全部が全部うまく回っていくなら、自分の体が小さくなってしまうことも、兄がレムと共に都へ連れていかれてしまうことも、スバルが彼方《かなた》へ飛ばされてしまうことも、カオスフレームが壊れてなくなったり、エミリーたちがあたふたすることもなかっただろう。

全部が全部、うまくいくわけじゃない。

だけど、ミディアムの起こせる行動の限りでは、一番いいことが起こるやり方だ。

だから、背後からの不意打ちが失敗して、隙だらけの首に斧《おの》がぶつけられる瞬間、「あ、死んじゃった」と思いながらもミディアムは慌てなかった。

それは、最善の行動をしたから、やるべきことを果たしたから、これで負けてしまうなら仕方ないから悔いはない、という感覚に近い。

もちろん、死ぬのは嫌だし、兄と再会できないのも辛《つら》いし、レムやスバルといった新しい友人たちを助けられないのもとても残念だ。

「ミディアムちゃんっ」

必死なペトラの声も聞こえて、ますます残念さが留《とど》まることを知らない。

だが、心で物を考え、ミディアムは自分の取れる一番の手を打ったのだ。

そうした先で訪れる結果は、言い方は悪いが天運次第――それが巡らなければ、命を奪われるのが世の習いであり、ヴォラキアの流儀なのである。

しかし――、

「――――」

甲高い音が鳴り響いて、自分の首を刎《は》ねるはずだった斧の刃《やいば》が火花を散らした。

わずかに香った鋼の臭いを嗅ぎながら、ミディアムは跳ね返される斧を視界の端にしっかりと捉える。そして、吸った息を大きく吐いて、

「やっぱり、あんちゃんはすげえや。あたし、このやり方で一回も死んでないから」

「――おお、そりゃ羨ましいもんだぜ。オレなんてとても数え切れねぇ」

兄から教わったやり方、それがまたしても自分の命を救ってくれた。そう嘯《うそぶ》いたミディ

アムに、彼女の命を奪うはずだった斧《おの》を弾き返した人物がそう答える。

ミディアムの命を助けたのは、弾《はじ》かれた斧と同じぐらい身幅の分厚い青龍刀《せいりゅうとう》——それを握るのは何とも珍妙で、ミディアム的にはうっとり高評価な格好の友人。

ここで間に合ってくれるなんて、格好良すぎてビックリしてしまう。

「お前さんは……」

割って入ったその人物を見やり、確実に殺せたはずのミディアムを守られた男が不愉快そうに唇を動かした。

その男に対して、割り込んだ風来坊——漆黒の兜《かぶと》で顔を隠した人物が首を傾《かし》げ、

「調子いいとこ悪《わり》ぃんだが、邪魔するぜ。どこが一番やべぇかと思ってたが、灯台下暗しってのはこのことだ。ったく、一寸先は暗闇すぎてガチで困るわ」

非戦闘員を仕留めるつもりだった帝国兵、その全身に静かな警戒が宿る。

ただしそれは、兎《うさぎ》相手にも手を抜かない獅子《しし》の構えではなく、兎が別のものに化けたのを警戒する狩人《かりうど》の姿勢、それを目にして風来坊——アルは肩をすくめた。

そして——、

「お先真っ暗ってのは手に負えねぇ。なにせ、星も見えやしねぇんだからよ」

と、そう参戦を表明したのだった。

第三章　『頂点乱麻』

1

「――アベルと言ったか。『皇太子』の噂《うわさ》を広めたのはお前だな？」

帝都攻防戦の最中《さなか》、反乱軍の本陣から戦場となった空を眺めるセリーナ・ドラクロイに問われ、アベルはゆっくりと鬼面に覆われた顔を上げた。

援軍に加わったセリーナの飛竜隊の活躍で、制空圏は一挙にこちらに傾いている。

無論、『雲龍《うんりゅう》』や『精霊喰《ぐ》らい』までも飛竜で落とせるものではないが、必要なのはほんの一穴、堅牢《けんろう》を誇る帝都の城壁に一ヶ所の穴を開けるだけでいい。

それがもたらす崩壊が勝因を引き寄せると、アベルは指示を出し続けていた。

「その俺が、貴様の雑談に付き合う暇があるように見えるのか？」

「ただの雑談と切り捨てられては心外だ。それに、私はお前の文に口説かれて皇帝閣下を裏切った女だぞ？　もう少し丁重に扱っても罰は当たるまい」

「下らぬ凡俗のようなことを言う」

「俗物とまでは言わずとも、俗なことも好む性質《たち》だ。先の反応も気になるのでな」

肩をすくめ、空から視線を外したセリーナがアベルの方を窺《うかが》う。

彼女の興味を惹《ひ》いたのは、西から現れた予定外の援軍――それに対して、アベルが見せてしまった迂闊《うかつ》な反応の真意だ。

「閣下の御子《おこ》とされる『黒髪の皇太子』だが、その噂《うわさ》を広めたのはお前だろう。そしてその皇太子とは、絶賛大暴れしているあの集団の代表なんじゃないか？」

「つまり、貴様は戦場で乱痴気騒《らんちきさわ》ぎを起こすあれらが、皇帝の落とし胤《だね》だと？」

「いいや、失敬。それは言葉の綾《あや》というものだ。『黒髪の皇太子』が、本当に閣下の御子であると私は思っていない。おそらく、閣下に御子はいないからな」

アベルの言葉に首を横に振り、セリーナはやけに自信満々に答える。その確信に満ちた答えにアベルが眉を寄せると、彼女は「なにせ」と言葉を継いで、

「閣下は妃《きさき》を娶《めと》らないし、女を抱いたという話も皆無だ。以前、私も誘惑してみたことがあるが、完全に無視された。これは強い根拠だろう」

「――。正気か？」

「無論、本気だ」

「俺は本気かを問うたのではなく、正気かを問うたのだ」

根拠とするにはいささか納得しづらい理由を出され、アベルの目が厳しくなる。

セリーナはヴォラキア帝国でも有数の、高い能力と野心を評価できる人材だ。だからこそ、この決戦でも重要な戦力に数えたが、今の答えには一考の余地が生まれる。

しかし、そんなアベルの視線の険しさに、セリーナは「待て」と片手を上げた。

「今のは冗談ではないが、あくまで一番大きな根拠というだけだ。閣下が私に誘惑されなかった点は悔しくもあるが、同時に暗示してもいる」

「――――」

「閣下は女に興味を持たない。もっとはっきり言えば、子を作る意思がない」

無言のアベルの隣で、セリーナは「だってそうだろう?」と続ける。

「漁色家であれとは言わないが、閣下は御子をお作りになっていない。少なくとも、現時点でお一人も。だが、仮に閣下が男色家だったとしても、子を作る意思さえあれば作ることは可能だ。可能性は二つ、種無しか……」

「意図的に子を作っていない」

「そうなる。いずれにせよ、『皇太子』などいるとは思えん。だから、落とし胤などという話はそもそもが眉唾だ。その眉唾がこれほどの内乱を起こすのだから、我が国の在り方が実に晴れ晴れしいものというところだが」

小さく頰《ほお》を歪《ゆが》め、セリーナは本心から愉快そうに笑みを象《かたど》る。

その態度にも、彼女の立てた推測にもアベルは何も言及しなかった。特段、セリーナもアベルの意見を必要としているわけではない。

彼女のような人種は、他者から肯定されずとも己の考えを肯定できるものだ。

つまり、彼女が欲しいのはアベルからの肯定ではなく――、

「どういう意図で、お前は『皇太子』の存在をでっち上げた？　この戦いにこちらが勝利したあと、空の玉座に誰を座らせ、帝国をどうするつもりだ？」

「何故《なぜ》、貴様はそれを俺に問う？」

「あの『皇太子』が本物……閣下の落とし胤《だね》ということではなく、この巨大な内乱を牽引《けんいん》するお前の本命であると考えるからだ。戦後、お前とあの『皇太子』が結ぶなら、帝国の未来を誰に問うべきかは明白じゃないか」

続けられたセリーナの野心的な答えに、アベルの口から「は」と息が漏れた。

同時に、自分の顔を覆った鬼の面――その『認識阻害』の効果を称賛する。これがなければその表情を、黒瞳を過《よぎ》った感情を、外に漏らすところだった。

正体も、本心も、覆い隠したままであれなくなるところだった。

「何がおかしい？　私は間違ったことを言ったか？」

「笑ったわけではない。むしろ、貴様の洞察には感心している。ただ、結論が違えば、過程もまた大きく外れるというだけだ。無理からぬことだがな」

「む……」

アベルの物言いに、セリーナが不満げに唇を曲げる。

だが言葉通り、彼女の洞察力には感心した。アベルの目的が玉座の奪取にあるなら、偽の『皇太子』を擁立し、実権を握るのが目的だと考えるのは自然な発想だ。

しかし――、

「疑《うたぐ》らずとも、あれに玉座を与えるつもりはない。貴様の見立ては誤りだ」

「では、私の推察は全て外れたと？」

「全てではない。貴様の言う通り、『黒髪の皇太子』の存在を広めたのは、戦場で暴れているあれを見つけ出す目論見《もくろみ》だった。ただ、比重が違う」

「比重？」

「あれを表舞台に引き出すことと、手元に置いておくこととの比重だ。後者はさして重要ではない。——どのみち、あれの甘さは他者の犠牲を容認できぬ」

首をひねり、理解の及ばない当惑を抱えているセリーナ。

しかし、アベルも一から十まで彼女に説明する義務はない。ひとまず、彼女が欲している答え、戦後の懸念については解消してやったはずだ。

場合によってはセリーナは、ここでアベルの首を刎《は》ね、それを持って水晶宮《すいしょうきゅう》へ赴くことで、この反乱を終わらせることさえできたのだ。

その芽は摘んだ。いくらかの、アベルの内の溜飲《りゅういん》を犠牲に。

「躊躇《ちゅうちょ》も容赦も打ち捨て、その甘さを最大限利用するがいい。それでこそ、貴様の本領というものであろう。——ナツキ・スバル」

セリーナが『皇太子』と呼び、今も西の戦場を荒らしているだろう人物。

唇に乗せた名前の主の姿は、アベルの記憶の中でもいちいち安定しない。素顔と女装、さらには幼児の姿と、記憶の中ですら慌ただしい手合いだ。

落ち着きなく、放り込まれる状況の中で右往左往し、甘さと青さを剥《む》き出《だ》しにしながら奔走するスバルの姿を思い浮かべ、アベルは唇を強い嫌悪に歪《ゆが》める。

——否《いな》、それは憎悪と、そう言い換えた方が適切かもしれない激情だった。

「——何奴《なにやつ》だ！」

本陣の守りを任された守備兵が、不意の警戒に声を上げる。

その声にアベルとセリーナが振り向けば、本陣の入口に現れた一人の人物が、武器を抜いた守備兵に周りを取り囲まれているところだった。

それは細身の優男で、何も持たない両手を見せながらへらへらと軽薄に笑っていて。

「——武器を下ろすがいい。そのものに危険はない」

その相手の正体に、アベルが守備兵たちに武器を引くよう命じる。それでも彼らは警戒を解けず、「ですが……」と言葉と表情を濁した。

「たとえ刃物を持たせたとて何もできぬ。言葉を弄することだけが取り柄の道化だ」

「あーれれ、ひどい言われようだなぁ。ぼかぁ、傷付きましたよ？」

向けられた武器を下ろさせてやったアベルに、助けられた優男が不満な顔をする。その優男の態度に、アベルの隣に並んだセリーナが怪訝《けげん》な目を向けた。

それは見知らぬ相手に対するものではなく、見知った相手に向ける不審の目——、

「何故《なぜ》、お前がここにいる？　お前は『星詠み』の——」

「——ウビルク、でーすよ。お見知りおきを、ドラクロイ上級伯。もっとも」

名乗った優男――ウビルクが、異様に整った中性的な顔で妖艶に微笑《ほほえ》む。
帝都の、それも水晶宮《すいしょうきゅう》にこもっていたはずのウビルクは、区切った言葉の先を最大限もったいぶって、もったいぶって、もったいぶってから告げる。
それは――、
「――『大災』のあとでも、あなたが生き残れていたらの話ですけーどね?」

2

――『大災』と、告げられたその響きにアベルは黒瞳を細くする。

それを口にした張本人、ウビルクの表情は微笑を湛《たた》え、その心の深奥を覗《のぞ》かせない。

柔和で人当たりがよく、誰に対しても変わらぬ態度で接する男だ。その在り方は、彼が初めてアベルの前に姿を現したときから変わっていない。

一切の忖度《そんたく》や協力者の存在なく、城の謁見の間に現れたときと、何一つ。

『星詠み』を名乗り、このヴォラキア帝国に降りかかる凶事の多くを言い当てたウビルクは、どのような出来事を見通そうと、万事に自らの感情を揺らさない男だった。

まるで――、

「――こうして、ここで俺と対峙《たいじ》することとさえ、貴様にとってははるか以前から見透かしていた出来事に過ぎぬか?」

「そんなそんな。それはいくら何でも買《か》い被《かぶ》りってものですよ。ぼかぁ、そこまで大した存在じゃーありませんって」

「戯《ざ》れ言《ごと》しか口にできぬなら、その舌を切り取ることも厭《いと》わぬぞ」

「や－れやれ、怖い怖い。相変わらず、胃が締め付けられる思いですよ」

細い肩をすくめて、ウビルクが欠片《かけら》も気負わない様子でそう嘯《うそぶ》く。その態度にアベルが鼻を鳴らすと、隣に並んだセリーナが「解《げ》せないな」と口にした。

彼女は両手を上げるウビルクと、アベルの横顔を見比べながら、

「見た顔だ。あれは水晶宮《すいしょうきゅう》に出入りする『星詠み』……皇帝閣下が傍《そば》に置いている、戯れ者の一人だろう。それと面識があるのか？」

「度し難《がた》いことだがな」

「ふむ。……事が済むまで荒立てるつもりはなかったが、問《と》い質《ただ》しておくべきか？　いったい、その鬼の面の裏に隠れたお前の素顔は何者なのかと」

切れ長な瞳に理知的な光を宿し、セリーナがアベルの素性に疑問を抱く。

元より、彼女にはそこに大いなる疑問があったはずだ。この帝国を揺るがす大きな内乱において、まんまと反乱軍の指揮官に収まった存在——素顔を隠している点も含め、その心中を推し量れないという意味ではウビルクといい勝負だろう。

だが——、

「その問いに答えることは、今優先すべきこととは言えぬ」

「力ずくで仮面を剥《は》ぐ手もある。私も、腕に覚えはある身でな」

「やめておけ。これは忠告だ」

「ほう、私に忠告か」

じりと、アベルの返答にセリーナの目が好戦的な色を帯びる。

その苛烈な姿勢で『灼熱公《しやくねつこう》』の呼び名を恣《ほしいまま》にするのがセリーナ・ドラクロイ——これまで浴びせられた侮辱と嘲弄、その全てを焼き払ってきたから彼女はここにいる。

そんな彼女の信条に、アベルの答えは十分以上に抵触する熱量があった。

「待った待った待ーった！　落ち着きましょう！　ただこうして顔を見せただけでそんなピリピリした空気になるなんてなんなんです？」

「黙って見ていれば、労せず貴様がこの戦いの功労者となれるかもしれんぞ」

「ぽかぁ、そんなこと望んじゃいないんですよねえ。ここでお二方のどちらか、あるいは両方が倒れるなんて、しかも切っ掛けがぼくなんてたまったもんじゃーないです」

「——解せないな」

険悪になる二人、その両者へと手を伸ばして、ウビルクが比較的声を焦らせる。そのウビルクの反応に、セリーナが再び同じ疑問へと立ち返った。

そのまま、彼女は自身の腰の剣、その柄《つか》を手で弄びながら片目をつむる。

「畏れ多くも、ヴィンセント・ヴォラキア皇帝閣下の傍付きならば、お前のするべき役目は叛徒《はんと》を指揮する私とこの男への攻撃だろう。放っておけばこの男は死んだ。それはお前にとって歓迎すべきことではないのか？」

「勝手に俺を殺すな。貴様が死ぬ道もあろう」

「悪いが、今、私はこの『星詠み』と話している。話の腰を折らないでくれ」

「――――」

自分主体で話を進めたがるセリーナに、アベルはひとまず口を挟むのをやめる。そうして改めてセリーナがウビルクを見ると、彼はきょとんとした顔になり、

「必要なこととはいえ、傍《はた》から見るとなーかなか興味と趣の深い場面でしたね。とと、そんなに怖い顔されないでください。ぼかぁ、丸腰ですよ」

「丸腰は油断の理由にはならない。私が剣の柄《つか》から手をどける理由を早めに出せ。知っているだろうが、私は無抵抗の相手を斬るのも躊躇《ちゅうちょ》しないぞ」

「――斬れませんよ。あなたにぼくは」

声の調子を徐々に厳しくし、最後には恫喝《どうかつ》となっていたセリーナの言葉。それを、直前まで弱り切った顔でいたウビルクが、たったの一言で否定した。

「――――」

挑発とも取れる宣言、そこにセリーナは激昂《げきこう》せず、剣も抜かなかった。

ただ、怒り以上に彼女の胸を占めたのは、ウビルクという存在への――否《いな》、『星詠み』という生き物への得体の知れない不気味さと、一抹の不安ではなかったか。

「……お前は、ここで殺しておくべきなんじゃないか？」

「ああ、なんてひどい。ぼかぁ、大いに傷付きました。どう思われます？」

「俺もたびたび、セリーナ・ドラクロイと同じように考えた。だが、それでもなお、この男は今日まで生き長らえている。それが事実だ」

誰に対しても変わらないということは、誰の逆鱗《げきりん》に触れるかわからないということだ。

臨機応変を知らないウビルクは、このヴォラキア帝国で多くの逆鱗に触れ、多数の人間の怒りを誘発し、時には刃《やいば》を向けられてきている。

にも拘《かかわ》らず、今日までウビルクが生き延びているのは――、

「星の思《おぼ》し召《め》しですね。おお、ウビルクよ……まだ死ぬには早いはやーいと」

悪ふざけのようなウビルクの態度は、高潔なセリーナに嫌悪の感情を抱かせた。

しかし、どれだけウビルクの物言いがふざけていようと、事実は決して変わらない。

ウビルクは死なない。

その命を、彼が口にする星――この世界を遍《あまね》く嘲弄する、『観覧者』の庇護《ひご》下に置かれ、保証されているのだと言わんばかりに。

「――」

そう思う心中、押し込めた熱の主張を感じてアベルは息を吐いた。

ウビルクや他の『星詠み』に対してのアベルの個人的な思惑は些事《さじ》だ。重要なのは、こうしてウビルクがアベルの目の前に現れたこと。

あらゆる事態に『星』を絡めるこの道化が、アベルの前に現れたのは――、

る「一度は降りた舞台、降ろされたというのが適切かーと思いますが、もう一度、上ってみるつもりはおありですか？」

ウビルクが、アベルにそう問いかける。

無視されるセリーナには悪いが、彼女に懇切丁寧に説明してやるつもりはない。何よりも、その問いかけはアベルにとって実に腹立たしいものだった。

「言っておくが、俺は一度でも、貴様の言うところの舞台から降りたつもりはない」

腕を組み、提案してきたウビルクのそもそもの考え違いを正す。

玉座を追われ、はるか東の地へと追いやられ、アベルは幾度も苦境に立たされてきた。しかし、その戦意は一度も折られていない。

ましてや、自分の果たすべき役割を忘れたことも、手放そうと思ったこともない。

「貴様にはわかるまいな、『星詠み』。一度として、舞台へ上がったことのない貴様には」

「──。耳の痛いお話、でーすかね？」

「それすらも貴様にはわかるまいよ」

それらしい言葉と表情を並べ、ウビルクはアベルと話を合わせようとする。だが、そこに感情の伴わないウビルクの言葉に、アベルの真意を解した響きはなかった。

そして、それがウビルクの限度だと、アベルはすでに見限っている。

故に──、

「その時が近い。貴様が足を運んだのも、そのためであろう」

「……それは実際そうなんですが、ぼくがくるとおわかりだったので？」

「戯《ざ》れ言《ごと》を。俺は貴様とは違う。一秒先の推測はしても、確信はせぬ。――妄信と、そう言った方が適切かもしれぬがな」

「――――」

そのアベルの物言いに、ウビルクの表情がわずかに変化する。

微《かす》かに震えた眉の動きは、彼が滅多《めった》に見せない負の感情に由来するものだ。怒りか不快感か、いずれにせよ、珍しい反応には違いなかった。

それで下がる安い溜飲《りゅういん》など、生憎《あいにく》とアベルの中にはなかったが。

「それでどうする、一応、閣下の傍付《そばづ》きには違いない。刎《は》ねた首を送りつけてみるか？」

「それで皇帝に痛痒《つうよう》は与えられまい。あるいは、どうせなら自ら命じたかったと不快感は与えられるかもしれぬが、それ止まりだ。それよりも」

「それよりも？」

アベルとウビルクの対話、詳細はわからないながらも、それが結論へ向かいかけたのを察したセリーナが首を傾《かし》げる。

波打つ茶色の髪を肩の上で揺らした彼女に、アベルは言葉の先を一拍置いた。

そして、改めて彼女の目を見てから告げる。

「貴様に大役を任せる。――この戦場で、貴様以外には果たせぬ役割を」

3

降り積もる白い雪を蹴り、影が戦場を縦横無尽に駆け抜ける。

薄く氷の張った地面はあちこち滑るだとか、寒さを通り越して極寒状態の気温は肌を切り裂くようだとか、敵はこの世界で一番強い生き物だとか、全部の事情を置き去りに。

雷速が駆ける。邪魔なお題目の全部を足蹴に、笑い飛ばして駆け抜ける。

『お前、お前、お前ぇぇぇ――!』

「あはははは! ですからお前ではなく名乗ったでしょう! 絶対忘れちゃいけない花形役者の役名を! さあさ声高らかに呼んでくれればお応えしましょう大歓迎……」

『セシルス・セグムント――!!』

「そうそれ!」

嬉《うれ》しげな笑みが不意に霞《かす》み、次の瞬間にはゾーリの裏側が『雲龍《うんりゅう》』の横面に突き刺さる。

破裂するような音を立てて派手に頭が弾《はじ》かれ、空のメゾレイアの巨体が大きく揺れた。

それをしたのが、自分よりずっと背の低い少年であることにエミリアは驚く。

「あの子、すごい……」

龍の息吹を止めてエミリアを救い、堂々と自分の名前を名乗った少年――セシルスは龍を相手に一歩も引かず、とんでもない速さで戦場を掻《か》き回《まわ》す。

それがあまりに速くて目で追い切れず、エミリアは目玉がぐるぐるしてしまいそうだ。

そしてそれは、セシルスにまとわりつかれるメゾレイアも同じで。

『――ッ！　お前なんかが！　竜の！　竜の敵に！』

空中で翼をはためかせ、『雲龍』の爪が、尾が、やたらめったに振り回される。

それはエミリアが作った氷の壁を足場に、元気よく跳ね回るセシルスを狙ったものだが、龍の攻撃が当たるのは少年の残像だけで、肝心の本物には掠《かす》りもしない。

それどころか、セシルスは壁を叩《たた》く尻尾に飛び移り、龍の背中へ駆け上がると――、

「ていていていていていてい！」

『――あああああ！』

足が何本も増えたみたいな速さの蹴りが、メゾレイアに悲鳴を上げさせる。そのまま、激しく翼をばたつかせ、空中でひっくり返った龍の巨体は地上へ蹴り落とされた。

「お、落っことしちゃった……！」

ものすごい轟音《ごうおん》と地響きに、雪の張り付いた地面が剥《は》がされて飛び散った。その冷たい風を浴びながら、目を丸くしたエミリアは両手をメゾレイアに向けた。

「今なら、メゾレイアをやっつけて……」

「おっと、いけません。それには待ったをかけますよ」

「え？」

ちょっとズルいとは思ったが、エミリアはメゾレイアに上から氷塊を落とそうとした。その目の前に滑り込み、鼻先に指を突き付けるセシルスが待ったをかける。

ぱちくりと、瞬《まばた》きするエミリアの鼻の頭をちょこんと少年は指でつつくと、

「いいですか？　今、あなたが危ないところを僕が間一髪助けた流れじゃありませんか。そして始まった龍《りゅう》との一騎打ち……ここであなたがすべきことはわかりますね？　そう、僕の勝利を信じて健気《けなげ》に祈ることです！　それがお姫様の役目ですよ」

「ええと……でも、私はお姫様じゃないわよ？　王様は目指してる最中だけど……」

「お姫様というのは言葉の綾《あや》というやつですよ。正確には助けてくれた英雄であるところの僕にぞっこん惚《ほ》れ込《こ》んでしまう物語の華というもの。美しいあなたにはぴったりな役回りと思いませんか？」

「あ、ごめんなさい。私、もう誰を好きになるか決めてるの」

「あ、そうなんですか？　じゃあ仕方ないですね。続きをどうぞ」

ものすごい早口でまくし立てられながらも、エミリアは聞き逃してはいけないところは聞き逃さなかった。ので、セシルスもすぐにわかって身を引いてくれた。

引いてくれたので、エミリアも遠慮なく、改めてメゾレイアに手をかざし、

「えいっ！」

と、地面に落ちたメゾレイアを目掛け、巨大な氷の塊を空からまっしぐらに落とした。

それが大地に仰向《あおむ》けのメゾレイアの土手っ腹へと突き刺さり、轟音《ごうおん》が鳴り響く。龍の低い苦鳴を聞きながら、エミリアは「もう一回」と次を構えたが、

「ご無礼します」

直後、身構えたエミリアの足が刈られ、「あうっ」と悲鳴を上げる体がふわりと持ち上げられると、その場から引っこ抜かれるみたいな勢いで離脱。

次の瞬間、エミリアとセシルスのいた場所に強い風が巻き起こり、龍が地面を伝わせた衝撃が大地ごと、その地点を丸く抉《えぐ》り飛ばした。

あと一歩、そこをどくのが遅かったら死んでしまっていたところだ。

「やっぱり相手が龍となると一筋縄ではいかなくて秒刻みに見せ場がきますね。このところやられ役相手ばかりでフラストレーションが溜《た》まってましたからちょうどいい」

「あ、ありがとう、助けてくれて」

「いえいえいいってことです！　すでに想《おも》い人がいる美人であれどそれなら魅せ方を変えるだけ。婚儀の席にはぜひとも呼んでください！」

抱き上げ、間一髪で助けてくれたセシルスがエミリアのお礼にそう破顔する。

厳密には想い人ではなく、想うことになるかもな人なのだが、そこのところを今細かく話している余裕はない。大事なのは――、

「使って、セシルス！」

「使え？　そう言われましても何を使ったものか……おお！」

地面に下ろされたエミリアがその場に手をつくと、首をひねりかけたセシルスが目を輝かせた。その彼の視界、地面から伸び上がるのは氷の剣、槍《やり》、斧《おの》と様々な武器だ。

氷で武器を作り出すアイスブランド・アーツが、セシルスの正面へ、メゾレイアまでの

道のりを立ち並んだ武器で舗装する。

「これは何とも壮観な！　いいですねえ、カッコいい！　本音を言えば僕の手には相応の優れた名剣や魔剣の類《たぐい》しか持ちたくないんですが……」

「じゃあ、ダメ？」

「いえ誰に言ってるわけでもない自分ルールだったのでこっそり変更しましょう！　この場は龍《りゅう》相手に武器をぶんぶん振り回す方が派手ですしね！」

言いながら、セシルスが小さな体の腕を目一杯伸ばし、自分の左右にある氷の剣を二本引っこ抜く。そうされてからすぐ、エミリアは「あ」と失敗に気付いた。

氷の剣はエミリアが作った。だからエミリアは冷たく感じないのだが、そうでないセシルスには冷たすぎるかもしれない。

「そう言えば、プリシラも冷たいなんて言わなかったけど……」

「ご安心を。そのあたりの不便は流法《りゅうほう》で補えますので僕も戦団の人たちも大丈夫！　まぁ僕はボスたちのあれに巻き込まれると調子崩すので一抜けして素で対応してます。なので僕が特別スペシャルなのは事実ですが！」

「すぺしゃる……」

聞き覚えのない言葉が次々繰り出され、エミリアは思わず反芻《はんすう》する。

この感覚、まるでスバルと話しているときのような不自然さ——と、そこまで考えたところで、エミリアは「もしかして」と気付く。

「ねえ、セシルス！　あなたのその言葉って、スバルから教わったんじゃない？」

「スバルさんですか？　いいえすみませんが違いますね。僕がこの手の言葉を教わったのはボスですが、ボスの名前はスバルさんではなかったので」

「そう、違うの……早とちりだったみたい」

前のめりになった分、セシルスの答えにエミリアは意気消沈する。が、めげてはいられないと、エミリアはすぐに自分のほっぺたを叩《たた》いて気を入れ直した。

そして、自分もセシルスと同じように氷の槍《やり》を手に取り、

「気持ちを切り替えて……一緒に、メゾレイアと戦いましょう！」

「その気持ちの切り替え実にいいですね。そう言えばまだお名前も聞いてませんでした」

「私？　私はエミリア……じゃなくて、エミリー！　エミリー！」

「なるほど訳ありなご様子！　ですがこの場は野暮《やぼ》は言わずにおくのが吉と思いますのでそうさせてもらいますよ、エミリーさん。さっそくですが一個頼んでも？」

「お願い事？　私に？」

「はい。――あの龍の相手をしている最中、あれをどけてもらっていいですか？」

名前の交換をしたエミリアに、セシルスが戦場の端っこを指差して頼み事。そうして彼が指差した方に目をやって、エミリアは「あ」と口を開けた。

その間に――、

「ではお願いしますよ、エミリーさん。僕は僕の仕事を……それも派手でこの世界の花形

役者にしかできない仕事をしてきましょう！」

そう言い残し、エミリアの返事を待たずにセシルスが地面を蹴った。

雪が飛び散り、二本の氷剣を握ったセシルスの体が真《ま》っ直《す》ぐに龍《りゅう》へ走る。その突っ込んでくる小型の脅威に、メゾレイアの鱗《うろこ》も即座に危機を感じ取った。

『図に、乗るなっちゃぁ——！』

震え上がるような怒声が上がり、メゾレイアが自分の胴体を押し潰そうとしている氷塊に爪を立てた。刹那《せつな》、小山のように巨大な氷塊は一秒も耐えられず、その全体に凄《すさ》まじい勢いでひび割れが走り、一気に砕かれる。

氷塊の重石《おもし》がなくなれば、メゾレイアは即座に身を回して地面に伏せ、飛び込んでくるセシルスへと攻撃を放とうと——、

「えいやぁ!!」

そのメゾレイアの鼻面に、振りかぶったエミリアの投げた槍《やり》が直撃する。

鋭い氷の槍は、その先端をメゾレイアの鱗に欠片《かけら》も埋められず、しかし結構な衝撃で龍の頭部を弾《はじ》き、セシルスへの攻撃を遅らせた。

そこへ、投げ槍とほぼ変わらない速度でセシルスが飛び込んだ。

「瞬《まばた》き厳禁見逃しご注意おひねり称賛何でもござれ！」

軽妙に言葉を並べながら、セシルスの氷の双剣が白い光となって迸《ほとばし》る。

軽やかな音と共に鱗を打ち抜かれ、右へ左へと弾かれながら『雲龍《うんりゅう》』がその剣舞に目を

奪われ、自由を奪われ、反撃の機会を奪われる。

まだ小さいのに、セシルスの技量はとんでもない。

体の使い方も武器の扱いも、エミリアも自分ではちょっとしたものと思っていたが、彼と比べたら子どものお遊びだ。もしかしたら、プレアデス監視塔で出くわしたレイドくらいハチャメチャで、強い大人になれる子かもしれない。

「でも、レイドみたいに意地悪にならないでね」

剣の実力はともかく、レイドはすごく意地悪だったので性格はそうならないでほしい。

そんな願いを抱きながら、エミリアはメゾレイアを引き付けるセシルスを横目に、大急ぎでその戦いから少し離れた地点へ。

さっき、セシルスがエミリアにした頼み事、それがどんどん近付いてくる。

エミリアの駆け付けた先、そこにいたのは――、

「――マデリン！　寝てる場合じゃないの！　起きて、メゾレイアを説得して！」

白く氷漬けになり、ピクリとも動かないマデリン・エッシャルトを抱き上げ、エミリアは自分が凍らせた相手だけど、必死にそう呼びかけたのだった。

4

地面に拳を押し付けて、震えかける膝を酷使しながら立ち上がる。

ずっしりと、打撃は体の芯まで響いて、内臓は掻《か》き回《まわ》されたように悲鳴を上げる。裂傷や打ち身の類《たぐい》なら、足裏から吸い上げる大地の力を頼りに強引に癒《いや》し切れた。しかし、相手の駆使する得体の知れない技は、そうした荒々しい防護を抜いてくる。

その態度は忌々《いまいま》しく、その性根は憎らしくも、敵は帝国最強と呼ばれる一人。

人知を超えた鍛錬の果てに完成したその技は、愚直なガーフィールを容赦なく翻弄した。

だが、経験や年季不足を理由に蹲《うずくま》ってはいられない。

器用なことは何もできないガーフィールにとって、要求されるのは勝利のみ。それ以外の答えは選べないし、何よりも――、

「てめェの横で、蹲ってッなんてられッかよォ」

噛《か》みしめた歯を軋《きし》ませ、顔を上げたガーフィールが喉を唸《うな》らせる。

その自意識に支えられたガーフィールの横顔に、並んだ人物が苦笑した。化粧を落として、ふざけた道化の衣装も脱ぎ捨てた、ロズワール・L・メイザースが。

「――前にもシノビとやり合ってるっちゅーんは、ちょいと聞き捨てならんのじゃぜ」

そう呟《つぶや》く老人、オルバルトが気にしたのは直前のロズワールの発言だ。

手首から先がなくなった右腕の袖を振り、いかにも好々爺《こうこうや》とでも言いたげな装いからは想像のできない術技の数々を繰り出す、帝国を生きるシノビの頂点。

その仕草も言動も、弱々しく見える外見さえも相手を死に至らしめる武器とする『悪辣《あくらつ》翁《おう》』がガーフィールたちを――否《いな》、シノビと戦った経験を語ったロズワールを睨《にら》む。

「シノビとやり合ったら命がないのが基本じゃぜ？　返り討ちで殺し損ねたんなら里に報《しら》せがいって、相手が死ぬまで次を送るっつーんがお約束じゃからよ。だのに、なんでお前さん生きとんのよ」

「そのあたりは少々複雑でね。どうやら、私が出会ったシノビたちも事情を抱えていたらしい。言葉として正しいかわからないが、抜けシノビというやつさ」

「……里を抜けたシノビ、それもしばらく出しちゃいねえんじゃが？」

長い白眉を撫《な》でながら、オルバルトがロズワールの主張に異議を差し込む。

里の事情、シノビの事情、全てを把握しているというような発言だが、事実そうなのだろう。責務からではなく、生きる術《すべ》として掌中のものを把握する。

――それが、オルバルト・ダンクルケンというシノビの処世術なのだ。

「そのしばらくというのは、四十年ほど前のことにも適用されるのかな？」

「あぁん？」

そう、肩をすくめたロズワールに、オルバルトのしゃがれ声が上擦った。

同じ疑問はガーフィールにも生まれた。というより、ここまでの発言が全部、ただの出任せである可能性が高いと、その呆《あき》れた度胸に嘆息する。

ロズワールの年齢なんてわざわざ聞いたこともないが、せいぜい三十歳前後――エミリアやベアトリスではないのだから、四十年前なんて生まれてもいないはず。

この土壇場でオルバルト相手に悪ふざけとは、とんだ綱渡りをしたものと――、

「――シャスケとライゾーあたりじゃね？　お前さんの言っとる抜けシノビ」

「ほう」

「四、五十年前に里を抜けて、生きてる奴《やつ》らっつったらその兄弟くれえじゃからよ。他のは始末されてっし、『双修羅《そうしゅら》』以外に候補がおらんのじゃぜ」

ガーフィールが悪ふざけと決めつけた話に、オルバルトはそれらしい答えを引っ張ってくる。その老人の心当たりに、ロズワールは片目をつむった。

黄色い方の瞳が妖しく、オルバルトを見返して――、

「さて、当たりかどうか答える義務があるのかな？」

「ねえな。相手の心に引っかかりを作っとくのも、紙一重の殺し合いの中じゃ有効……お前さん、シノビの才能あるかもじゃぜ」

「賛辞はありがたいが、辞退しよう。私の欲しい才能も歩みたい道も、それこそ四十年よりずっと以前から決まっている」

「かかかっか！　そうかよそうかよ。――じゃあ、仕方ねえんじゃぜ」

首を横に振るロズワールが、オルバルトの称賛を袖にする。

それを軽い調子で笑い飛ばし、直後、オルバルトの姿が霞《かす》んだ。

「――ッ」

首に微風を受け、ガーフィールの喉が低く鳴った。

その首筋、肌と触れるか触れないかの位置で、オルバルトの放った致命的な蹴りの衝撃

が散らされる。――ロズワールが差し込んだ、奇妙な形状の武器によって。

「今の会話の流れで、私でなく彼を狙うとは」

「敵は減らす。それも減らせっとこから。定石じゃろ？」

見た目を裏切るオルバルトの脚力と切れ味は、鍛え抜かれたガーフィールの首であろうと無事で済まさない威力を秘めている。その無謀な比べ合いをすんでで防いだのは、ロズワールの持つ特徴的な短剣――否《いな》、打突用の武器だ。

『釵《さい》』と呼ばれるそれは、西国のカララギで生まれたとされる珍しい武器で、ガーフィールもお目にかかるのは初めての珍品、それと使い手に命を救われた。

立て続けに二度も、恋敵に助けられたという身を焦がす屈辱と引き換えに。

「お、おおぉォォォッ！」

屈辱に身を焦がされた瞬間、ガーフィールの右腕が風を殺して打ち上がる。

狙いは当然、止められた蹴り足を軸に宙《ちゅう》に留《とど》まる怪老だ。逃げ場のない空中、胴体をぶち抜いて戦闘不能へ持ち込まんと。

「うおっとぃ」

しかし、豪腕がぶち当たる寸前、オルバルトは異様に巧みな体捌《たいさば》きで身をよじり、ロズワールの釵に引っかけた爪先だけで斜め下に跳ねた。

放たれる拳を潜《くぐ》るように躱《かわ》し、地を這《は》う姿勢でオルバルトが距離を抜く。即座に、ガーフィールは追い打ちをかけようと踏み込みかけて――、

「一度落ち着こうか」

「がうッ！」

飛び込む予定の体が腰のところで引っかけられ、その出鼻が挫《くじ》かれる。

だが、真に出鼻を挫いたのは、立ち止まったガーフィールの鼻先を掠《かす》めるように横切っていった黒刃であり、止められなければこめかみあたりを貫かれていた。

「離れる瞬間、後ろ手で死角に投げた飛刃だ。回転をかけて旋回させただけの小細工だけど、シノビはこの手の技の宝庫……ましてや、相手はこの道の頂点だよ」

「狭い範囲のてっぺんなんて、偉そうにしてたら指差して笑われっちまうじゃろ。シノビの頂点なんて自慢気にするほどのこっちゃねえよ」

講釈するロズワールに、攻撃の空振りも意に介さずにオルバルトがほくそ笑む。

自分を省いた両者のやり取りと、三度もロズワールに救われた現実がガーフィールをひどく惨めにさせた。カフマとの戦いで、壁を一枚、乗り越えた手応えがあった。

それさえも、何かの間違いだったと、錯覚だったのではと思わされ──、

「──ガーフィール、強さの種類を見誤らないことだ」

「あ……？」

「君は強い。だから、相手は君の土俵で戦うことを避けようとする。そのための手練手管だとわかれば、君の抱える弱さの大部分は消えるはずだよ」

俯《うつむ》いたガーフィールに語りかけ、ロズワールがもう一本の釵《さい》を抜く。

両手に打突武器を構えるその姿は、ガーフィールの知る宮廷魔導師としてのロズワールではなく、一介の戦士として立ち回る覚悟を横顔に湛《たた》えていた。

一瞬の戸惑いがあって、その態度の真意がガーフィールにも理解できる。

ロズワールはこの状況においても、魔法を使えない縛りを守らなくてはならないのだ。

魔法を使えば、そこからロズワールの正体がバレる恐れがある。そうなれば、これは帝国の内乱ではなく、王国と帝国との戦いに発展しかねない。

すなわち——、

「私にできるのは援護止まり……帝国一将との戦いの要《かなめ》は君だ、ガーフィール」

「————」

「相性が悪いのは事実だとも。君は素直で正直者だからね。であれば、その不足を埋めるために私が立ち回ろう。私は……」

「——性格が悪《わり》ィ」

相手の言葉の尻を奪い、そう続けたガーフィールにロズワールが苦笑する。

「そう、私は性格が悪いからね。頼もしいだろう?」

「ハッ! 言ってろッ」

ロズワールのウィンクに牙を鳴らし、ガーフィールが昂《たかぶ》る戦意に頰《ほお》を歪《ゆが》める。

すると、その様子を眺めていたオルバルトが深々とため息をついて、

「……これで二対一、面倒臭くなりやがったんじゃぜ」

「あァ？　何言ってッやがる。二対一ってんなら、さっきッからそォだろォが」

「そりゃ違《ちげ》えじゃろ。ただ相手が二人いんのを二対一とは呼ばねえのよ」

ガーフィールの疑問にそう答え、オルバルトが歯を見せて笑う。

瞬間、矮躯《わいく》の老人からおびただしい闘気が溢《あふ》れ、ガーフィールの全身が総毛立った。

そこへ――、

「――けど、二対一でも負ける気とかねえから、ワシ」

瞬間、老人の笑顔が霞《かす》み、再びその姿が視界から消える。

右や左だけでなく、この『悪辣翁《あくらつおう》』の場合は空も地面の下も選択肢に入ってくる。その可能性の選択にガーフィールは神経を昂《たかぶ》らせ――、

「――股下だ」

聞こえた声に促されるまま、ガーフィールが半身を引く。

刹那《せつな》、土の下から起き上がる怪老と目が合い――、

「お、あああアァ!!」

雄叫《おたけ》びと共に拳が打ち下ろされ、オルバルトが合わせるように膝を跳ね上げる。

枯れ木のような老人の足が、鍛え抜いたガーフィールの拳と正面から衝突、生まれる衝撃波が大地を伝い、ひび割れさせ、壮絶な破壊が戦場を伝搬する。

初めて攻撃が『悪辣翁』に届き、本当の意味でのシノビとの死闘が始まった。

5

――ヒーローは遅れてやってくる。

そんなある種のお約束があるが、スバルはあれが嫌いだった。

厳密には元から嫌いだったわけではない。ただ、異世界へと飛ばされ、こちらの世界で色々経験した結果、「ふざけんな！」と思うようになったというのが正しい。

これがフィクションの世界であるなら、お約束は物語を盛り上げるのに必要だろう。

だが、実際にこの動乱の世界を生きるスバルにしてみれば、争い事を決着に導ける英雄や英傑、物語の主人公気取りの花形役者の出番なんて早ければ早いほどいい。

実際には、花形役者は問題解決より、問題を起こすことの方が多いが、それはいい。

とにかくヒーローとは速攻で、問題の根っこを引っこ抜いてくれるのがベストなのだ。

「なのに、俺たちの到着が一番遅いなんて情けねぇ！」

真っ赤な疾風馬《はやうま》の背に揺られ、佳境になってから登場した自分のノロマを悔しがる。

嫌い嫌いと思っていたのに、遅れてやってくるヒーローと同じことをしてしまった。そうして遅刻癖のヒーローと同じ立場になって、わかったことがある。

登場の遅れたヒーローが一番活躍するのは、きっとヒーロー自身も遅れたことをめちゃくちゃ悔やんでいるからだ。自分が遅れた分、大切な仲間や守りたい人が危ない目に遭ったことが悔しい。だから、遅れてきたヒーローは頑張るのだ。

だから、ここでスバルも全力で、頑張らなくてはならないのだと。

「やるぞ、ベアトリス！」

「エル・シャマク！」

腕の中で少女が詠唱し、生み出される黒雲が次々と城壁を守る帝国兵たちの頭を包む。

それは相手の視界を奪い、戦う力を削り取る——どころではない。雲を頭に被《かぶ》った兵たちが奪われるのは視力ではなく、戦う意志そのものだった。

「「おおおお、りゃああ——!!」」

そうやって足の止まった一団を、出鱈目《でたらめ》に突っ込むプレアデス戦団が粉砕する。

無防備な彼らの武器を、鎧《よろい》をぶっ壊し、手足の一本くらいを使えなくして次の敵へ。それが戦団の基本戦術であり、ボスであるスバルの不殺精神の表れだ。

不殺について、仲間たちに強く訴えたわけではない。

それでも、できるだけ人が死なない方法を選んだ。そうするのが一番、ナツキ・スバルの心の平穏のためだったし、同時に——、

「——俺は、ヴォラキア帝国が嫌いだ」

戦うことを、殺し合いを、戦士であることを強いる帝国への、腹いせだった。

「シュバルツ、城壁へ到達する。このまま帝都へ突入するか、あるいは他の頂点へと援護に回るか、判断が必要だ」

並み居る帝国兵を寄せ付けず、四本の腕で次々と敵を吹き飛ばしていくグスタフ。強い

だけでなく、戦団のブレーンでもある彼の言葉にスバルは正面、城壁を睨《にら》んだ。

帝都を囲った星型の城壁、その頂点を奪取するのが戦況を有利にするはずだが――、

「グスタフさんはどう思う!?　攻めるべきか、もっと攻めるべきか！」

「本職は判断しない。ただ考え得るメリットとデメリットを提示する。――帝都に入り、水晶宮《すいしょうきゅう》へ至れば決着を早められる。他の頂点へ援護に回れば、敵味方の被害を本職たちの力で減らせる。以上だ」

「悩ましい！　めちゃめちゃ悩ましいけど決めた！」

戦っている最中も冷静なグスタフ、彼の指摘に考え込んで、しかしスバルは決断する。

「グスタフさんは、旗持ってるヒアインと半分連れて他の戦いの援護！　ヴァイツ！　もう半分を半分にしてここを維持！　任せた！」

「――本職は承知した」

「任せろ、兄弟！　同じ船に乗ったつもりでなぁ！」

「同じ船に乗るのは当然だ、トカゲ……！　お前の頼みだ、オレも聞こう……」

スバルの発した決断に、名指しされた面々から次々と返事がある。

グスタフの提示した選択肢、その両方を取るという贅沢《ぜいたく》な判断。それも、それぞれの戦場に戦力を分けて行わなければならないわけだが――、

「――俺たちなら、やれる！」

そのスバルの宣言に、戦団の面々の意気がさらに高まるのがわかる。

それでこそ、あの地獄のような島から一緒に戦い、この地へ辿《たど》り着《つ》いた仲間たちだ。

「シュバルツ、私たちはどうする⁉」

「決まってる！　俺たちはこのまま、壁の向こうに堂々エントリーだ！」

疾風馬《はやうま》の手綱《たづな》を握り、スバルを戦団の先頭として走らせるイドラが笑う。

その笑みにスバルも笑い返し、目の前の城壁を指差して叫んだ。

「やっちまえ、タンザ！　お前が頼りだ！」

「──シュバルツ様は、調子のいい」

スバルの声援を受け、キモノの裾を持ち上げたタンザが俊敏に抜け出した。颯爽《さっそう》と地面を蹴って城壁へ進む少女こそ、スバルと奇妙な縁で結ばれたプレアデス戦団の要《かなめ》。

何故《なぜ》なら彼女こそが、プレアデス戦団で最強のアタッカーだからだ。

「はぁぁ──っ!!」

弾丸のように飛んだタンザが空中で回転し、下駄《げた》を履いた足が城壁に突き刺さる。

一拍、その直後に堅牢《けんろう》な城壁を打ち壊し、タンザの姿がその向こうへと突き抜けた。衝撃波が亀裂を生み、城壁の第四頂点、その全体にひび割れが広がる。

「続け続け続けぇぇ──!!」

「「おおおお──っ!!」」

号令をかけるスバルと共に、プレアデス戦団が勢いそのままに城壁とぶつかる。

戦団一人一人の攻撃というよりも、もはやプレアデス戦団という一個の生き物となった一撃が、タンザの作った大穴を押し開き、限界を迎えた城壁がついに崩壊する。

轟音《ごうおん》、そして凄《すさ》まじい粉塵《ふんじん》、破壊された城壁の残骸の上で、圧倒的なパワーを発揮したプレアデス戦団とスバルが「やっほー！」とはしゃぎ、ちょっと踊った。

「あの城壁をあっさり……とんでもなさすぎるかしら……」

「――それがプレアデス戦団です」

目の前の光景に驚くベアトリスに、粉塵の中から舞い降りるタンザが答える。

キモノの裾を払う彼女はほとんど表情の動かない娘だが、このときばかりはほんの少しだけ自慢げだったようにも見える。あまり仲間意識を見せてくれない彼女だが、プレアデス戦団の一員である自覚はあるのだ。

ただ、そんなタンザの態度にベアトリスはムッとした顔になり、

「お前、生意気な面構えなのよ……！」

「生意気と申されましても、生まれつきこの顔です」

「表情は違うかしら！　表情は作れるものなのよ！」

「うー！　あー、うー！」

つんと澄ましたタンザを見下ろし、馬上のベアトリスが顔を赤くする。すると、そのベアトリスの味方をするように、背中にしがみつくルイも騒ぎ始めた。

そんな少女たちの狂騒に、スバルは「待て待て、落ち着け！」と声を上げ、

「ケンカすんな！　俺たちはチーム！　仲間！　一つの『合』！」

「ごう……？」

「承知いたしました、シュバルツ様」

「むむ、かしら」

聞き慣れない響きに首を傾《かし》げるベアトリスと、聞き慣れた響きにお辞儀するタンザ。

剣奴《けんど》孤島の知識と経験が差を分けた反応だが、それがますますベアトリスの気持ちをささくれさせてしまいそうで、スバルは次の言葉選びに迷う。

しかし、そこでスバルが仲裁に動くよりも早く――、

「おのれ、覚悟ぉ――！」

崩れた城壁の起こした粉塵《ふんじん》、それに紛《まぎ》れて忍び寄った帝国兵が、剣を振りかざして飛び込んでくるのを「うぇ？」とスバルは間抜けに見過ごした。

戦団の先頭、馬上で指示を飛ばしたスバルをボスだと見抜いて、敵兵が起死回生の一撃を放つ。それは真《ま》っ直《す》ぐ、スバルへと吸い込まれ――、

「うあう！」

瞬間、後ろからスバルを抱きしめる力が強くなり、刹那《せつな》で視界が変化する。

何が起きたのかは明白。――瞬時に、敵兵の背後へとスバルたちが転移したのだ。

「な、なんだ……？　うぇぷっ」

突然の出来事に目を回し、手綱《たづな》を握るイドラが内臓の不快感に思わずえずく。スバルも身に覚えがあるそれは、背中のルイの有する異能だ。

そして——、

「シャマク」

「なっ⁉　く……ぐあ⁉」

ベアトリスの詠唱が帝国兵に雲を被《かぶ》せ、動きの止まった相手の足をタンザの水面蹴りが豪快に刈った。一瞬の連携、それをした二人は馬の上と下で視線を交わし、

「お見事でした」

「お前も、なかなか悪くない動きなのよ」

などと、先ほどまでの険悪な空気が一転、そうしてお互いを認め合っていた。

「まぁ、幼女同士が打ち解けるのはいいことだ。……って、ルイ！　いきなりやるのはやめろ、イドラの中身がひっくり返っただろ！　助かったけども！」

「あー、う！」

「んん、いい返事だ！　イドラは深呼吸！　たぶん、これが最初で最後じゃないから」

「ど、努力はしよう……」

ルイの転移の力があれば、不測の事態の不測を一個ぐらいは避けられる。必要ならイドラがどれだけ吐きそうになっても、躊躇《ちゅうちょ》なく使ってもらうつもりだ。

「そもそも、俺も二回も三回も連続じゃ耐えられなかったはずだし……グスタフさん！　ヒアイン！　ヴァイツ！」

気を取り直したスバルの呼びかけに、崩れた城壁を目前とする顔ぶれが振り返る。それ

ら一個一個、見知った顔の目をしっかり見据えて、

「頼んだぜ！」

「本職は職務を果たすのみだ。君もそうしたまえ」

「よっしゃぁ！　プレアデス戦団、堂々と力ずくの凱旋《がいせん》だぜぇぇぇ！」

「シュバルツ、ここは死守する……。玉座を奪ってこい……！」

頼もしい仲間たちにそれぞれの持ち場を任せ、スバルは後頭部でイドラの胸を小突く。

そのスバルの合図に、息を整えたイドラが疾風馬《はやうま》の手綱《たづな》を引いた。

そうして疾風馬は瓦礫《がれき》の山を乗り越え、スバルたちが帝都ルプガナへ乗り込んだ。

「どうやら、遅れてきた私たちが一番乗りだったようだな」

城壁の内側、帝都の街路を見渡しながらのイドラの言葉に、スバルも整然と規律正しい街並みを眺めて頷《うなず》いた。実に几帳面《きちょうめん》で、神経質な街の造りだ。

「よっぽど、街の代表が神経の細い奴《やつ》なんだろうぜ」

もしも当人の耳に入れば、何百年も前に造られた都市の建造の責任まで負えたものかと反論があったかもしれないが、相手が不在ではそれも無理な話。

なので一方的な感想を言いながら、プレアデス戦団が帝都へと雪崩《なだ》れ込《こ》む。

その目標は――、

「スバル！　どうするかしら！」「シュバルツ様、どうされますか？」「うあう！」

「もちろん、決まってるぜ！　目指せ、帝都の水晶宮《すいしょうきゅう》！　てっぺんでふんぞり返ってる皇

帝閣下の真ん前に、こんにちはって挨拶してやる！」

いっぺんに少女たちからそう問われ、それらにまとめて返事をするスバル。

ベアトリスもタンザも、そしてルイもそのスバルの答えに頷き返す中、それを間近で見る羽目になったイドラだけが静かに呟《つぶや》く。

「戦場に四人の子ども連れ……やはり、私に戦士の才能はなかったようだ」

それは何とも、粉挽屋《こなひきや》の倅《せがれ》にしか言えない感想だった。

6

――そうして、プレアデス戦団が帝都ルプガナへ突入を果たしたのと同刻。

帝都の最奥にある水晶宮、血のように赤い絨毯《じゅうたん》が敷き詰められ、背後の壁に剣に貫かれた狼《おおかみ》の国旗が掲揚された玉座の間、そこに一人の男の姿がある。

ヴォラキア帝国を統べる頂点――賢帝、ヴィンセント・ヴォラキア。

研ぎ澄まされた刃《やいば》のような冷酷な美しさを備えた皇帝は、自らの喉元へと剣を向ける輩《やから》が大挙して押し寄せようと、その顔色一つ変えようとはしない。

そうさせるのは絶望でも、落胆でもない。

玉座の皇帝にはわかっている。――最初に、誰がこの場に辿《たど》り着《つ》くのかが。

「それも、貴様の巡らせた十重二十重の糸が織り成す結論か？」

不意に玉座の間に響いたのは、皇帝へ向けられるには《は》あまりに不遜な言葉だ。

しかし、それを咎《とが》める忠臣の姿も、無礼者の首を刎ねる兵の姿もそこにはなく、闖入者《ちんにゅうしゃ》の無遠慮な靴音は憚《はばか》ることなく響き渡る。

そうしたあるべきもののいない玉座の間に、さらに不可解なことが一点。

もしもその場に他のものがいれば、眉を顰《ひそ》めただろう事実。——否《いな》、あるいは眉を顰めることもできなかったか。

何故《なぜ》ならその事実を認識するには、阻害された認識に踏み込むだけの根拠がいる。

かつて、古き時代の皇帝より、友誼《ゆうぎ》を交わした部族へと送られた下賜品。

この世で最も恐ろしい存在、それを殺すために作り出された『鬼族』を模した面は、その裏に隠れた事実から畏れによって目を逸《そ》らさせる。

故に、鬼面を被《かぶ》った人物の声色が、皇帝のそれと全く同じと易々《やすやす》とは気付けない。

そうして、皇帝と同じ声色を持ち、畏れ多くも玉座の間を堂々と、まるで我が物であるかの如《ごと》く歩き抜ける存在が一人、ヴォラキア皇帝の前に現れる。

それは——、

「存外、感慨も湧かぬものだな。——追われた玉座を、こうして下から仰いでも」

悠然と、一度は離れるしかなかった玉座へと帰還した、正当なる皇帝の凱旋《がいせん》だった。

7

異変に気付いたベルステッツ・フォンダルフォンが玉座の間へと戻ったとき、その水晶《すいしょう》宮《きゅう》で最も尊ぶべき一室の扉は堅く閉じられていた。

その扉の前には、姿の見えなくなっていた中性的な美貌の青年が一人。彼はやってくるベルステッツに気付くと、ひらひらと親しげに手を振って、

「入るなと、そう仰せになられました。ぼくと一緒に待ちぼうけましょう、宰相閣下」

「――。ウビルク殿、中にいるのは」

「ぼかぁ、意地悪ではないので真実をお伝えしますよ。皇帝閣下がおられます。本物と偽物が揃《そろ》い踏《ぶ》み、じーっくりご対面というわけで」

「……解《げ》せませんな」

想像のつく答えではあったが、実際にそう返答されるとベルステッツは顎に手をやる。

そのベルステッツの反応に、ウビルクは「解せない？」と首を傾《かし》げ、

「何が受け入れ難《がた》いんです？　本物の閣下をここへお連れした方法ですか？　それなら、ぼかぁ、星の囁《ささや》きに導かれて……」

「戦場においても、矢弾の降り注がぬ道を選んで歩ける。兵士たちがすぐ脇で斬り合いをしていようと、その剣撃どころか血飛沫《ちしぶき》の届かぬ場所を踏み分けられる、でしたな」

「ええ、そういうわーけです。それだけではありませんが」

へらっと笑い、隠し立てする素振りも見せずにウビルクが頷《うなず》く。

馬鹿げた話だが、ウビルクの異常性はベルステッツもその目で確かめたことがある。

ウビルクは文字通り、剣林弾雨《けんりんだんう》の降り注ぐ中を悠然と、掠《かす》り傷《きず》一つ付けずに歩き抜けたこともあった。星の囁《ささや》きに従ったというのがウビルクの主張だが、それが事実なのか、あるいは超人的な戦闘力を秘めた彼の虚言なのか、ベルステッツには区別がつかない。

はっきり言えることがあるとすれば、それが星の囁きだろうと、ウビルク自身の実力であろうと、人知を超えた力が彼を取り巻いているという点。

そしてそれが有用であるからこそ、本物のヴィンセント・ヴォラキアも、偽物のヴィンセント・ヴォラキアも、ウビルクを手放そうとはしなかった。

全ては――、

「いずれ来たる『大災』を防ぐ、そのための導き手として」

「あーれれ、ぼくの人間性を評価してではなく？」

「人間性を評価されて水晶宮《すいしょうきゅう》へ召し上げられたものなど、それこそゴズ一将ぐらいのものでしょうな。それ以外のものは皆、能力を認められてのこと。私奴《わたくしめ》も例外ではなく」

個人への愛着など、国家運営の観点からすれば無視すべき羽虫の羽音に過ぎない。

それがベルステッツの考えであるし、どちらのヴィンセント・ヴォラキアにとっても同じであると確信を持って言える。

良《よ》し悪《あ》しや好悪の問題ではなく、要不要の観点で語るべき議題だ。

「それを自認していればこそ、あなたも今玉座に座る閣下と、私奴の謀《はかりごと》を見過ごしたのではなかったのですか？」

「もしかして、ぼくの行動を裏切りとお思いですか？　そーれは難しい。なにせ裏切るには先に信じてもらわなくちゃいけません。ぼくを信じておいでで？」

「いいえ、全く」

「でしょう？　言ってて傷付くんですが」

額に手を当てて、傷付くと言いながらも愉快げなウビルク。それが余裕なのか別の何かなのか、ベルステッは彼の表情が崩れる場面を目にしたことがない。

これまではそれを不愉快とまで思わなかったが、この瞬間は初めて目障りに思う。

水晶宮を追放され、皇帝の資格を手放したと見切った本物のヴィンセント・ヴォラキア──彼を扉の向こうへ連れてこられ、決定的な場に引きずり出された今では。

「一つ、宰相閣下の疑問にお答えしますが……ぼかぁ、立場を変えてませんよ」

「──立場、というと？」

敵か味方か、どちらと嘯《うそぶ》くつもりなのかベルステッが問い質《ただ》す。すると、それを聞いたウビルクは胸の前で手を合わせ、空気を弾《はじ》く音を立てると、

「もちろん、『大災』を退け、ヴォラキア帝国の安寧の維持を望むモノとして」

「──。そのために、扉の向こうの対峙《たいじ》が必要だと」

「ええ、そうですそうです。ぼかぁ、全部そのためにやってますよ。──この心の臓の鼓

動も、肺を膨らませ萎《しぼ》ませての呼吸も、上へ下へ行き交う血の流れも、何もかも」

叩《たた》いた手を己の胸に当てて、そう続けるウビルクにベルステツは沈黙した。

変わらない笑み、揺るがない態度、しかしてどこか鬼気迫るウビルクの眼差《まなざ》しは、ベルステツの目には正気であり、本気であるように窺《うかが》えた。

その正気と本気が、凶気の向こう側を覗《のぞ》いたものでないかは定かではないが。

「――閣下、あなたはどうされますか」

ウビルクが守るように立ちはだかる大扉、その向こう側で対峙《たいじ》しているだろう二人の皇帝――その、自らが追放した相手を思い浮かべながら、ベルステツは呟《つぶや》く。

この首を刎《は》ねられ、魂を焼き焦がされ、如何《いか》なる残虐な処刑を味わわされたとしても、ベルステツは構わないのだ。

ヴィンセント・ヴォラキアが、帝国史でも有数の賢帝である彼が、真に皇帝たらんとするのであれば、構わないのだ。

だから――、

8

「腰と言葉の軽い男だ。信義を空に預けた『星詠み』など、当てにしたものではないな」

「元より、あれの忠誠心に期待などない。忠義を理由に席次を埋めるなら、今日までのヴォラキアを維持することは叶《かな》わぬ。もっとも」

「――――」

「秘めたる野心の功罪を問わなかったが故の転落だとすれば、俺がこうして宮殿の床を踏むのが遠ざかるのも必然と言えようが」

血のように赤い絨毯《じゅうたん》を踏み、アベルは壇上の相手を見据えて言葉を紡ぐ。

この場にアベルが参じた時点で、それが誰の手によるものかは議論を必要としない。異物という特性を突き詰め、『観覧者』の意向の実現に心血を注ぐウビルクは、盤面の外側を歩くことにおいて他の追随を許さない存在だ。

アベルは彼に導かれ、帝都決戦に荒れる戦場を堂々とここまで辿《たど》り着《つ》いた。

それは一種の飛び道具――ただし、条件が満たされない限り、決して誰の思い通りにもならない禁忌の道具だ。その条件を満たすのは至難の業だったが、成し遂げた。

こうして、一度は追われた玉座の間を再び踏んでいるのがその証《あかし》。

これまでの策謀と雌伏は、この機会を奪取するためにあったと言っても過言ではない。

「――――」

見据えた玉座に座り、問いを受けるその男の顔は幾度も目にしたもの。

自分の顔だ。ただ親密であるなどと、そんな理屈は超越したところにある。

他者にはヴィンセント・ヴォラキアそのものに見えているだろう顔は、しかし、その顔を装う術《すべ》を身につけた男を長年知るアベルにとっては、出来の悪い仮面にしか見えない。

だが、出来は悪くとも仮面は仮面だ。

被《かぶ》さった仮面は素顔を覆い隠し、その本音を陰に潜ませる役割を果たす。故に、アベルは視線ではなく、言の葉に問いを乗せる。

それも、誤魔化《ごまか》しようのなく、真《ま》っ直《す》ぐに突き刺さる問いかけを。

「──ベルステッと結び、俺を追放して望みは叶《かな》ったか？」

アベルの口にした問いかけ、それは聞くものが聞けば激昂《げきこう》しただろう代物だった。

この水晶宮《すいしょうきゅう》の一室に端を発した追放劇、その余波はすでに帝国全土に広がり、今も城壁を巡ってぶつかり合う帝国兵と叛徒《はんと》は命を散らし続けている。

帝都で暮らす民も、その勝敗に己の命を預けている形だ。

そんな中で、アベルの問いは何を悠長なと誹《そし》りを免れ得ないものだった。

だが、アベルはそれを口にした。一切の無駄を好まず、ここに至るまで多くの権謀術数を巡らせた反逆者がそれを口にしたのは、必要だったからだ。

この先の、偽のヴィンセント・ヴォラキアとの対話において、アベル──否《いな》、本物のヴィンセント・ヴォラキアが、何を求むるべきか定めるために。

そして、逡巡《しゅんじゅん》にしては長く、思案というには短すぎる時間を置いて──、

「──いいや、まだだ。いまだ、余の求むるところの結果は得られておらぬ」

問いかけた声色とまるで同じ声色で、偽なる皇帝の真なる皇帝への答えがあった。

「──」

その答えに対し、アベルもまた一瞬の時を必要とする。

逡巡とも思案ともつかないそれを間に挟んで、アベルは一呼吸の間を作った。

そして――、

「いまだ、求むるところは得られていない、か」

そうこぼしながら、両目をつむった。――生まれながらの習慣に逆らって。

「――――」

アベルは決して、両目を同時につむらない。常に片目を開けておかなくては、瞬《まばた》きのあとには命のない帝国を統べる皇帝として、備えに不足すぎる。

訓練と自覚により、眠るときでさえ片目を開け、意識を半分覚醒させておけるアベルにとって、両目を閉じる暗闇の訪れは数年ぶりという話ではない。

それを行うことと、それを行えたこと自体を、アベルは自らの意思表明とした。

すなわち――、

「――欺瞞《ぎまん》だな」

この玉座の間に足を踏み入れてから、アベルの声にも眼差《まなざ》しにも、怒りや失望といった感情は交えられてこなかった。それは自身を裏切り、背中から刺したも同然の相手を前にしても同じこと。鋼の自制心ともいうべきそれがそうさせた。

その、徹底して感情を排したアベルの声に、ここで初めて色が混じる。

自分を装う顔をした相手への、隠すことをやめた軽蔑の色が。

「――」

そう言われ、玉座を温める偽りの皇帝は無言を守った。

守る、だ。その無言で守るものが、つまらない矜持《きょうじ》であればまだ救いようもあったが。

「俺を玉座から追いやり、事態を知ったゴズめを始末し、逃亡後の俺の方策を先回りして潰さんと画策した挙句、魔都の消滅についに一役買った。拡大する火種は全土へ燃え広がり、謀《む》反者《ほんしゃ》の叛意《はんい》の及ばぬ禁域たる帝都についに無粋な土足を許したぞ」

「玉座にいたのが自分であれば、そうはならなかったとでも？」

「元より、俺が玉座からどいていなければ此度《こたび》の絵図は描かれぬものだ。結果、貴様が招いた大火は帝国を焼いた。ただし」

そこで一度言葉を切り、アベルは自らの顔を覆った鬼面へと手を伸ばした。

そして――、

「――今すぐに火消しする術《すべ》もある」

言いながら、その顔に張り付く仮面を引き剥《は》がし、外気に、相手の視線に素顔を晒《さら》す。

こちらを見下ろす顔貌《かおかたち》、寸分変わらぬ瓜二《うりふた》つのそれ同士で、二人の皇帝が向かい合う。

本物と偽物、余人にはその違いを見抜くことの叶《かな》わない写し鏡を。

「――」

聡《さと》い男だ。アベルの行動と言葉、その意図は明瞭に伝わったことだろう。

事ここに至れば、自らの不利も、その計画の成就の困難さも十分わかっている。抗《あらが》ったとてどうにもならない条理の波濤《はとう》が、打ち立てた策謀を押し流すときだ。

共に、見据える障害、抗うべき『大災』が同じであれば、それも道理だった。

故に――、

「俺が――」

あるべき場所へ戻ると、そう決定を告げようとした。

抗い難《がた》い勅令を発し、この愚かな動機で始まった戦いに決着を付けようとした。

まさしく、その直前だった。

「――閣下」

その一言が、アベルの言葉の先を止めた。

その姿で、声色で、発するべきではない単語だ。自分より上へ遜《へりくだ》ることなど、あってはならない立場の自覚を喪失した愚かな一声だ。

それが聞かれた瞬間、アベルの言葉が一拍遮られた。

それはあるいは、この水晶宮《すいしょうきゅう》で二度目の、アベル――否《いな》、ヴィンセント・ヴォラキアがその思惑を裏切られた、致命的な瞬間だったのかもしれない。

一度目は、玉座を追われた。そして、この二度目では――、

「――――」

その一拍の隙間に滑り込むように、偽の皇帝が玉座から立ち上がる。

重い腰を上げ、ただでさえ見下ろすようであった高低差がほんのわずかにまた開く。し

かし、その印象は瞬《また》く間《ま》に掻《か》き消《き》え、どうでもよくなった。

何故《なぜ》なら——、

「——盤面の俯瞰《ふかん》、その一点が落ち度だ」

そう告げる姿が一息に距離を詰め、アベルの眼前へ迫っていた。

9

——帝都ルプガナの水晶宮《すいしょうきゅう》で、真偽二人の皇帝が吐息の交わる距離へ詰める。

その瞬間、帝都攻防戦の各所で同時多発的に変化が生じる。

それはそれぞれ、異なる想《おも》いと信義によって発生したものだったが、一点だけ、いずれの場面においても共通していたことがある。

どの場面の変化も、何一つ望ましいことではなかったという一点だ。


「——エル・フーラ」

手にした杖《つえ》を振るい、渇いた空気の張り詰めた戦場に風を起こす。

常であれば最小限の労力で、的確に相手の喉笛を切り裂くのに注力する魔法。ただし、この戦場の敵にはそれが有効打たり得ないと、ラムは実感していた。

群れを成し、立ちはだかるのは命があるとは思えない石塊《いしくれ》の人形たちだ。

自意識らしいものはなく、近付いてくるものを機械的に迎え撃ってくるそれらは人型でこそあるが、およそ人体の急所というべきものが存在しない。

首を落とそうと、手足を断とうと、残った部位を武器として敵へ襲いかかる。

故に、ラムの得意な戦術は効果を為《な》さない。

しかし、それで太刀打ちできないと匙《さじ》を投げるほど、可愛《かわい》い乙女ではいられない。

「放テ――ッ!!」

群れを睨《にら》むラムの歩みに呼応し、同じく前線を押し進めるのは褐色の肌をした戦乙女の列――『シュドラクの民』が弓を構え、押し寄せてくる石塊の正体へ一撃を放つ。

その矢の一本一本に自らの風を纏《まと》わせ、ラムは問題を強引に蹴散らしてみせる。

風を纏った矢は速度と回転を加えられ、石人形へと直撃した瞬間、その鏃《やじり》が食い込んだところで風を炸裂《さくれつ》させ、生まれる貫通力が人形を四散させる。

威力の死なない矢は、そのまま背後の石人形へと連鎖的に突き刺さり、同じ破壊をもたらして被害を拡大する。矢の一本で、複数の石人形を落とす破格の戦果。

それに加えて――、

「フーラ」

囁《ささや》くような繊細な詠唱が、壊すための風と異なる波長の風を生み出し、四散した石塊の散らばる大地を撫《な》で上《あ》げるように吹き抜ける。

途端、石人形を破壊して地へ落ちた矢が舞い上がり、駆け抜けるシュドラクたちの手へと再び戻り、つがえられ、放たれ、石人形を倒す。それを繰り返した。

「フーラ、エル・フーラ、フーラ、エル・フーラ」

交互の詠唱、立て続けの魔法の行使、同じ系統の魔法の繊細な動作。

魔法の発展から置き去りにされたヴォラキア帝国で、ましてや練達した戦技に対して敬服と感嘆しか持たないシュドラクには、その異常な手腕がわからない。

それが目をつぶり、手を使わずに針の穴に糸を通す所業——それも同時に、十も二十もある針へと一度もしくじらずに糸を通すに等しい神業であるのだと。

ラムの参戦と風の魔法の効力により、シュドラクの突破力が数倍に膨れ上がる。

ズィクル・オスマンの信義と感傷が置き去りにさせた女戦士たちが、結果的に温存された力を用い、第三頂点を封殺するはずの戦力を粉砕していくのだ。

「あア、快いナ！　敵も味方モ、その度肝を抜いてやるというのハ！」

言いながら戦場を駆けるのは、その手に黒光りする大鉈《おおなた》を握ったミゼルダだ。

失った片足を義足としながらも、その躊躇《ちゆうちよ》のない足取りは欠損を感じさせない。味方の矢が容赦なく飛び交う戦場の最前線を駆け抜け、両手に握った刃《やいば》を振るい、ミゼルダが嵐の如《ごと》く石人形たちを打ち砕き、一団に穴を開けていく。

「姉上は勝手によけルー！　手を止めるナ！　ラムの風に我らの意気を乗せロ！」

自らも弓を手にし、他のシュドラクが一射放つ間に三射は放つタリッタが、前線で暴れ回る姉の背を見据えながら、同胞たちへと指示を飛ばす。

それに従い、シュドラクたちの矢が石人形の群れへ痛打を与えれば、投げ捨てるはずの命を拾ったズィクルたちが陣形を崩しに突撃する。

「どけどけどけどけ！　石の雑魚《ざこ》人形が、戦場を荒らしてんじゃねえええ!!」

その先頭で野卑な声を飛ばすのは、見た目の品のなさと裏腹に流麗な剣技を扱う男。眼帯の男が石人形を撫《な》で切りし、戦場が一挙に均《なら》される。

圧倒的優勢と、ここまでの描写だけで言えばそう言えるだろう戦況。

しかし――、

「退避――っ!!」

美しい毛並みの疾風馬《はやうま》、その背に跨《また》がるズィクルが声を上げ、最前線を走る一団が即座に散会する。直後、その一団の中心へと頭上から『壁』が落ちてくる。

轟音《ごうおん》と激震が大地を押し包み、誇張なく砦《とりで》そのものと戦うような現象――城壁と一体化したモグロ・ハガネの脅威は、石人形をいくら削っても衰えない。

文字通り、モグロの腕の一振りで、押し込んだ戦況は瞬《また》く間《ま》に押し返される。

一進一退ではなく、一進二退の攻防が繰り広げられていた。

だが――、

「――なに？」

シュドラクに矢を渡し、シュドラクの矢を穿《うが》たせ、戦場の一進に注力していたラムが、その薄紅の瞳を細め、起こった変化を訝《いぶか》しむ。

それは兆《きざ》しに気付くのがラムが最初だったというだけで、次第に誰もが目に留める変化として、第三頂点を巡る戦場の変化を象《かたど》った。

変化、それは――、

「――っざっけんな！　敵に背中向けてんじゃねえ！　それでも一将かぁ⁉」

規格外の巨体となったモグロ・ハガネ、その背へと野卑な罵声がぶつけられる。

そう、その背へと。――戦場で相見《あいまみ》えるラムやシュドラク、大勢の戦士たちに背を向けて、帝都へとその大きな一歩を踏み出したモグロ・ハガネの行動に。

10

「ダメ！　全然起きてくれない！」

肩を揺すぶり、声を投げかけ、ほっぺたを軽く叩《たた》いてみても、腕の中でぐったりとしている竜人《りゅうびと》の少女――氷漬けのマデリンは目覚めない。

凍らせた相手を溶かすには、とても大変な集中力がいるのだ。でも、こんな状況では足を止めてじっくりと集中するなんてできそうもない。

「セシルス……！」

白く凍え、意識ごと冷凍されてしまったマデリンを抱いたまま、寒風に銀髪をなびかせるエミリアが振り向き、繰り広げられる規格外の戦いを目の当《ま》たりにする。

「たたたたたたたたたたたたたた！」

高い氷壁の壁を足場に、セシルスが地面と平行な角度で空へと駆け上がる。

普通の人は、あんな風に走ったら地面に落ちるはずだ。なのに、セシルスはそういう当然を自分だけ無視して、高い高い氷壁を使って頭上の龍《りゅう》へと飛びかかる。

「しゅわ！」

最後の一歩を強く踏み切り、セシルスの体が雷の速度でメゾレイアへ追いつく。

翼を羽ばたかせ、距離を取ろうとしたメゾレイアはその機動に翻弄され、振るう爪を避けられた挙句、空いた首元へと氷剣の斬撃を無防備に浴びた。

『――ぎあぅッ』

龍の龍らしくない悲鳴が上がり、甲高い音が砕ける氷剣の末路を周囲に伝える。

鉄のように硬くした氷の刃《やいば》を砕いたのは、果たして『雲龍《うんりゅう》』の鱗《うろこ》の硬さだったのか、はたまた振るったセシルスの剣速が原因だったのか。

いずれにせよ、砕かれた氷剣は役目を終え、中空のセシルスは無防備に――、

「より取り見取りの目移り放題！　制限なしの小細工抜きです！」

氷の砕ける音と匹敵する高い声は、セシルスの気持ちが盛り上がっている表れだ。

耳心地のいい音調で言葉を発するセシルス、それに続いたのは二つ目の氷の破砕音――

違う、二つどころじゃなく、三つ四つと音が連続する。

「ちゃいちゃいちゃいちゃいちゃい！」

空中で無防備になったかと思いきや、跳び上がったセシルスに抜かりはない。

彼はエミリアの作り出した無数の氷の武器を次々と引っこ抜いて、それを自分の服の背中や腰にたくさん突っ込んでおいたのだ。

背中に腰に股の間と、空へ逃れるメゾレイアへ追いつく間に拾ったそれらが、空中に上がったセシルスの手で次々と振るわれ、メゾレイアの鱗《うろこ》を剥《は》いでいく。

氷の剣が、斧《おの》が、槍《やり》が、槌《つち》が猛然と荒れ狂い、その激しさに『雲龍《うんりゅう》』が防戦一方。あるいは防げていないのだから、その表現すらも誤りかもしれない。

『雲龍』メゾレイアとセシルスとの戦いは、もはや伝記の一説のような光景だった。

「すごい……」

遠くで、巻き込まれない立ち位置にいるから目で追えるが、すぐ目の前でセシルスに動かれたら、きっとエミリアはその残像も追い切れないだろう。

そのビックリ加減を見ていれば、もしかしたらマデリンが目を覚まさなくても、セシルスがメゾレイアをやっつけてしまうかもしれない。

それならそれでと、そう思う心がないではないのだけれど。

「あなたも、大事な人のために戦ってるんでしょ？」

意識のないマデリンの寝顔に、エミリアは紫紺の瞳の目尻を下げる。

ずっと敵対しているし、怒っているし、聞く耳を持ってくれないマデリンだが、それで嫌いになれるほどエミリアは彼女を知らなかった。

わかっているのは、彼女が怒っている理由が大事な人への想《おも》いがあるからで、メゾレイアはそんなマデリンの力になるために降りてきたこと。

そのメゾレイアが、自分が眠っている間に死んでしまったら、マデリンの心はどんなに傷付いてしまうだろうか。

「マデリン、起きて！　起きてったら！」

戦いの最中だ。ましてやセシルスは、危うかったエミリアの命を助けてくれた。

その彼に手を抜いてほしいだの、メゾレイアを殺さないでほしいだのと、そんなワガママなことを言うことはできない。

だから、マデリンだけなのだ。マデリン自身も、助けにきたメゾレイアも、どちらの命も奪わせずに、この戦いを終わらせられるかもしれないのは。

「あ、なるほど！　翼の付け根が弱めなんですね！」

そんなエミリアの望みと裏腹に、戦いを喝采するセシルスの分析が進行する。

ボルカニカと戦った思い出を振り返ると、エミリアには龍という生き物の弱点なんてちっともわからなかったが、セシルスはそうではないらしい。

一閃《いっせん》、それが弱点を見抜いたという宣言通り、龍の翼の付け根を打つ。瞬間、悲鳴の種類が変わり、白い雪化粧へと青い血が滴った。

頑強な鱗の向こう側、そこに斬撃が通った証《あかし》だ。

「もしも龍が翼を失ってしまったら地竜と何が違うことになるんでしょうね？　地を這《は》う

戦い方は長い生涯で学ぶ機会はありましたか？」

嘲《あざけ》っているわけでも、侮っているわけでもない。

セシルスの声の調子は変わらず、強いて言うなら自分を盛り上げるために言っている。

でも、彼の口にしたことが現実になるのは目の前と、そうエミリアにも確信できた。

エミリアに確信できたなら、直接剣を振るわれるメゾレイアはもっと確信したはずだ。

翼を断たれ、地へと落ちる龍《りゅう》。

それがどのぐらい耐えられないことなのか、翼もなければ龍《りゅう》でもないエミリアには想像もつかない。でも、それでメゾレイアの勝ち目がなくなるのはわかる。

空にいても追い切れないセシルスを、地上で追い切れるなんてとても思えないから。

『──竜は!!』

刹那《せつな》、目前に迫った屈辱を打ち払わんと、メゾレイアの低い声が爆発する。

メゾレイアの脇腹を蹴り、跳び上がったセシルスの斬撃が翼の根本へ迫った。それが当たる直前に錐揉《きりも》み回転し、空中で姿勢をうつ伏せから仰向《あおむ》けへ反転。

翼を狙ったセシルスを正面に仰いで、メゾレイアの龍腕が薙《な》ぎ払《はら》われた。

爪か鱗《うろこ》か、いずれかが引っかけられれば人間の体なんて簡単にバラバラになる。

速く動けるセシルスでもそれは例外ではないと、エミリアは悲鳴を上げかけた。だが、そのエミリアの悲鳴は、セシルスの死ではなく、別の光景に上がる。

「いやぁ、今のは危なかった！」

振るわれる龍の腕、それは確かに空中にあったセシルスを捉えた。

しかし、セシルスは当たった龍腕に対して足裏を合わせると、打ち据えられる猛烈な一撃を放った腕を走り抜けた。

龍の腕の肘あたりから走り始め、その竜爪《りゅうそう》の先を足場に射出される。

直撃され、体が吹き飛ぶはずの衝撃を走り抜けて飛び出すためのものに変換し、そのとんでもない足の速さで避けられないはずの死からも逃げ切ったのだ。

「美人さん！」

「あ、はい！」

美人と言われ、その呼び方に遠慮の言葉も忘れる。

呼ばれた理由を本能的に察知し、エミリアは龍の腕から飛び出して氷壁に着地したセシルスの周りに、また新しく氷の武器を鋳造する。

セシルスは素早くそれを拾い上げると、追撃してくるだろうメゾレイアへと向き直り、再びの跳躍に備えて膝を曲げた。

開いた距離、それを詰めるまでの瞬《まばた》きの一瞬、それがセシルスの攻撃が絶対に届かない位置にあるメゾレイアの勝機。

当然、メゾレイアもここに全力を注ぎ込んでくる。——はずだった。

「あれ？」

即座に攻撃に備えて、腰を落としたセシルスが首を傾《かし》げる。

暗黙の了解、先手を譲る姿勢でいたにも拘《かかわ》らず、くるはずの攻撃がこなかったからだ。

そのセシルスの抱いた疑問は、エミリアにも同じようにあった。ここが勝敗を分ける最後の一線だと、いつの間にか端に追いやられたエミリアもわかったのだ。

なのに、メゾレイアは動かなかった。それどころか──、

『──』

直前に、セシルスを消し飛ばすための龍腕《りゅう》を振るおうとしたメゾレイア。それが空中で動きを止め、その黒目に当たる部分のわからない白い眼《め》が一点を見つめる。

自分を追い詰め、屈辱を味わわせようとしたセシルス──ではない。

氷壁の上で身構えるセシルスでも、この戦場を白く染め、メゾレイアにとっても無視できない存在であるマデリンを抱きかかえたエミリアでもない。

空中に縫い止められたように静止するメゾレイアは、その視線をさらに高い空へ。

自分よりもずっとずっと高い空へ向けて、止まっていた。

「……何か、飛んでる?」

つられてメゾレイアの視線を辿《たど》り、エミリアは灰色の雪雲の方に目を凝らした。

メゾレイアの巨体が浮かぶ空よりもさらに高い位置、エミリアの視力でも見えるか見えないか、ギリギリのところを何かの影が飛んでいる。

空を飛ぶもの、それは目の前の龍か、戦場をたくさん飛んでいる飛竜か、移動に横着したロズワールかのいずれかしか、エミリアの選択肢はない。

そして――、

『――嘘《うそ》っちゃ』

そう呟《つぶや》いたメゾレイアが、翼をはためかせる。

止まっていた龍の体が動きを再開する。ただしそれは、直前まで行われるはずだった決定的な攻撃を放つための動きではなくて――。

「えええ!? ちょちょちょ、待った待ったそれはないでしょう!?」

その動きを目の当《ま》たりにした途端、セシルスの表情に最大の激震が走った。

それまで何をされても楽しげだった表情が一点、大慌てに目を白黒させる。それはそうだろう。飛び込んでくるはずの相手が、まさか背中を向けたのだから。

『――――』

そのセシルスの声に耳を貸さず、メゾレイアが翼を翻《ひるがえ》し、空を切り裂く。

一度、飛ぶと決めて動き始めた龍の速度は尋常ではなく、切り返して空へ上がる龍の勢いは力一杯放たれた矢のように俊敏だった。

「させます、かぁ!!」

その飛び去ろうとする龍を逃がすまいと、膝を曲げたセシルスが迎撃ではなく、飛んでいく龍を追うために脚力を爆発させる。

小さな体からは信じられない踏み込み、それが分厚く巨大な氷壁に靴裏を起点としたひび割れを生じさせ、崖崩れのように氷を砕いてセシルスの体が跳んだ。

そのまま一直線に、セシルスの姿は龍《りゅう》の速度を上回って翼へ迫る。迫る。迫って迫って迫って、そして——、

「——あ、ダメだこれ届きませんね？」

いかにセシルスが足が速くて、すごく遠くまで飛び跳ねることができたとしても、元々空の上にいた龍に離れられ、その距離を消し去ることまではできなかった。

哀れ、セシルスの体が遠ざかるメゾレイアに追いつけず、飛び跳ねた限界のところで勢いをなくして逆さにひっくり返る。そのまま、『雲龍《うんりゅう》』が取って返してセシルスを狙っていたら、もしかしたら彼でも危なかったかもしれない。

だが、メゾレイアは戻らなかった。戻らず、ぐんぐんと上昇し、空を切り裂く。

そうして——、

「——帝都の中に入ってく？」

11

——帝都攻防戦の各所で起こった変化、中でも特に大きな二ヶ所の展開。

それが水晶宮《すいしょうきゅう》の外で繰り広げられた瞬間、玉座の間では二人の皇帝が顔を突き合わせ、互いの睫毛《まつげ》が触れ合いかねないほど近くで視線が交錯していた。

「——」

一手、先を行かれた叛徒《はんと》の首魁《しゅかい》たるアベルは、しかし即座に思考を切り替える。

すぐ目の前に迫った自分と同じ顔の相手に対し、最善手――否《いな》、最善手の次の手を打とうと身を傾け、

「――っ」

鋭い衝撃が左の鎖骨を打ち、その痛撃に思考が赤く散る。

見れば、首元を打ったのは目の前の相手が手にした鉄扇――見知ったそれは、自分と同じ顔を装う相手が好んで用いる武装だった。

扱う武器としては特殊な部類、それ故にどれほどの威力があるものかと、疑問を抱いたことも多々あったそれだったが。

その過去の疑問の回答を得た事実と、脳に突き刺さる痛みを意識的に思考から排除。

今この瞬間に優先すべき事項を頭に思い描き、それらに対処するための方策を直ちに立案する。実現性と効果の兼ね合い、負傷も交えて優先順位が整理される。

だが――、

「盤上遊戯とは違う。あなたが戦士足れない理由が、それでしょうなぁ」

頭に浮かび上がった無数の選択肢、それを選び取るよりも早く、戦士は頭ではなく、肉体に、血脈に沁《し》み込ませた技を開示する。

それが容赦なくアベルの腕をひねり、力の抜ける腕から握った鬼面を奪うと、次の瞬間にその視界が一瞬だけ閉ざされた。

「――――」

目を潰されたか、目くらましの類《たぐい》か。

一瞬の思案は、遮られた視界が直後に戻ったことで否定された。ならば、相手の行動の真意はなんであったのか。と、その思案と同時に気付く。

――自分の顔に、再び馴染《なじ》んだ感触が被《かぶ》せられていることに。

「貴様――」

と、手や足よりも速く動いた唇が、眼前の黒瞳を睨《にら》んで音を漏らした。

その、奪われた鬼面を被せられたアベルの言葉に、目の前の偽の皇帝――否《いな》、チシャ・ゴールドが、自分のものではない顔で唇を歪《ゆが》める。

それがひどく退廃的な笑みだと、自分の顔で認めてアベルは目を見開いた。

刹那《せつな》――、

「――――」

――玉座の間の壁を穿《うが》って飛び込んだ白光が、帝国の頂点たるヴィンセント・ヴォラキアの胸をその背後から貫いていた。

第四章　『チシャ・ゴールド』

1

突き飛ばされ、微《かす》かに頬《ほお》を硬くしたのが鬼面越しにわかる。

きっと、多くのものがその真意を取り違えるだろう表情。賢すぎるが故に、省くべきでない言葉を省くことも多い皇帝は、その表情すらも言葉数が足りなかった。

おそらく、この表情の意味を正しく受け取ることができるのは、長年、この皇帝と一緒にやってきた自分ぐらいのものだろう。

「ああ、それとも――」

この皇帝が、あらゆる意味で神聖視している妹君であれば、それも見抜くのだろうか。

いずれにせよ、比較の意味のない話だ。

この瞬間、この切り取られた刹那の場に、居合わせたのは自分だけなのだから。

――愚かなチシャ・ゴールド、ただ一人だけであったのだから。

2

「チェシャ・トリム、貴様は俺のために死ぬことができるか？」

初めて顔を合わせたとき、名前を名乗って最初に求められたのは、自分の命の使い道についての答えだった。

当時十四歳だったチェシャは、自分のことを早熟な子どもだと考えていたが、自分よりも二つ年下のその少年と出会い、考えを改めた。

真の早熟とは目の前の少年のことであり、自分のそれは思い上がりに過ぎなかったと。

「――――」

問いを投げかけたあと、少年はこちらをじっと、その黒瞳で見据えてくる。

影を抜き出したような黒い髪と黒い瞳はどちらも、多様な人種が暮らすヴォラキア帝国でも一般的とは言えない身体的特徴だ。目の色は違うが、自分も生まれつき黒い髪の持ち主であるチェシャは、それを揶揄《やゆ》されることも多いので共感できる。

などと、共感するのはいかにもおこがましいだろう。

身体的特徴の特殊性など、目の前の少年の有する特性からすれば些事《さじ》に過ぎない。外見的特徴の一致なんてどうでもよくなるほど、その出自を一般と程遠いところに置いた少年は、早熟の極みのような在り方にさえも相応の裏付けがあった。

そうあることを求められ、そうでなければ生き残れないという特殊な立場。

「──ヴィンセント・アベルクス皇子」

それが──、
それが彼の名前であり、名前の後ろに付けた肩書きが生まれ持った彼の立場だ。

黒髪の少年──ヴィンセントは、このヴォラキア帝国を統べる皇帝、ドライゼン・ヴォラキアの実子であり、いずれ帝国の頂に立つ可能性を分け与えられた存在。

もっとも、同様の資格を与えられた彼の兄弟は五十人以上いるのだが、それで目の前の少年の貴き血が薄れることはありえなかった。

ともあれ──何故《なぜ》、自分がそんなやんごとなき相手と対面し、同じ竜車に乗り合わせるような事態になったのか、チェシャは我が身の行動と成り行きを振り返る。

切っ掛けは、なんてことのない人助けだった。

街道の溝に竜車の車輪が嵌《は》まり、立ち往生している場面に出くわした。

押しても引いてもと苦心する竜車、その車輪に板を噛《か》ませて梃子《てこ》を用い、深々と傾いた竜車が溝から抜け出す手伝いをしたのだ。

それがたまたま、このアベルクス領の領主の竜車であり、乗り合わせていたのが『アベルクスの奇跡』で実権を握ったと名高い、ヴィンセント・アベルクスだった。

ちなみに『アベルクスの奇跡』とは、領主であったアベルクス家に長年仕えた家臣が起こした反乱が鎮圧されたことを指す。他家と内応した見事な戦略だったにも拘《かかわ》らず、逆臣は御年十二歳の少年の指揮に敗北、一族郎党を皆殺しにされた事件だ。

それまで、皇子の一人ではあっても目立った名声の聞かれなかったヴィンセントは、右往左往する家人と兵を即座にまとめ上げ、類稀《たぐいまれ》な手腕を振るい、逆臣を討ったと。

反乱を起こした家臣の敗因は、ヴィンセントを敵ではなく、ただの首を刎《は》ねるだけの勲章と勘違いしたことであり、結果、身の丈に合わない理想を破られて滅んだ。

そうした事実と噂《うわさ》が広まり、とんでもない人物だと尾ひれが付いた相手だ。

チェシャも、関わり合いになることはあるまいと、平凡な帝国民の一人として噂だけ耳に入れていた立場だったのだが、何の因果か、噂の張本人を目の前にしている。

そして投げかけられたのだ。――自分のために死ねるかと。


「――――」


その問いかけの真意が、チェシャには判然としていない。

そもそも、こうして竜車に乗せられたのは、車輪を抜け出させる手伝いをしたことの礼がしたいと、屋敷へ招かれたのが理由だ。もちろん、チェシャに拒否権はなかった。

故にひと時のことと観念し、ヴィンセントの向かいの席に座ったところで、最初の問いを投げかけられる場面へ到達したのである。

すでに沈黙は十数秒に及んでおり、この時点で十分以上に不敬と言える。

相手は目上の存在どころか、文字通り、雲の上の存在だ。そもそも、なんと答えるべきかも、なんと答えてほしいのかもわかり切った問いだった。

当然、欲される答えは『できる』の一言。

チェシャもまた、この帝国を生きる臣民の一人として、将来的な暴君の可能性を秘めた皇子の逆鱗《げきりん》に触れまいと、絶対の忠誠と永遠の隷属を誓うべき場面だ。

だからチェシャは、分不相応な距離で向かい合う皇子へと深々と頭を垂《こうべ》れ――、

「――申し訳ありませんが、それはできかねますなぁ」

と、絶対に言ってはならない返事を、してしまっていた。

頭を下げた姿勢で、チェシャは自分の口走った内容の愚かしさに己を呪った。同時に、またやってしまったと自制心の足りない自分の頭を抱えたくもなる。

この短気な性格が理由で、故郷では村八分の目に遭い、追放される羽目になった。直さなければ直さなければと何度も自分に言い聞かせてきたが、性分は直せない。

挙句、一番やってはいけない相手に、一番やってはいけない返事をした。

自分の愚かしさで身を亡《ほろ》ぼすという、最も馬鹿な死に方だ。

だが、自分のために死ねるかなどと上から目線で問われ、望んだ答えを望まれたように返すなんて白々しい真似《まね》、とてもできなかった。

心が折れ、自分という矜持《きょうじ》が死ぬなら、命があろうと死んだも同じだ。

ヴォラキア帝国の流儀はあまり好きではなかったが、そこは自分も帝国の男だった。

だから、この答えにも悔いはない。

もしかしたら、断頭台に上がったところで後悔するかもしれないが――、

「それでいい。以降も、そのつもりで俺に仕えろ」

「――。はい？」

「返事のつもりなら語尾を上げるな。疑問符を付けているように聞こえるぞ」

「間違ってそう聞こえたのではなく、過たずそう聞かせたのですよ。……当方を、処刑されたりはなさらないので？」

「今しがた徴用したものをか？　何の意味がある」

片目をつむって、正面のヴィンセントが不機嫌そうに眉を顰《ひそ》める。

先の忠誠を誓わない発言よりも、聞き返したことの方に苛立《いらだ》ちを覚えられるのは納得がいかないが、チェシャは自分の立場について冷静に考え直した。

何故《なぜ》か、ヴィンセントは先のチェシャの無礼を見過ごしてくれるらしい。

それどころか、どうやらチェシャを臣下として召し抱えようと考えているようだ。

「いえ、やはり意味がわかりませんが？　皇子はこれから命を奪う相手に、そうした悪趣味な冗句を述べるのを好まれるのですか？」

「貴様こそ、どうして頑《かたく》なに俺に殺されたがる。その方がよほど不可解であろうが」

「畏れながら、皇子は逆らうものには容赦のない類《たぐい》の方と知れ渡っておりますゆえ」

口にしてから、これも言うべきではない類の言葉だと自分を戒める。

しかし、一度無礼を働いたのだから、どこまで働いても誤差の範囲と、チェシャはここにきて自分の命を天秤《てんびん》に載せた開き直りへと転じた。

書を嗜《たしな》むように、新たな知識を蓄えるように、思いついた理論を実践するように、この皇子が何を考えているのかを紐解《ひもと》いてみたい。

その結果、死んでしまうなら死んでしまうで、致し方ない。

と、そんな自暴自棄と受け取られかねない心境に突入したチェシャに対し、ヴィンセントは「ああ」と合点がいったように頷《うなず》いて、

「先の反乱の一件であれば、族誅《ぞくちゅう》はすべき見せしめだ。後々、同じことを考える輩《やから》が現れぬよう首輪がいる。恐れは、他者を従えるのに最も有効な手だ」

「最初に反乱を兆《きざ》した臣下、その兵を八つ裂きにし、ことごとく道へ並べたことも？」

「死なねばならぬ命であれば、その命は最大限の効果を発揮すべきだ。――人とは、効率的に死ななければならん」

竜車の車内で頬杖《ほおづえ》をついて、そう答えるヴィンセント。その壮絶な考え方と実現力に、チェシャは静かに言葉を呑《の》み込《こ》む。

チェシャが話題に挙げたのは、ヴィンセントが家臣の反乱を鎮圧するに至った最初にして最大の決定打――敵の先遣隊の惨死と、その屍《しかばね》の残虐な扱いだ。

生きたまま引き裂かれた苦悶《くもん》の亡骸《なきがら》、それが戦場に並べられ、囚《とら》われたもののことごとくが同じ目に遭うと噂《うわさ》され、決起した奸臣《かんしん》に内応するはずだった他の臣下たちは、前もって結んでいた密約を反故《ほご》にし、静観を保った。

唯一、退路のなかった最初の奸臣は、その血濡《ぬ》れた策略を駆使するヴィンセントへと挑み、他の兵と同じ地獄を味わって死んだ。その一族郎党も。

当然、その行いが広まれば、ヴィンセント・アベルクスとはさぞかし残虐で、血に飢えた皇子なのだろうと認識されるわけだが――、

「――あるいは、あの御噂《おうわさ》もご自身で？」

「少なくとも、貴様が俺を過剰に恐れるのであれば、俺の望みと外れてはいない」

「ははぁ、それはそれは……」

ますます、十二歳とは思えないヴィンセントの考えに舌を巻く。

それと同時に、たとえヴィンセントに無礼を許されたとしても、自分では彼の望んだ役割を果たせないだろうともチェシャは思った。

「俺が、貴様に何を望むと？」

そのチェシャの胸中を読んだように、ヴィンセントが次なる問いを投げてくる。

最初のものより曖昧で、しかもチェシャ自身の内側に尋ねる必要のある謎かけ。確かに望まれても無理だというなら、何を望まれると思ったのかは明かさなくては。

しかし、難題だった。

皇子の立場にあり、いずれ帝国の避け難《がた》い儀式に臨むことになるだろうヴィンセント。彼がこの、一介の帝国民でしかないチェシャに何を望むだろうか。

「当方にできるのは、溝に嵌《は》まった車輪を抜くお手伝いくらいですなぁ」

「それでいい」

「ほほう、この先も当方の力が必要と思われるほど、何度も何度も溝に嵌まられるおつも

りでおられるのですか？」

ひどく挑発的で、不敬もここまで極まったかと自賛したくなる物言い。

だが、それを聞いたヴィンセントは表情を小揺るぎともさせず、

「そうだ。この先も、俺は幾度も溝に嵌《は》まることになる。それを全て避けることはできない。だが、溝に落ちたまま抜け出せずにいれば待つのは死だ。落ちた溝から抜け出す手立ては、何度だって必要となろう」

「……車輪の話のはずではと問いたい次第」

「俺は最初から、話の本筋を偽って話したつもりはない」

とんでもない話をされていると、チェシャは命を脅かされたのとは異なる悪寒で、ようやく自分が規格外の存在と話している実感を得た。

加えてその規格外の相手が、何故《なぜ》か自分を異様に高く評価しているとも。

これだけ無礼な態度を取り、失礼な口を利いて、不躾《ぶしつけ》な言葉の応酬をしても、それでも命を取らないとするのだから。

それはチェシャへの評価というより、ヴィンセント自身の信義によるものか。

いずれにせよ、今朝、粗末な宿で目覚めたときには思いもよらなかった展開だ。

「――――」

頬杖《ほおづえ》をついたヴィンセントは、押し黙ったチェシャの態度に片目をつむった。

どことなく、こちらをやり込めた感慨に浸っているようにも見える憎たらしい態度。も

はや抵抗しても無駄だと、恨めし気に相手を見返し、ふと気付いた。

「皇子は、両目を同時に閉じられないのですなぁ」

「それだ」

「は？」

尖《とが》った顎に手をやり、何の気なしに口にしたチェシャにヴィンセントが頷《うなず》いた。

その指摘の意味がわからず、チェシャが首を傾《かし》げると、

「俺が貴様を処刑しない理由が欲しいなら、それが理由だ」

それで説明し切ったと、そう言いたげなヴィンセントを見て、腑《ふ》に落ちる。

この早熟で、大人顔負けの策略を自由に使い、ヴォラキア帝国の皇子としての資質を遺憾なく発揮する少年は、それでも十二歳だった。

――周囲が自分と同じぐらい賢いと、そう無邪気に期待しているのだから。

3

――チシャ・ゴールド。

それがヴィンセントに召し抱えられ、アベルクスの屋敷に迎えられたチェシャ・トリムがもらった新しい名前だった。

「故郷には家族がおりますゆえ、当方の名前が知れ渡ると無用な煩いが生まれるやもしれ

ません。皇子が気掛かりを皆殺しにしてくださるなら話は別ですが……」

「貴様はどうしても俺が血に飢えていることにしたいらしいな。まさか、巷《ちまた》で俺が『鮮血皇子』などと呼ばれているのは貴様の仕業か？」

「はて、恐れを利用する戦略だと認識していた次第。聞いた話では、親が子の躾《しつけ》に持ち出すそうですなぁ。聞き分けがなければ鮮血皇子が現れると」

「俺が現れ、それでどうなる。何もせぬぞ」

「いえ、当方のように無理やり召し抱えられるのでは？　おお、恐ろしい」

「あまり口が減らぬようであれば、その虚名を貴様の血で真《まこと》にしても構わぬぞ」

ヴィンセントとのやり取り、それは本気とも冗談ともつかない類《たぐい》のものだ。

必要であれば、ヴィンセントは他者の命を費やすことを厭《いと》わない。だが、不要なのであればそれをしない。命に拘《かかわ》らず、金銭や現物でも同じこと。

彼にとっては等しく、いずれも有限の資源なのだと、付き合ってわかった。

名前をチシャ・ゴールドと改めたのは伝えた通り、チェシャ・トリムの出世をよく思わない故郷のものが、残した家族に累を及ぼさないか不安だから。

かといって、家族が何かされたとしても助けにいきたいとは思えない。

薄情と思われようと、それが自分と家族との距離感であり、決定的な場面で自分を守ってくれなかった相手にできる、最大限の配慮だった。

ちなみに家名のゴールドは、ヴィンセントに逆らい、族滅された奸臣《かんしん》のものだ。

ヴィンセントにとっては、無礼な口を利くチェシャへのささやかな腹いせだったのかもしれないが、そのせいで巷では、族滅したゴールド家の人間を一人だけ生き残らせ、自分の傍《そば》で飼い続ける屈辱を味わわせている、と噂《うわさ》されており、それがますますヴィンセントの『鮮血皇子』としての地位を確固たるものにしていた。

一方、名前の方は近い響きでと希望したところ、ヴィンセントが一文字だけ省いたものを提案してきた。断る理由もなかった上、どうやらこちらは嫌がらせでもなかったらしいので、ひどく安直とは思いつつもすんなり受け入れた次第だ。

なんにせよ、チェシャ改め『チシャ』として生まれ直した日々は、その頭でっかちさと人付き合いの悪さで他者から疎まれたチシャにとって、悪くなかった。

それこそ、故郷の村とは比べ物にならないほど書物に恵まれ、課題も多い。

不向きな畑仕事や狩りといった、できないことで理不尽に蔑まれるものと遠ざけられた暮らしは、それだけでも千金の価値があった。

ただし――、

「次の溝だ、チシャ。役立ってみせよ」

そう言って、竜車の車輪とは桁外れの難題を持ち込んでは、解決方法が見つかるまで延々と議論を持ちかけてくるヴィンセントには苦しめられた。

――ヴィンセントの恐ろしいところは、その行動力だった。

同じ目の数、同じ頭の数しかないにも拘《かかわ》らず、ヴィンセントには世界がどう見え、どう捉えられているのか、同時並行であらゆる課題に取り組んでいた。

領内のあらゆる問題の解決に駆り出されるのが領主の務めとはいえ、十二歳の少年に求められる内容としては過酷の一言であり、頼れる大人の不在は哀れですらあった。

しかし、そうした外側からの印象は、ヴィンセントの実働の前に霧散する。

そしてそれに付き合わされるチシャもまた、あらゆる分野の知識を要求されるため、足を止めている暇などなかった。

一個の課題が片付けば、すぐにまた次の課題が現れる。課題の最中にも次の課題が加えられ、同時並行で違う難題に頭を悩ませながら、アベルクス領は変わっていった。

暮らし向きが変われば、最初は恐れの強かった領民の姿勢も畏れへと変わる。

恐怖は畏怖に、隷属は敬愛に、それを受け取る資格がヴィンセントにはあった。

もっとも、彼はそれに価値を見出《みいだ》そうとはしなかったが。

「チシャ、治水に関しては十分に学んだな。であれば、あの無能の代官は役職を解く。これまでの横領の件で追及し、首を刎《は》ねておけ」

「首を刎ねるまではやりすぎではと、当方思う次第ですが」

「働きぶりが、肥やした私腹に見合うと？　貴様はそう言うのか？」

「……少々、当方の分が悪いですなぁ」

「懐に入れた分働けば見過ごしもする。そうでないなら報いを受ける。再三、危機感を煽《あお》って変わらぬならば、差し伸べる手も自然と尽きよう」

果断な判断と決断力、その裏に隠れている潔癖さは、ヴィンセントが抱いている他者への期待の裏返しであり、応えられないものが怠惰《たいだ》と誹《そし》られる遠因だ。

かといってヴィンセントは、殊更に無能を嫌う能力主義というわけでもなかった。

強いて言うなら、おそらく彼は能力主義なのではなく――、

「――自らの器に見合った務めを果たせばいい」

誰もが緩みなく、生きることに全力であれと望んでいる。

それがわかると自然と、このヴィンセント・アベルクスという少年に対する印象と、彼の潔癖なまでの完璧主義の背景が違って見えてくる。

信じ難《がた》いことに、ヴィンセントには確固たる自信と、己への誇りがないのだ。

足りないと、常に飢えている。

足りないと、常に嘆いている。

足りないと、常に抗《あらが》っている。

ヴィンセントをヴィンセントたらしめる原動力。それは皇子として、恵まれた立場に生まれたことへの感謝ではなく、その立場に望《のぞ》まれる役目を十全に果たそうという怒り。

そして、ヴィンセントがそうまで苛烈な想《おも》いを抱いた理由が――、

「――ストライド・ヴォラキアという、唾棄すべき男がいる」

ヴィンセントに仕えてからしばらく、主《あるじ》のこぼした言葉にチシャは眉を顰《ひそ》めた。

幸いというべきか、ヴィンセントの見立て通りというべきか、チシャにはそれなりに車輪を溝から引き上げる才能があったらしく、立場を失わずにやっていけていた。

とはいえ、なし崩しに取り込まれた道だ。

この立場のいい部分と悪い部分とが徐々に浮き彫りになり、そのどちらに重きを置くべきかと、天秤《てんびん》の揺れ方にも思うところがあった。

仕事と無関係の、ある種の心の内のようなものをヴィンセントが初めて晒《さら》したのは、まさにチシャがそんな心境にいた頃だった。

「ストライド・ヴォラキア、ですか？　当方の勉強不足ですが、寡聞にして聞いたことのないお名前と思う次第」

「貴様の知識不足ではない。むしろ、知っていたなら命の危うい類《たぐい》の話題だ。なにせ、ヴォラキアの皇族から存在を抹消された男だからな」

ならば、自分が迂闊《うかつ》に知るのも危ないのではないかとチシャは思ったが、話し始めたヴィンセントを遮るのは立場的に難しかった。

何より、ヴォラキア皇族を追放された人物に、興味があった。

「そも、皇族を抜けることなど可能とは思えませんが。抜けたとて血は流れている。それならば『選帝の儀』がありましょう」

帝国の、次代を統べる皇帝を決めるために行われる『選帝の儀』。

皇帝の子どもらが帝国の頂点を決めるべく、お互いに殺し合う帝国流の極みというべき儀式だが、帝国の建国以来ずっと続いている純然たる歴史だ。

皇帝となるのは最後の一人。

そうでなければ、ヴォラキアに君臨する皇帝の証《あかし》、『陽剣』は手に入らない。

「一説には、帝位の継承権を放棄すれば生き長らえるなどという話もあるようですが」

「それは欺瞞《ぎまん》だ。帝位継承権を有しながら、儀式を勝ち抜く気概を持たなかったものを早々に間引くための甘言に過ぎん。故に、貴様の懸念は正しい」

「本来、ヴォラキアの皇族に追放などとありえない」

「だが、ストライド・ヴォラキアはそのありえない処罰を為《な》された。そうして、儀式の一因である立場を外れたのだ。もっとも、その後も『選帝の儀』が滞りなく進んだ以上、其《そ》奴《やっ》も死を免れなかったようだが」

いつも以上に冷たいヴィンセントの眼差《まなざ》しには、件《くだん》の皇族への軽蔑の色が濃い。

ヴォラキア皇族の立場を追われ、その存在すらも歴史から消されたストライド・ヴォラキア――それはさぞ、ヴィンセントの怒りに触れる存在だろう。

果たすべき役割を、与えられた能力を、十全に全うしないものに彼は容赦しない。

「……しかし、誰も知らぬはずの存在なら、何ゆえにヴィンセント様の知識に？　どなたか立場は高く、口の軽い御方《おかた》からお聞きになったと？」

「相も変わらず、貴様の物言いは身分の溝を不遜に跨《また》ぐ。――手記だ」

「手記？」

「ストライド・ヴォラキアの手記だ。水晶宮《すいしょうきゅう》の書庫に隠されていたものを見つけた。もっとも、妄言の類《たぐい》が書き綴《つづ》られた一読に堪えぬ代物だが」

よほど嫌悪感が強いのか、ヴィンセントが苦々しく唇を歪《ゆが》める。

大抵の事象は寛容に受け止め、咀嚼《そしゃく》してから判断するヴィンセントだ。そこまでの思考の流れが速すぎて、余人には即断即決に見えるのが良し悪《あ》しだが、そのヴィンセントがこうまで負感情を見せるのは珍しい。

「何が、綴られていたのです？　当方も見せていただくことは？」

興味がそそられた。

ただし、手記の内容そのものというより、この厄介な主人をこうまで苦しめる事実の方に本命が移っていたのは自覚するところだ。

そんなチシャの内心に気付いているのかいないのか、ヴィンセントは片目をつむり、その黒瞳でこちらを射抜きながら、

「貴様には見せぬ。――観覧者がなんだのと、下らぬ妄言の詩集など」

4

「いやはや何でもあれこれ理由があると思って考えすぎなんじゃありませんか？　案外誰

も閣下やチェシャみたいに眉間に皺《しわ》寄《よ》せてまで陰謀巡らせてませんって」

「――言い方に気を付けていただきたいのと、当方の名前はチシャです」

「ああっと、すみません！　役者の名前を間違えるのは非礼の極み！　大いに反省するところです。チシャチシャチシャチシャチシャチシャチシャチシャ！」

「――――」

勢いと、とにかく勢いだけで喋《しゃべ》り続ける青い髪の少年。

セシルス・セグムントという名前のこの少年は、かつてのチシャと同じようにヴィンセントの眼鏡に適《かな》って拾われてきた存在だ。

能力が優秀であり、当人にそれを活《い》かす覚悟があるなら登用する。

生まれや立場を問わないヴィンセントのやり方は反発を招きながらも、アベルクス領の統治は毎年上がり調子で続いている。

もっとも、教育の有無の差は大きく、立場を問わないとは言いつつも、やはり平民から優秀な文官を集めることは難しく、チシャの苦労はなかなか減らない。

しかし――、

「武官に必要なのは腕っ節の強さのみ。僕はそこにさらに舞台役者としての華があるべきだと考えますがその点僕はどちらも唯一無二なので！」

「大した自信……それを標榜《ひょうぼう》するだけの実力はある様子。それがかえって厄介とも言えますが、そこは当方の関知するところではありませんからなぁ」

はしゃぐ子ども――実際、六つも七つも年下なのだ。齢《よわい》十八になったチシャからすれば
その表現で間違いないが、生憎《あいにく》とセシルスには年齢相応の可愛《かわい》げはない。
見た目や振る舞いの話ではなく、彼が笑って誇る技量においての話だ。
「――――」
チシャ自身、アベルクス家に召し抱えられ、警護と護身のために武術を習ったが、そち
らの才覚は人並み程度と自覚している。自分の体を動かすよりも、大人数の他人を動かす
ことの方が向いているとも。
だからといって鍛錬は疎《おろそ》かにできず、今後も一生続ける必要があるのだろうが、そうし
た武術の徒の端くれの目からも、セシルスの力量は常軌を逸していた。
智謀《ちぼう》においての規格外には、すでにチシャは出会っていた。
だが、武力においての規格外にも、こうして巡り合うとは思ってもみなかった。
「そうなるとますます、ヴィンセント様……閣下は当方に何をお望みなのやら」
「お、またも何やら考えてますね、チシャ。では僕が答えをあげましょう。そういうのは
ですね。――伏線というんです！」
ビシッと指を突き付けて、そう言ってのけるセシルスに目を丸くしてしまう。
そのチシャの反応を目にして、セシルスは突き付けた指を引っ込めると、
「もしかして知りませんか伏線。あのですね伏線というのは物語における重要な情報をそ
れとわからないようちりばめた……」

「伏線という単語の定義は知っております。ただ、ここでそれが持ち出された意図がわからないという顔が、当方のこの顔である次第」

「ああ、そうでしたか！　だったら簡単ですよ。言ったでしょう？　何でもかんでも意味があるあると悩んでいるのが閣下とチシャの共通点だと」

嬉《うれ》しげに笑い、胸の前で手を合わせるセシルス。そのまま叩《たた》いた手を開いた彼は、くるりとその場で回りながら、自分の周囲にある全部を示して、

「もしも本当にあらゆる物事に意味があるとするならば！　今この瞬間に解き明かせないそれは全て先々の展開に用いられる伏線なのです！　なんと胸躍る！」

「使途不明の資金の流れや、所有者のわからない蓄財の存在は未来への伏線ではなく、汚職や賄賂の横行の証拠と思いますが」

「それは！　ちゃんと現時点で答えがわかるやつじゃないですか！　僕が言ってるのはそれができないやつです。チシャは頭いいんだからちゃんと聞いてくださいよ！」

ぴたりと回転する足を止めて、眉を怒らせたセシルスに抗議される。

何故《なぜ》、自分が怒られるのかと釈然としない気持ちを抱きながらも、しかし、チシャはそのセシルスの考えに少しだけ、ほんの少しだけ救われる。

ヴィンセントに重用され、彼の要求に応えるべく働きながらも、頭の片隅には常に、何故自分が召し上げられたのかという疑念があった。

何年も経過し、ヴィンセントの人柄を知っても、それは解き明かせない。

何故《なぜ》ならそれはヴィンセントの問題ではなく、チシャ自身の問題であるからだ。

その懊悩《おうのう》の答えが出せないまま、ヴィンセントの傍《そば》に在り続けることは非常に精神的に難儀なことだったのだが――、

「……ややもすれば、当方の存在も伏線というわけですか」

「おお？　さっそく使いこなしてきましたね。さすが頭のいい方は呑《の》み込《こ》みが早い！　そういうところは尊敬に値しますよ僕は絶対に同じことできませんが！」

「尊敬するというなら、当方を呼ぶときに敬称を付けるべきでは？　当方、そちらより年上で目上で先達ですが」

「やだなぁ、友達にさん付けするなんてちょっと距離が遠いじゃないですか。この先を思えば一蓮托生《いちれんたくしょう》の間柄。水臭いのはなしの抜きのうっちゃりにしましょう！」

「友人……」

あけすけにそう言われ、おまけに肩も叩《たた》かれ、チシャは絶句した。

その距離感の詰め方の馴《な》れ馴《な》れしさもそうだが、最大の理由は我が身を振り返り、自分に友人と呼ぶべき相手がいなかった事実に気付いたことだ。

「どうしました？　あ、やっぱりさん付けから始めますか？　最初は余所余所《よそよそ》しいところから始めて徐々に距離を縮めていって最終的には五分の仲！　というのも悪くない展開と僕も思いますのでそちらへ舵《かじ》切りするのも……」

「いえ、結構。――閣下は拙速を尊ばれる御方《おかた》です次第」

セシルスの戯言《たわごと》をしっかり聞き取ったわけではないが、最終的に辿《たど》り着《つ》く地点が同じなのならば、そこへ至る道は早い方が望ましい。

すっかり、ヴィンセントの主義に染まった感のある自分の考えを揶揄《やゆ》しつつ、チシャはセシルスの在り方を否定ではなく、受け入れることとした。

彼流の言い方に倣うなら――、

「あなたが閣下の御望《おのぞ》みの役に立つと期待する次第。当然、そちらが拾われたのも――」

「堂々と役立つための伏線でしょうね！　任せてください、チシャ。僕は戦うこと以外はからっきしですが戦う場面においては他の追随を許しません！」

「それでよろしい」

どんと薄い胸を張り、華奢《きゃしゃ》な子どもの大言壮語をしかしチシャは笑わない。

ヴィンセントの見立てと、自分自身の見立てに従い、セシルス・セグムントの器に見合ったあるべき場所を彼に与える。

その上で――、

「――当方もまた、伏線として機能する日を待たねばならない様子」

そう、年の離れた友人に言われた役目を自覚しつつ、チシャは呟《つぶや》いた。

折しもそれは、ヴィンセント・アベルクスの参戦する『選帝の儀』が始まる、二年ほど前の出来事だった。

5

先帝ドライゼン・ヴォラキアの死と、それに端を発する『選帝の儀』の開始。

その隠し切れぬ才覚を理由に、他の兄弟たちから目の敵にされ、一時は集中攻撃の包囲網に晒《さら》されたヴィンセント・アベルクス。

しかし終わってみれば、当初の下馬評通り、ヴィンセントはかけられた期待と積み上げた評価が示すまま、『選帝の儀』を圧倒的な強さで勝ち抜いた。

全ての兄弟姉妹を鏖殺《おうさつ》し、ヴォラキア帝国の血の冠を被《かぶ》ったヴィンセント・アベルクス——否《いな》、第七十七代皇帝ヴィンセント・ヴォラキアの誕生だ。

そのヴィンセントの勝利には、彼の部下であるチシャやセシルスの存在も少なからず貢献しただろう。だが、真にチシャが役目を果たすよう求められたのは、『選帝の儀』でヴィンセントを勝利させるための一手ではなく——、

「——妹御は無事、落ち延びられたご様子。苛烈で奔放な性分の御方《おかた》ではありますが、御自分の立場は理解いただけましょう。ひとまず落着かと」


執務室、それも帝都ルプガナの水晶宮《すいしょうきゅう》の一室だ。

国政の頂点に位置する皇帝が利用するその一室で、見慣れた顔が自分を見返す状況は、平静で出入りするのにしばらくかかるだろうとチシャは踏んでいた。

もっとも、当の皇帝本人はそれだけ権威ある椅子に座ったところで、普段の調子を崩すような素振りも見せない。『選帝の儀』の勝利が揺るがないと確信されたときも、達成感に笑みの一つも覗《のぞ》かせなかった。

ヴィンセントは笑わない。少なくとも、皇子や皇帝である間は。

皇子でない瞬間であれば、その唇を綻ばせ、性格の悪い笑みを浮かべることもあった。

だが、これからはそんな機会も激減することだろう。

皇帝になった。そして、皇帝の皇帝でない瞬間など、彼は許すまい。

──否、たった一点だけ、そうでない瞬間を共有できるものはいたが。

「プリスカ様を生かす術《すべ》を求められたとき、当方は耳を疑いました」

誰も、他に聞き耳を立てるものがいないことを前提に、チシャはこのヴォラキア帝国で生じ、自らも加担した帝国最大の秘密を口にする。

『選帝の儀』の決着と同時に、新たな皇帝の誕生が報じられた。

しかしその実、帝位継承権を持った皇族が最後の一人にならなければならない儀式において、その完遂は果たされていない。──最後の二人が残っている。

ヴィンセント・アベルクスと、プリスカ・ベネディクトの二人が。

自ら毒の杯を呷《あお》り、命を落とした悲運の姫君と語られるプリスカ・ベネディクト。

事実、彼女は毒を呷ったが、命を落とさなかった。

彼女が毒を呷ったのは杯からではなく、主人を案じるがあまり、その助命の可能性に縋《すが》ってしまった従者を救うためだ。

毒はプリスカの心の臓を一度止め、再び鼓動を生むまでの間に全てを終わらせた。

『選帝の儀』は終わり、プリスカ・ベネディクトは墓の下に葬られた。

ヴィンセント・アベルクスは皇帝となり、プリスカ・ベネディクトはその名前ではない別の存在となり、命を繋《つな》ぐ――。

「もしも、当方が帝国に古くから仕える家のものであれば、閣下の御望《おのぞ》みを言語道断と御《お》諫《いさ》めしたかもしれませんなぁ。しかし、当方は平民の出である次第」

沈黙を守る皇帝、ヴィンセントの心中は推し量れないが、行動は明確だ。

元より、多数いる兄弟姉妹の中で、ヴィンセントにとってプリスカは特別だった。

その才気という点でプリスカはチシャの目にもひと際輝いて見えたが、ヴィンセントが歳《とし》の離れた妹に目をかけていたのは、その能ばかりが理由ではあるまい。

傲岸不遜を絵に描いたようなプリスカも、そのヴィンセントには敬意を払い、正しく血を分けた兄として扱っていたと思う。

そうして互いを認め合い、歩み寄っても共存を許さないのが『選帝の儀』であり、ヴォラキアの皇族の宿命――それが、ヴィンセントの手で破られた。

それがチシャとしては小気味よかったし、何よりも、安堵《あんど》した。

与えられた立場と役割の中で、十全の能力を発揮するのがヴィンセントのやり方だ。その彼がプリスカを生かした。生きているとわかれば我が身を危うくし、これまでの皇帝が築き上げてきた帝国民の信頼という基盤を失いかねない暴挙を冒したのだ。

ヴォラキア皇帝として、どんな言い分があればそれを正当化できる。できないだろう。当たり前だ。それは合理的な判断で下された指示ではなかった。

あれは、感情的な願いであり、望みであり、祈りだった。

ヴィンセント・アベルクスは、愛する妹を殺したくなかった。

だから、プリスカ・ベネディクトは生かされ、ヴィンセントは偽りの冠を被《かぶ》ったのだ。

それがチシャには快かった。

プリスカが生かされたからではなく、プリスカを生かしたいとヴィンセントが考え、そのための障害――溝に嵌《は》まった車輪を抜く術《すべ》を、チシャに求めたからだ。

「伏線、でしたか」

『選帝の儀』が始まるより前に、セシルスの口にした戯《ざ》れ言《ごと》が頭を過《よぎ》った。

その瞬間は意味が見出《みいだ》せず、ただの寄り道や無駄に思えるようなことでも、後々になればそこに何らかの意味が見つかる。そのためにあったのだと、納得できる。

自分やチシャの存在は、そうした未来への布石なのかもしれないと。

「まぁ、セシルスの話が的を射ていたと認めるのは大いに癪《しゃく》ですし、当人に言えば調子に乗るのが目に見えるので永遠に言わないのですが」

「以前からそうだったが、このところはとみに思案が多いな。色が抜け落ちて、余に侍《はべ》って培ったことも根こそぎに落としたか？」

「存外、死の淵《ふち》を彷徨《さまよ》ってからは調子が良いもので」

不敬とわかっていながら、チシャはヴィンセントの前で肩をすくめた。立場の変わった皇帝は、衆目の前でさえやらなければそれを咎《とが》めない。

――ヴィンセントは自らを『余』と自称し、彼の黒瞳に映り込むチシャの姿はその指摘の通り、すっかり色が抜け落ちた白いものとなっていた。

『選帝の儀』の最中《さなか》、死の淵を彷徨って舞い戻ったことの影響だ。

生まれつき黒かった髪は白く染まり、以来、何となく黒で揃《そろ》えていた衣装を正反対の白に統一した。愛用している鉄扇も塗り替え、全身白で揃えた徹底ぶりだ。

無論、ただの道楽でそうしたわけではなかった。

死の淵を彷徨い、自らの色を失う羽目になって、チシャには奇妙な『能』が芽生えた。

他者の色に染まるその『能』を扱うには、常日頃の意識がいる。

自分は何色にも染まれると、そう自らに暗示するために必要な措置だった。

ともあれ、その『能』の詳細についてはヴィンセント相手にも伏せている。もちろん、口の軽いセシルスや関係の薄い他のものたちにも誰にも明かさない。

隠し球、切り札、奥の手というものは一枚や二枚は用意しておくものだ。

もっとも――、

「閣下がこれまで大儀であったと、ようやく当方の身代を解放してくださるなら、そうした謀《はかりごと》の必要もないと思う次第ですが」

「仮に貴様が余だとして、この帝国の秘するべき最も重要な事実を知る貴様を生かしたまま放逐し、安寧に夜を越せると思うか？」

「仮の話に仮の話を展開するのはいささか行儀が悪くありますが、城を離れるより前にこの首が落ちるのが末路でしょうなぁ」

「それがわかり、命を惜しいと思えるなら大人しく仕え続けるがいい。貴様が余の役に立つと示せる間は、その首と胴を繋《つな》げておいてやる」

そう、机に頬杖《ほおづえ》をつくヴィンセントが不遜に言い放った。

どちらも本気とは言い難《がた》い軽口の応酬だが、他者に対して言葉の足りない皇帝だけに、こうして口に出させて確かめておくことも必要だ。

それによれば、どうやらチシャ・ゴールドの立ち位置や求められる役割は、ヴィンセントが皇帝になろうと変わらないようだが——、

「——神聖ヴォラキア帝国の在り様は、あるいは変わるやもしれない様子」

すでに、ヴォラキア帝国の絶対の象徴である『陽剣』の輝きは裏切られた。

建国以来続いてきた『選帝の儀』が、それまでと異なる形で終着を見た以上、そこから先に続いていくものも、その在り方を大きく変えていくだろう。

その道を往《ゆ》くのは、自らの望みを優先し、妹を救うことを選んだヴィンセントだ。

これまでの道と違う、これからの道が拓《ひら》かれる。その事実と期待に、チシャは自分がわずかに胸を弾ませていることに気付いていた。

だが、それを表情にも言葉にも、態度にも絶対に出さない。

友人の、セシルスの悪い影響だと、それも自覚のあるところだったから。

6

——めまぐるしく、日々は流れていく。

かつてあった『九神将』制度の復活と、帝国貴族たちの冠位の再設定。

位が形骸化し、歴史だけで高い地位に与《あずか》るものたちが一掃され、『剣に貫かれる狼《おおかみ》』の国旗を掲げるヴォラキア帝国の在り方を内外に徹底する。

外から見れば、ヴィンセント・ヴォラキアの統治はこれまでの帝国の歴史と何も変わらずに思われたかもしれない。

しかし、実態はまるで違った。舞台裏を知る側は、それを如実に体感していた。

やがては帝国の多くのものも、そして外の国のものたちも知ることになるだろう。

ヴィンセント・ヴォラキアが帝国を作り変え、改めていくことの壮大さを。

無益な争いはなくなり、不条理な殺し合いは囃《はや》されるものでなくなる。

強さの証明は個人の武威では成立しなくなり、身の丈に合わぬ野心を抱いたものは、真に野心を叶《かな》えることの難しさを自らの命で証明することになる。

『強い』ということの基準が、塗り替えられていく工程を見るかのようだった。

もっとも――、

「僕が『壱《いち》』でアーニャが『弐《に》』、オルバルトさんが入ってチシャが『肆《し》』と。閣下の見立てもなかなか悪くありませんがチシャの顔色は優れませんね？」

「当方が『肆』というのは、いささか椅子の座り心地が悪く感じられる次第。セシルスも知っての通り、当方は」

「腕っ節はからきしと。まあまあ気持ちはわかろうともわかるとも全く言いませんがこれが閣下の統治する世での序列の決め方というものなのでしょう。基準が混在するとどれがどれかと頭を悩ませますが僕はわりと肯定的ですよ」

「それは何ゆえに？　自分が不動の『壱』であることの他に」

「先に言われた！　それが一番大きな理由です。ですけどもそれだけじゃありませんよ。チシャをそこに置いておくのは見方が変わると思うんですよね」

「見方……それはつまり戦い方の、という意味で捉えても？」

「おおよそは。確かに僕とチシャがやり合えば瞬《まばた》きの間にチシャが死にますが、もしもチシャに千人の部下がいる状況から始まればどうです？　千秒かかるかもですよ！」

「かからぬでしょうに。ただ、言いようは理解しました。当方が千秒を稼ぐ間に」

「閣下か誰かしらが目的を果たせばいいんですよ。この世界の花形役者である僕の最大の欠点は僕がこの世に一人しかいないことですから」

　立場を得ても、帝国の在り方が変わっても、その性根をまるで変えないものもいる。

しかし、セシルスには最も古き時代、『強者』が何ゆえにヴォラキア帝国で誰からも尊敬を集めたのか、その最初の理念が備わっている。

当人に人望がなければ、誰からも好かれる性格でもなく、誰の見本になる背中をした人物でもないことは帝国中の誰もが知るところだ。

それでも、帝国最強が誰かと問われれば、誰もが我が事のように胸を張れる。

セシルス・セグムントこそが、帝国最強の存在なのだと。

そのセシルス相手に、人を集めれば千秒稼げると思われているのが、チシャが『肆《し》』という『九神将』の一人の地位を固辞せずに済む理由でもあった。

それ故に過大評価と思いながらも、チシャはその立場と役割に甘んじるのだ。概《おおむ》ねはそれでうまく回っている。

問題があるとすれば――、

「――やや、こーれはどうも、チシャ一将。本日もお日柄がよろしいですねえ」

そう薄く微笑《ほほえ》みながら親しげに話しかけてくる人物。

『星詠み』を名乗り、水晶宮《すいしょうきゅう》の出入りを許されたその存在への不気味な感覚だけが、何もかも順風に回って見える帝国の中、白い我が身に黒点のように感じられるのだった。

――その不気味な感覚が間違いでなかったことは、それから数年後に証明された。

「――『大災』の訪れの天命が下りました。閣下、残念です」

皇帝の執務室の中央、本来であればここにいるべきでないその男は、まるで心から神妙にしているとでも言いたげな表情でそれを告げた。

『星詠み』のウビルク、その言葉に同席するチシャは眉を顰《ひそ》める。

「……『大災』？」

聞き覚えのない響きであると同時に、決していい予感のしない響きでもあった。

大いなる災いと呼ぶくらいだ。並大抵の災厄ではないのだろうと予想がつく。ただ、チシャの気に障ったのは、ウビルクがそれに付け加えた一言。

何故《なぜ》、この男はヴィンセントに対し、残念などと続けたのか。

「ウビルク殿、そちらの『星詠み』の信憑性《しんぴょうせい》に関しては当方は疑っておりません。これまで幾度も反乱や災害、国内で起こり得る事態について先んじて言い当ててこられた。ウビルク殿の予言で被害を抑えられた事例も少なくありませんゆえ」

「恐縮です、チシャ一将。たーだ、一ヶ所だけ訂正を。ぼかぁ、予言なんてしてません。あくまで星の囁《ささや》きを言伝《ことづて》しているだけです。ぼくの手柄じゃありません」

「……ウビルク殿の考えは尊重させていただく次第。当然、その『大災』とやらにも対応の用意が必要でしょうが、何が起こると予想されるかお聞きしても？」

直前までの神妙な表情が一転、チシャに答えるウビルクの表情は笑みを象《かたど》った。

『星詠み』を名乗るウビルクの役目は、祈祷師《きとうし》や占い師のそれに近い。

ただし、ウビルクの予言の精度は桁外れに高く、士気を高めるための芝居の要素が強いと感じる祈祷師《きとうし》たちとは一線を画していた。

その分、ウビルク当人の性格とどれほど関係があるのか、いささか持って回った言い方であったり、詳細が曖昧な部分が多く見られるのが欠点ではある。

しかし、実際にチシャも述べた通り、ウビルクの提言に端を発し、人災天災を問わず、大ごとにならずに片付いた事態も散見される。

水晶宮《すいしょうきゅう》への出入りを許されるのも、その能力をヴィンセントが評価してのこと。

チシャとしては、得体の知れないウビルクを重用することに関して、あまり前向きではなかったが、使えるものを使うのがヴィンセントの姿勢だ。

それこそ、『選帝の儀』で死した兄弟姉妹に仕えた臣下を登用するのもそう。能力は有数と言えど、宰相のベルステツを傍《そば》に置くなど普通は考えられないだろう。

もっとも、あの宰相はあれで存外に帝国への信義が強く、ヴィンセントがヴィンセントであり続ける限り、牙を剥《む》く恐れはないとも言える人物だが。

ともあれ――、

「『大災』とまで言うのなら、退けるのもさぞかし苦労がありましょう。幸い、セシルスもアラキア一将も手が空いている……まぁ、あの二人は離して置いておくと危なっかしいので、大抵いつも空いていると言えますが……」

「――滅びです、チシャ一将」

「む?」

セシルスとアラキア、訳ありの『壱《いち》』と『弐《に》』の顔を思い浮かべ、物憂げな気分に浸りかけたチシャを、不意の響きが現実に引き戻した。

顰《ひそ》めた眉をより顰め、チシャは今一度、ウビルクに発声の機会を与える。

それを受け、ウビルクは「ですから」と前置きし、

「やってくるのは滅びです、チシャ一将。『大災』とは、ヴォラキア帝国を崩壊させる破滅の一手。陽光さえ届かぬ滅びをもたらすモノ。とーはいえ」

「——」

「元々、『陽剣』は十全に扱えない。でーしたね？」

それを聞いた瞬間、ヴィンセントの後ろに控えていたチシャは部屋の真ん中へと飛び込み、抜いた鉄扇をウビルクの首へ当ててその体勢を崩していた。

そのまま、地面に倒したウビルクの頭へ、鉄扇を手加減なしに打ち込もうと——、

「——やめよ、チシャ。殺しても意味はない」

「ですが、閣下。このものは、知るべきでないことを知っている様子。まさか、閣下がお話しになられたとでも？」

「たわけ。余が道化相手に口を滑らせるものか。大方、それも貴様に言わせれば、星から教わったとでもいうところであろう」

「たはは、その通りです。とと、ぼかぁ今、死ぬところでしたかね？」

当たる寸前で止まった鉄扇を指でつつき、ウビルクが半笑いを浮かべる。

それを見下ろしながら、チシャは本当に始末すべきでないかしばらく悩み、それから深々と息を吐くと、大きく後ろへ下がった。

「失礼をお詫《わ》びさせていただく次第。とはいえ、不用意な発言は慎んでいただかなくては、次も当方の手が止まるかは保証できませんなぁ」

「けほっ、それはぼくが迂闊《うかつ》でした。さすが『九神将』のお一人、文官肌と言われてはいても技の冴《さ》えは戦士のそれでしたね」

「世辞は結構。それよりも――」

そこで言葉を切り、チシャは視線をウビルクから切り、背後へ向けた。

そこには『星詠み』を迎えたときから変わらぬ姿勢のヴィンセントが、自らの執務を行う大きな机の前に座り、こちらを見ている。

その黒瞳と向かい合い、不意にチシャは彼との出会いを思い出した。

一番最初、ヴィンセントと向かい合ったとき、竜車の車内でこのぐらいの距離だった。

何故《なぜ》、突然あのときのことを思い出したのか。それはおそらく、同じ心地だからだ。

あのときと同じ心境で、チシャはヴィンセントに尋ねなくてはならない。

「閣下、先ほどのウビルク殿の予言に対して驚かれていらっしゃらないご様子。その真意について御伺《おうかが》いしても？」

「あのー、ぼくのは予言ではなくて……う」

「失敬。ただ、次はありませんと忠告する次第」

余計な口を挟もうとしたウビルク、その頬《ほお》を掠《かす》めた鉄扇が壁に突き刺さる。わずかに切れた頬に血の滴を浮かせ、ウビルクが両手を上げて沈黙を誓う。

そちらに目も向けず、チシャはヴィンセントを見据え——否《いな》、睨《にら》みつけた。

そのチシャの眼光に、ヴィンセントは片目を閉じると、

「災いの兆《きざ》しについては、すでに其奴《そやつ》からも報告があった。いずれ来たる『大災』、それはこの帝国に滅亡をもたらす災厄であると、観覧者の囁《ささや》きがあったとな」

「——、何故その時点で当方にも共有を……いえ」

ヴィンセントから告げられた内容に驚愕《きょうがく》しつつも、反論しかけたチシャの舌が止まる。

今しがた、ヴィンセントが口にした言葉の中に、言い知れぬ怖気《おぞけ》を覚えた。

それが何なのか反芻《はんすう》し、チシャはわずかに目を見開く。

「閣下、当方の聞き間違いでなければ、こう仰《おつしや》いましたか？——観覧者と」

それは以前、ずっと前、何年も前に一度、ヴィンセントの口から聞いたものだ。

ヴィンセントが忌まわしい存在と、唾棄すべき人物と呼んだ追放された皇族『ストライド・ヴォラキア』——その手記にあったとされる単語。

それを、ここでヴィンセントが口にした。それも、『星詠み』ウビルクと関連する単語として、ずっと前から把握していたように自然と。

「閣下、その観覧者とは、ウビルク殿の語る『星』のことと思っても？」

「……余も同じ認識だ。ウビルクめが語るそれは、観覧者が覗《のぞ》き見《み》たものの告知の類《たぐい》と」

「──。では、ストライド・ヴォラキアもまた、『星詠み』だったとお考えで？」

「その可能性を高く見てはいる。ただ、他の『星詠み』らと自称するものが異なる上、手記の内容を読み解けば、ストライド・ヴォラキアは観覧者を敵視していた」

つらつらと語られる新事実に、チシャはヴィンセントへの不満を募らせる。

皇帝になる以前も、皇帝になってからも進んで激務を抱え込んでいるこの人物は、しかしチシャに共有しない部分でも、そうした厄介事を抱え込んでいた。

それをチシャに隠し通すためにも、相応の労を必要とするはずだ。

そんな労力を割くぐらいならば、最初から全て共有してくれればいいものを。

「落ち着いてくださいな、チシャ一将。閣下が一将にお話しにならなかったのもちゃんとわけがあります。ぼかぁ、それを尊重したままでで」

「次はないと、当方はそう忠告したと思いますなぁ」

「わかっていますわかっています。でーも、閣下が言いづらいのであれば、ぼくから話した方がよいのではと。チシャ一将を同席させたのはそのため、でしょう？」

両手を上げたままの姿勢で、チシャの肩越しにウビルクがヴィンセントを見る。

そうして、ヴィンセントの考えをわかっている風に振る舞われるのも気に障るが、ヴィンセントはウビルクの提案を却下しなかった。

ならば、チシャにそれを却下する資格はない。それにこれ以上、語られないことを抱え込まれたままでいられるのも限界だ。

「もったいぶらず、慎重に言葉を選ぶことを薦める次第」

「お心遣い、痛み入ります。では、端的にお伝えします。――帝国へもたらされる滅びの『大災』、それはですね」

もったいぶるなと忠告したにも拘《かかわ》らず、ウビルクはそこで一度言葉を切った。

しかし、ウビルクへの怒りよりも、その先に続く言葉への関心が勝った。故に、ウビルクは忠告を無視した罰を受けぬまま、続きを紡ぐ。

それは――、

「――ヴィンセント・ヴォラキア閣下の死、それを合図に始まる天命なのです」

7

無粋な『星詠み』が退室し、執務室には帝国の頂点と腹心だけが残された。――否《いな》、その自認が正しいかどうか、チシャにはもはや自信がない。

その胸の内を明かされないなら、それを腹心と呼ぶことはできないだろう。

存外、『星詠み』が叩《たた》かれていた道化の陰口こそ、自分に相応《ふさわ》しかったのかもしれない。

「閣下に扮《ふん》して入れ替わっても、『星詠み』は当方には寄り付きませんでしたなぁ。あれももしや、閣下が指示を？」

「伏せていることを迂闊《うかつ》に話されては謀《はかりごと》が機能しなくなる。なれば、あれの手落ちを未然に縛っておくのは当然のことだ」

「でしょうなぁ。当方でも同じことを」

結託というほどではないが、自由に振る舞っているように見えていたウビルクも、しっかりとヴィンセントの首輪を付けられていたというわけだ。

そこには両者の間でだけ交わされた、『大災』を巡る密約が関係していたと。

しかし——、

「解《げ》せません。何ゆえに、当方にまでそれを伏せておられたのか」

「——。無用で煩雑な思案を取り除くためだ」

「無用で煩雑……」

「知れば、余を救おうなどと考えよう。だが、それは無意味な思索だ」

首を横に振り、ヴィンセントは一切の躊躇《ちゅうちょ》もなくそれを言い切る。

かかっているのが自らの命であろうと、事実を前にヴィンセントは怯《ひる》もうとしない。しかし、彼自身の納得とチシャの納得は別の次元の話だ。

「閣下の御命《おいのち》を第一に考えるのは当然の成り行きでしょう。何故《なぜ》、それを無駄と？」

「これまでの『星詠み』の、あれが天命と嘯《うそぶ》いてもたらした話を思い出せ」

「ウビルク殿のもたらした話……」

言われ、チシャは考えを巡らせる。

ヴィンセントがチシャに伏せていたのが『大災』の一件だけであれば、それ以外のウビルクがもたらした予言についてはチシャも全て把握している。

天災や反乱、いずれも大火となり得た事態の兆《きざ》しの報《しら》せであり、有用だった。そのおかげで被害は最小限に食い止められ――、

「――いずれの事態も、被害の大小の差はあれど起こっている」

「そうだ。兆しを告げられたとて、未然に防げた事例はない。それが人災であれ天災であれ、最初の一手は必ず起こる。その後の被害に対応はできてもだ」

そして、ウビルクは言った。

「彼奴《あやつ》の語る『大災』は、余の死を切っ掛けに起こるのだと」

「――っ、ならば閣下の御命を守り抜き、『星詠み』の天命に逆らえばよいでしょう！」

「それが実現可能かどうか、余が試してこなかったと思うか？」

反射的な対案は、静かなヴィンセントの言葉に否定される。

当然、感情的に思いついたチシャの考えなど、ヴィンセントは全て実践したはずだ。これまで、『大災』と無関係の、ウビルクがもたらした他の予言に対し、未然に防ぐことが可能か幾度も挑戦しただろう。

皇帝の役割を十全に果たしながら、その裏で――、

「――閣下」

「なんだ」

「お聞きしたいことが、浮かびました次第」

不意に、冷たく沈んだ自分の声が脳に滑り込み、チシャはそう言っていた。

聞きたいことと言ったが、脳が痺《しび》れる。痺れている。それは過剰に働かされた反動か、あるいは働きを拒否する精神的な抵抗のどちらか。

しかし、いずれが理由の痺れでも、すでに問いは発され、皇帝はそれを受けた。

そして――、

「許す、述べてみよ」

皇帝が選んだものを、チシャが否定することはできない。

それ故に、皇帝が許しを与えたものを、チシャが拒むこともまたできない。

だから、チシャは自らの脳の痺れを味わいながら、問いを発する。

「閣下はいつから、『大災』の兆《きざ》しを存じていたのですか?」

「――手記だ」

静かに、ヴィンセントは己の執務する机の引き出しを開け、そこから古びた一冊の本を取り出し、机の上に置いた。

かつて話題に挙がりながらも、目にする機会のなかった手記。――ストライド・ヴォラキアの残した手記、それが兆しを伝えていたのなら。

「閣下、あなたがこれまでしてきたことは――」

チェシャ・トリムであったチシャと出会い、共に歩み、時間を培い、セシルスを拾い上げ、『選帝の儀』へと臨み、初めて自らの在り方に背いてプリスカ・ベネディクトの命を救って、ヴォラキア帝国の皇帝として新たな道を拓《ひら》いた。

その、ヴィンセント・ヴォラキアの歩みの全ては――。

「――余の死後、『大災』のもたらす滅びの被害を最小限に食い止めねばならん。そのための改革であり、『九神将』であり」

「――――」

「――貴様だ、チシャ・ゴールド」

8

「観覧者とは何者なのか、そちらの知る情報の開示を要求する次第」

開いた鉄扇を首元に押し当て、チシャは低い声でそう恫喝《どうかつ》する。

しかし、鬼気迫るチシャの敵意を浴びせられながら、背中を壁に押し付けられるウビルクの表情は困ったような、状況の見えていない呑気《のんき》なものだった。

その表情のまま、ウビルクは「チシャ一将」とこちらを呼び、

「皇帝閣下と話されたのが数日前、てっきりぽかぁ、チシャ一将の中では折り合いがついたものと思っていたんですが……」

「前提条件に誤りがないか見直すのに数日を要した次第です。残念ながら、現状は閣下の御考《おかんが》えを真っ向から否定する方法はありませんが」

「それはぼくと話しても同じことと思いますよ。それにしても、さすが一将は閣下の影武者も務められるだけあって、よく似ていらっしゃる」

押さえ込まれながら話すウビルクに、チシャは微《かす》かに訝《いぶか》しむ表情を作る。そんなチシャの反応を受け、ウビルクは首を横に振ると、

「閣下も、天命の曲げ方がないか御尋《おたず》ねになられました。たーだ、ぼくの返せる答えはそのときと同じです。ありませんと」

「――。そちらの目的はなんなのです？　ウビルク殿は『星詠み』を名乗り、観覧者の予言を伝えることで水晶宮《すいしょうきゅう》へ出入りする地位を勝ち得た。ですが当方を始め、閣下以外のものはウビルク殿の存在をよく思ってはおりません。閣下がそちらの予言通りにお亡くなりになれば、ウビルク殿も身の破滅は免れ得ぬ次第」

「はっきり仰《おっしゃ》いますねえ、傷付きますよ、ぼかぁ。……たーだ、チシャ一将、そこは前提が違うというやつです」

「――――」

「ぼくの身の破滅よりも、天命の履行と成就の方が大事なんです。ぼくの目的は、『大災』のあとの滅びを防ぐことですから」

言いながら、ウビルクの表情からにやけたものが消える。

わざとらしい感情が消えて、温かみが抜けたウビルクの表情を間近に捉え、チシャは初めてウビルクの素顔と向き合ったような印象を得た。

一瞬、それがウビルクの何らかの術技によるものとも疑ったが――、

「ぼくにそんな力はありませんよ。最初に閣下へ害意がないと示すため、チシャ一将も見ている前で胸の魔眼は潰してみせたじゃーないですか。確認しますか？」

「――。いいえ、結構。それよりも当方の聞き間違いでなければ、ウビルク殿はこう仰《おつしや》いましたか？　目的は、『大災』のあとの滅びを防ぐことと」

「ええ、そうですよ。その点で、閣下とは目的の一致を見ているわーけです」

答えるウビルクに澱《よど》みはなく、その意見が嘘《うそ》でないとチシャにも感じ取れた。

そもそもここで嘘をつくなら、ヴィンセントではなく、チシャにいい顔をするための嘘をつかなくては意味がない。迂闊《うかつ》にチシャの逆鱗《げきりん》に触れて殺されては、いつ殺されても構わないような面構えのウビルクも喜びはしないだろう。

加えて、ヴィンセントがウビルクを厄介者と捉え、その振る舞いに思うところがありながらも彼を手放さなかった理由も頷《うなず》ける。

ヴィンセントとウビルクは、同じ目的で動いていた。

「ウビルク殿は、『大災』そのものを防ごうとは思われないご様子。何故《なぜ》です？」

「ああ、それは単純なことです。『大災』を先延ばしにすることはできない。それは必ず起こってしまう、一種の決まり事なんです。起こってしまった『大災』、それがもたらす滅びを防ぐのがぼくの目的です。つまり……」

「つまり？」

「『大災』が起こらなければ、ぼくの天命は果たされない。ですから、もしも『大災』の起こる要因が全て潰されても、ぼくがその要因となるでしょーね」

それは、手段と目的があべこべになった不条理な考え方だ。

理解できない思考に息を呑《の》み、チシャはウビルクの首に当てた鉄扇をより強く食い込ませる。急所に宛《あて》がい、力を込めれば喉を裂ける位置だ。

それを、ウビルク自身にもわからせながら、チシャは声を鋭くする。

「ならばその要因、ここで当方の手で取り除くのもよいでしょうなぁ」

「やめてはほしいですが止めはしません。でーも、一個だけ言っておくと、たとえぼくを殺したところで、次の『星詠み』が現れるだけですよ。そういう仕組みなんです」

「――――」

「世界を滅ぼす大いなる四つの災い。その内の一つを止める機会が巡ってきた。ぼくたちは星がもたらした自浄自衛の端末、代わりはいくらでもいます」

それは脅しでも虚言でもない、ウビルクの本気であるとチシャにもわかった。

――『大災』による滅びを防ぐため、『大災』には必ず起こってもらう。

それは尽きぬ命を盾にした、ウビルクの仕掛ける終わりのない消耗戦への誘《いざな》いだ。

あるいはこれまでの『星詠み』のもたらした天命、それもいくつかは彼ら自身が火種となり、予言の実現のために一役買った可能性すらも浮かぶ。

だが、それを確かめるために『星詠み』を鏖殺《おうさつ》しようとすれば、発生条件のわからない彼らを根絶やしにするため、可能性のあるものを全員殺す必要がある。

それは、国を亡《ほろ》ぼすことと何も変わらない。

「閣下はご立派ですよ。ぼかぁ、個人に対する思い入れはほとんど持たない性質《たち》ですが、閣下の在り方には脱帽します。『星詠み』ならぬ身で、ああはなれない」

「……ウビルク殿が脱帽とは、笑えない冗談ですなぁ」

「本心ですよ。誰も天命の安らぎなしに、予告された死を受け入れることはできない。ですが、閣下は自らの死後に向け、あらゆる用意をしている。生きることは望まなくとも、戦うことは諦めていない。まさしく、剣狼《けんろう》の王」

厳かに呟《つぶや》くウビルクの言葉には、確かなヴィンセントへの敬服があった。

彼の語った剣狼、ヴォラキアの国紋である『剣に貫かれた狼《おおかみ》』とは、その命を脅かす傷を負いながらも、決して怯《ひる》まぬ戦士の在り方を称《たた》えたものだ。

そういう意味ではウビルクの言う通り、ヴィンセントの在り方は剣狼そのものだろう。

「チシャ一将、ぼかぁ、自分の天命を叶《かな》えたい一心でずっと過ごしてきました。たーだ、自分の天命が何より素晴らしいって考えてるわけじゃありません。もしも、チシャ一将が受け入れ難《がた》いと仰《おっしゃ》るなら、試されるのもよいでしょう」

「試す……ウビルク殿や、あなたと同じ立場の『星詠み』の鏖殺《おうさつ》を、ですか？」

「代わりはいくらでもいると言いましたが、限度はあります。人の命の数がそれです。セシルス一将と協力し、試してみるのも手ではありますま」

それがどこまで本心からの提案なのか、またしてもウビルクの心はわからなくなる。

一瞬、それもいいかと考えてしまったのは、そのぐらい自分の足場の位置が不確かになっている証左だろう。

ウビルクの言う通り、セシルスにこの事実を打ち明け、おそらくチンプンカンプンになるだろう彼を誘導すれば、帝国民を撫《な》で切《ぎ》りはできるかもしれない。

──否《いな》、それも不可能だ。

ヴィンセントに露見すれば、そんな暴挙はすぐに止められる。セシルスは友人だが、彼の中での優先順位はしっかり定まっている。

セシルスにとって、ヴィンセントはチシャより優先される。だからこそ、たとえ考える頭が微塵《みじん》も信用できなくても、セシルス・セグムントが『壱《いち》』なのだ。

「それにしても、セシルスに打ち明けるという選択肢がまるで浮かばなかったのは、当方自身のこととはいえ、おかしくなる次第」

場違いな感慨が、弱々しい笑みをチシャの口元に刻みかける。

頭の中に浮かんだセシルスが唇を尖《とが》らせ、猛抗議してくる姿が鮮明に──、

「────」

ある日のやり取りが、不意に鮮明に思い出された。

『確かに僕とチシャがやり合えば瞬《まばた》きの間にチシャが死にますが、もしもチシャに千人の部下がいる状況から始まればどうです？　千秒かかるかもですよ！』

『かからぬでしょうに。ただ、言いようは理解しました。当方が千秒を稼ぐ間に』

『閣下か誰かしらが目的を果たせばいいんですよ。この世界の花形役者である僕の最大の欠点は僕がこの世に一人しかいないことですから』

友人の、適当なことを言いながら笑った顔が思い出された。

ふと、思った。

「ウビルク殿、お伺いしたいことが。――ウビルク殿の受け取る天命というものは、どのような形でもたらされるものなのですか？」

問いかけに、ウビルクが軽く目を丸くした。

それから彼は首をひねり、神妙さの薄れた普段の雰囲気を取り戻しながら、

「まちまちですね。ぼかぁ、比較的夢のような形で受け取ることが多いですが」

「では、閣下へお伝えした『大災』に関する天命でも？」

重ねた問いかけに、ウビルクが怪訝《けげん》な顔をしながら頷《うなず》いた。その答えに息を吐き、チシャはゆっくりと、頭に思い浮かべたそれを形にする。

「ウビルク殿が受けた天命、それが閣下が命を落とされる瞬間であるなら――」

真っ白く色が抜け落ちて、誰でもなく、何色にも染まれる不確かな己を装う。

そこに現れるのは――、

「――そこで死したヴィンセント・ヴォラキアは、どちらの閣下でしょうなぁ？」

9

——かつてチェシャ・トリムだったチシャ・ゴールドは、自分がそれほど忠誠心が高い人間であるとも、皇帝閣下への絶対の服従を誓っているとも思っていない。

他ならぬ、ヴィンセント・ヴォラキア自身から言われている。

自分のために死ねるかと言われ、それはできないと真っ向から答えたときに。

その考えのまま仕えろと、そう言われた。

そう言われ、それに従い、その心情のまま、チシャはヴィンセントに仕えてきた。

だから、ヴィンセントのために死ぬようなことはしない。

ヴィンセントに絶対の忠誠はなくとも、常識的な忠誠は誓っている。帝国民の一人であり、帝国一将の一人として、皇帝閣下への尊敬の念も持ち合わせている。

ヴィンセントの命令に背くような真似《まね》、言語道断だ。

故に、チシャの選択はヴィンセントのためのものではなく、どこまでも最初の頃の、あの街道で偶然に皇子と出くわしたときの気持ちのそのままだ。

あのとき、やんごとなき方が乗っていると一目でわかる竜車を目にして、周りにいた大勢のものたちは関わり合いになるのを避ける中、チシャは歩み寄った。

人助けがしたかったわけではない。

ただ、故郷の村では役に立たないと言われた算術や学問、そういったものを試す機会が訪れたのだから、見逃したらもったいないと思ったのだ。

今回だって、そうだ。

あの、なんだって自分の想定通りだと智謀《ちぼう》を巡らせるヴィンセント・ヴォラキア、その考えの裏をかけるような機会、二度と巡ってはこないだろう。

しかも、ヴィンセント・ヴォラキアはそれこそ幼少の頃から、その瞬間を粛々と受け入れるべく、備えてきているのだ。

つまり、これはヴィンセント・ヴォラキアの人生を懸けた大勝負への挑戦だ。

挑めるとなれば血が沸き立ち、敵が大きいとわかればますます気持ちが昂《たかぶ》って、その相

手を倒すための手段に魂が熱を持つのが帝国の男。

チシャ・ゴールドは、帝国の男だった。

どんな気持ちで考えで、ヴィンセント・ヴォラキアが自分の死後、自らの下で学ばせ、

自分と同じ知略を駆使できる存在となったチシャに託そうとしたのか不明だ。

わからないし、わかりたくもない。

わかっていなかったとわかったときの、あの血の気の引く思いはたくさんだ。

同じ思いを味わえと、ヴィンセントにはその一言である。

そして——、

「もたらされる『大災』の滅び……何が『大災』と、笑わせますなぁ」

大いなる災いなどと銘打って、どうやらこのヴォラキア帝国を蹂躙《じゅうりん》し、崩壊へと陥れよ

うとするらしい『大災』だが、チシャからすれば笑い話だ。

その『大災』の始まりとなるのが、ヴィンセント・ヴォラキアの死。

ヴィンセントが死ななければ始まらない『大災』、それはつまり、彼に生きていられては帝国を滅ぼせないのだと、滅ぼし始める前から負けているではないか。

ヴィンセント・ヴォラキアを避けておいて、何が滅びか『大災』か。

――神聖ヴォラキア帝国第七十七代皇帝、ヴィンセント・ヴォラキア。

「閣下こそが、ヴォラキア帝国。その閣下亡きあとの大地を踏み荒らして、それで滅びだなどと笑止千万片腹痛しの大喜劇」

まるで、セシルスのような物言いでまだ見ぬ『大災』を嘲笑《あざわら》う。

おそらく、自分が目にすることのないであろう『大災』を嘲笑い、舌を出す。

「卑しき勝利を掠《かす》め取ろうとする犬に、我らの剣狼《けんろう》を殺せるものか。――当方が支え、形作ったヴィンセント・ヴォラキアを、舐《な》めるな」

殺せるものなら殺してみせろ。奪うというなら奪うがいい。

予告された滅びなど、我らが皇帝を、我らが帝国を、滅ぼせると思うな。

あの日、溝に嵌《は》まった車輪を抜いたのは、このときのためだ。

全ては、この、滅びを嘲笑うための――、

「――伏線と。そう言えば、セシルスを調子に乗らせるので絶対に言いませんが」

10

——白い光が玉座の間を眩《まばゆ》く照らし、直後に赤い血が盛大に飛散する。

赤い絨毯《じゆうたん》の上、飛び散った鮮血を盛大に浴びるのは正面に立った細身の男。

その顔に、冗談のような鬼の面を被《かぶ》った男は、面の裏に隠された黒瞳を見開いて、目の前で展開された事象への驚愕《きようがく》に立ち止まる。

静止したその男の前で、血をぶちまけた体が前のめりに崩れ落ちた。

その背後から、無防備な胸を貫き、それは容赦なく心の臓を破壊し、生命の維持に必要な余地の何もかもを根こそぎに奪い去った。

傾く体を支える腕はなく、為《な》す術《すべ》なく絨毯の上へと倒れ込んだ。

そのまま、倒れた体はピクリとも動かず、末期の言葉はおろか、吐息さえこぼれない。

心の臓を貫かれ、生きられるものはいない。

故に、それは必然の出来事、訪れるべくして訪れた運命の終着点。

男は死んだ。

チェシャ・トリムであり、チシャ・ゴールドとなって、そしてヴィンセント・ヴォラキアとして、男は死んだ。

——それが、この瞬間に起こった出来事の、全てだった。

第五章　『帝国の剣狼《けんろう》』

1

――偽の皇帝に扮《ふん》したチシャ・ゴールドの最後の行動は、理解の外側だった。

「――――」

玉座を追われたヴィンセント・ヴォラキアはアベルを名乗り、東の大森林で『シュドラクの民』の協力を得ると、自ら反乱の先頭に立って帝国を乱した。

先々を考えれば望ましいことではなかったが、わざわざ謀反《むほん》めいた真似《まね》までして自分を帝都から追い払ったチシャの目論見《もくろみ》だ。容易《たやす》く掌《てのひら》を返せはしない。

だから、その行動も思惑も、無駄だと割り切らせるための手を打った。

『星詠み』がもたらした避け難《がた》い最期、それはアベルにとってははるか昔から、ヴォラキアの皇子としての自覚を持った頃から覚悟していたことだ。

天命と予告されたそのとき、帝国の玉座に就く当代のヴォラキア皇帝が死に、それを切っ掛けに滅びをもたらす『大災』が始まると。

自分が名指しされたわけではなかった。

だが、予告されたそのとき、皇帝の座に就いているのが自分だという確信があった。

自分でなければ、ヴォラキア帝国を救えないという確信があった。

他の兄弟姉妹には、その大役を任せられない。

自分の持てる全能力と可能性を注《つ》ぎ込んで、ヴィンセント・アベルクスは皇帝の座を奪取し、ヴィンセント・ヴォラキアとして帝国を残す手立てを打つ。

――それが、ヴィンセント・ヴォラキアの、アベルの人生を懸けた計画だった。

強者が尊ばれるヴォラキア帝国において、誰もが信仰の対象とするだろう『九神将』の制度を復活したのも、その頂点に紛《まが》う事なき最強を置いたのも。無分別な乱行の横行する帝国の在り方を捻《ね》じ曲《ま》げ、秩序ある暴力への抵抗感を失わせるよう誘導したのも。

自分亡きあと、ヴォラキア帝国を維持する可能性をできるだけ残したのも。

全ては、人生を懸けた計画だった。


為《な》す術《すべ》もなく倒れ伏し、心の臓を穿《うが》たれた胸から大量の血をこぼし続ける体。

黒い髪に黒い瞳、鏡を見るたびに力不足と知識不足の焦燥に怒りを覚えたその顔が血の気を失い、どこも見ていない表情が血に浸っていく。

死に瀕《ひん》し、色をなくしたときに得たと標榜《ひょうぼう》していた『能』による写し身は、その命が尽きても元の姿に戻ることはなかった。

もう二度と、あの姿を見ることも、減らず口が鼓膜を叩《たた》くこともない。

かっていることを避けてきたはずの唇が、そうこぼすのは想像がついた。

その問いに答えられたものは、もう二度と口を開くことはない。それでも、無意味とわ
問うてはならない問いが、唇からこぼれた。

「何故《なぜ》だ」

ない。


『大災』の予言と、その条件を知れば覆そうとするのは想像がついた。

事前にその方法を模索して、打つ手はなかったと伝えて納得させたはずだった。それでも納得していなかったが故の謀反《むほん》を、それでも無駄だと突き付けた。

こうして玉座の間で対面し、『大災』を避けて通る術《すべ》はないと証明したはずだ。

自分の死後、帝国を任せるためにチシャを鍛えた。自分と同じように思考し、自分と同じ結論へ至れる存在へと、ヴィンセント・ヴォラキアの代理を果たせるよう。

だから、ヴィンセント・ヴォラキアなら、潔く負けを認めるはずだった。

負けを認めて矛を下ろし、この無益な戦いに終止符を打って、自分の死を受け入れるために戻ったアベルへと玉座を返還し、滅びの『大災』へ抗《あらが》うはずだった。

そうならなかった。馬鹿げた賭けだった。

アベルの代わりにヴィンセント・ヴォラキアとして死んでも、『大災』がそれを認めなかったら、ただの犬死にで終わる馬鹿げた賭けだった。

それこそ、アベルの唾棄する非効率を極めた死だ。

それをチシャ・ゴールドは知っていたはずなのに。

「何故だ」

尽きぬ疑念と困惑が、流れる血で赤く赤く染まっていく。

問いかけを重ねても、答えのない沈黙が重なるだけ。それも、アベルの嫌う非効率の極みであり、そして——、

「——そりゃぁ、下策ってもんでやしょうよ」

直後、放たれる二射目の白い光が、棒立ちのアベルへと真っ直《まっす》ぐに吸い込まれた。

2

光の表現に偽りなく、死をもたらす一撃は矢よりも速くアベルを狙った。

元々、アベルは武闘派ではない。

そこへ加えて直前の出来事の衝撃が抜けていなければ、視界の端を刹那《せつな》だけ掠《かす》めた白い光に反応することなどおよそ不可能だった。

故に、この瞬間のアベルの命を救ったのは、アベル自身の判断ではなかった。

轟音《ごうおん》と激震が玉座の間を——否《いな》、水晶宮《すいしょうきゅう》全体を激しく揺るがし、凄《すさ》まじい衝撃に堅牢《けんろう》な壁が破壊される。その衝撃の原因は壁を壊してもなお止まらず、棒立ちのアベルと、そこへ飛び込む白い光の間に割って入った。

水の弾《はじ》けるような音がして、白い光がその妨害に砕かれる。そして、間一髪のところでアベルの命を救ったのは――、

「――この巨体、モグロ・ハガネか！」

「玉座の男、守れ。閣下、私に命令」

アベルの眼前、突如出現した壁のようなそれは、玉座の間にねじ込んできたモグロ・ハガネの右腕だった。

水晶宮《すいしょうきゅう》という『ミーティア』そのものであるモグロは、帝都ルプガナの城壁を自分の体として取り込み、戦場で激戦を繰り広げていたはずだ。

だが――、

「チシャか……っ」

先のモグロの発言は、彼が指示を受けてアベルを守ったことの証《あかし》だ。

そして、遠方のモグロに戻るよう指示を出せたのは、『ミーティア』へと働きかける機能のある玉座に座っていた、チシャ・ゴールド以外にいない。

自分が射抜かれた直後、アベルもまた命を狙われると、そう読んだ。

「――っ、モグロ・ハガネ！　俺を外へ出せ！」

「お前、誰。私、閣下、優先――」

「皇帝は死んだ！　俺が死ねばそれが無駄死にとなろう！」

アベルの強い言葉を受け、玉座の間を覗《のぞ》いたモグロが倒れた影に気付く。

どこが眼部に相当するのかわかりづらい状態のモグロだが、城壁に浮かび上がった緑色の宝珠が瞬くと、倒れ伏した皇帝の死を彼も認める。

「遺体――」

「不要だ！　死者に構うな！」

皇帝の亡骸《なきがら》を回収しようとするモグロを怒鳴りつけ、アベルは目の前の巨大な右腕へと飛びつく。その指の一本にしがみつくと、モグロが玉座の間から腕を引き抜いて、猛烈な風を浴びる空へとアベルが引き出された。

城壁と一体となり、その構造を自分の動かしやすいように変化させたモグロ。

巨大な人型となったモグロの図体《ずうたい》は五十メートル以上あり、持ち上げた腕に乗っているアベルの高さもおおよそ同じぐらいのものだ。

その高さから見える帝都の街並み、モグロが守護していた第三頂点から踏み潰された建物や道が散見され、なりふり構わず真《ま》っ直《す》ぐ走ってきたのがわかる。

それ以外にも、各頂点の戦いはなおも続いており、すでに戦う理由を喪失し、次なる戦いへ備えなくてはならないものたちが無為に命を費やしている。

無為に、命を――。

「――っ」

思考に乱れが生じ、アベルは巨大な石塊《いしくれ》にしがみつく腕に力を込める。

過ぎたことに囚《とら》われ、思考を千々に散らせている場合ではない。すでに事は起こっている。モグロに告げた通りだ。——今死ねば、犬死にだ。

せめて、その死に意味があったのかを見極めなければ。

「俺は死ねぬ」

絞り出すように声を漏らし、アベルは奥歯を噛《か》んで眼下を睨《にら》んだ。

たとえここで声を上げようと、戦場で命をぶつけ合うものたちには届くまい。だが、この戦いの意味が潰《つい》えたことを何としても伝えねば。

「危険」

そう思考するアベルの鼓膜を、豪風のようなモグロの声が打った。

体格差が大きくなりすぎて、モグロの行動の一つ一つが蟻《あり》に対する人間のそれだ。しかし、モグロは無意味に鼓膜を揺らしたわけではない。

その巨体をひねり、水晶宮《すいしょうきゅう》へと背を向ける形でアベルを包んだ右手を守る。連続する衝撃音が自分を包んだ右手の外側に響き、アベルは頬《ほお》を歪《ゆが》めた。

立て続けの攻撃は一方向からではなく、四方八方から降り注いでくる。

それだけ敵の数が多い。——否《いな》、この精度で敵を狙える魔法の使い手を揃《そろ》えることは、このヴォラキアの土壌では困難だ。

すなわち、これは数を揃えたのではなく、一人の凄腕《すごうで》によるものだ。

四方八方から、大勢で同時に攻撃したと錯覚させるような実力者——先の、脳の痺《しび》れに思考が止まっていたときの記憶が蘇《よみがえ》り、アベルは顔を上げた。

その戦い方にも、求めた答えでも声でもなかったそれにも覚えがあった。

「――」

モグロが身をよじり、降り注ぐ弾雨からアベルを庇《かば》い、下がる。

その包まれた拳の中から仰いだ空を、目にも留まらぬ速さで行き過ぎる残影。それは飛竜乗りの操る飛竜の曲芸飛行――否、まさしく『極限飛行』とでもいうべきその飛翔《ひしょう》は、帝国最強の飛竜乗りの独壇場であり、もういないはずの男の神業だった。

刹那《せつな》、鬼面を被《かぶ》ったアベルの視界を通り過ぎる飛竜乗り――その灰褐色の髪と、色を失った顔貌《かおかたち》に走ったひび割れ、そして闇夜のように黒い眼《め》に浮かんだ金色の光。

あまりにも、見違えた姿だが、それでも見間違うことはない。

「――バルロイ・テメグリフ！　何故《なぜ》、貴様が生きている！」

「話しやせんよ、鬼面の御方《おかた》」

瀟洒《しょうしゃ》な印象の美声が紡がれ、答えを拒否しながらも存在は肯定された。

再び視界から消え、飛竜を操って空を切り裂く敵――バルロイ・テメグリフこそが、水晶宮の壁越しに玉座の間を狙い、偽の皇帝の心臓を射抜いた下手人だ。

『魔弾の射手』と呼ばれ、あらゆる飛竜乗りの頂点へと君臨した男。

かつての『九神将』の『玖《きゅう》』であり、過去に帝国で起こった内乱の際に――、

「バルロイ、死んだ。お前、偽物」

アベルと同じ認識に従い、巨体のモグロが反撃へ打って出る。

右手にアベルを包んだまま、モグロが巨体の左腕を振るい、文字通り、空を薙《な》ぎ払《はら》って飛竜へと攻撃をぶち込む。

大きいものは動きが鈍いと思われがちだが、それは遠目から見たが故の錯覚だ。

魔法の狙撃からアベルを守ったことに加え、ここまでの敵の攻撃を全て防ぎ切っている。モグロの動きは俊敏で、的確だった。

「速い。細かい」

だが、そのモグロの俊敏さを以《もっ》てしても、空の全部を自分の領域として飛び回るバルロイを押さえることは困難だった。

速度だけでなく、上下左右に正面背後、全方位に移動可能な飛竜乗りの特性は、地上へ落とす以外の方法で取り上げることの叶《かな》わない最大の長所だ。

その上、バルロイはただの飛竜乗りではなく、飛竜乗りの頂点だ。

「風を纏《まと》わせているな……！」

魔法により、移動しながらの狙撃を得意とするバルロイの戦法だが、帝国では珍しい魔法の使い手である彼の強みは、攻撃だけに活《い》かされるものではない。

自身の操る飛竜に風を纏わせ、速度の加減と衝撃の軟化、他の飛竜乗りでは真似《まね》できない超次元の機動を実現する。ただしそれには、息の合った飛竜の存在が不可欠だ。

「あの飛竜も、死の向こうより舞い戻ったか！」

絶大な戦闘力を誇る飛竜乗りの最大の欠点は、その育成に時間がかかることと、相棒として選んだ相手以外を飛竜がその背に乗せないことだ。

飛竜乗りを殺すには飛竜から。バルロイの死因も、その例外ではなかった。

しかし、バルロイは舞い戻った。文字通り、自らの愛竜と共に空を舞って。

「『大災』――」

はっきりと、それとわかる被害が生じているわけではない。

しかし、ヴィンセント・ヴォラキアとしてチシャが命を散らした以上、その後に起こる人知を超えた出来事には『大災』との関連性を疑わざるを得ない。

だとしても、バルロイ・テメグリフが『大災』を担うのは腑《ふ》に落ちなかった。

確かに、バルロイは飛竜乗りの頂点であり、帝国最強の実力者たちの一人だった。

彼がその気になれば、アベルの命を摘むことなど造作もない。

だが――、

「揺れる。我慢」

「構わん、やれ！」

無機質な声が豪風のように放たれ、それに応えるアベルが声を高くする。

次の瞬間、敵を狙って繰り出していたモグロの腕が自分の足下へと突き下ろされた。足下と言っても、今のモグロの巨体からすれば通りの一本に相当する。

その、帝国の街路に突き刺した左腕が軋《きし》む音を立てながら、一拍の抵抗のあとで引っこ抜かれた街を、豪快に空へ放り投げた。

「――――」


街の一部が投げ飛ばされる光景は、アベルもしばらく前にカオスフレームで目にした。

あのときも馬鹿馬鹿しい光景だったが、あれはあくまで都市の住人たちが一丸となり、解体した建物を投げ飛ばしていたに過ぎない。

だが、モグロのそれは小細工抜きの力技で、間違いようのない暴挙だった。

規格外と、モグロ・ハガネが『九神将』の一人であることを明かす光景。

確かにバルロイもまた規格外の一人であるが、モグロも、他の『九神将』も条件は同じなのだ。それ故に、バルロイが『大災』を担うには能《あた》わない。

無論、ただ引き抜いた街を投げるだけでは機敏なバルロイに躱《かわ》されて終わりだ。

そのため、モグロはその投げた街という一個の砲弾を――、

「粉砕」


左腕を叩《たた》き付《つ》け、無数の散弾へと変えて空のバルロイの逃げ道を塞ぐ。

四散していく散弾も、一つ一つが人間大よりも大きな岩や土の塊だ。モグロの一撃で飛散したそれは、常人なら掠《かす》めるだけで致命傷になりかねない。

当然、流法《りゅうほう》を習得しているバルロイであろうと、当たれば空中で致命的な隙を見せることになる。それを避けるために、

「カリヨン！」

暴風の中に鋭い声が通り、岩塊《がんかい》の散弾の雨を掻《か》い潜《くぐ》るように飛竜が飛んだ。

翼をはためかせて空を切り裂く飛竜が向かうのは、岩の雨が降り注いでいる世界でかろうじて雨足の弱い一角——、

「無論、罠《わな》だ」

あえて雨足の弱い一角を用意したモグロ、しかし、バルロイたちもそれが罠だとわかっていても、散弾に当たるわけにいかない以上は飛び込むしかない。

あとは待ち受けるモグロの一撃を、愛竜を駆るバルロイが躱せるかの勝負。

飛竜に風を纏《まと》わせたバルロイが加速し、光で邪魔な散弾を砕きながら空を駆ける。

モグロが後ろへ引いた左腕を回転させ、世界を削岩する一撃が帝都の空を薙《な》ぐ。

互いに『九神将』、バルロイの生前は実現のしなかった果たし合いが展開し、両者の渾《こん》身《しん》が空の上で交錯、雌雄を決しようと——、

——瞬間、本来の激突よりも早く、爆音と衝撃波が帝都の雲を吹き飛ばした。

「——ッ」

その爆撃めいた威力の直接の被害は免れながらも、余波だけでモグロにしがみつくアベルの体が引き千切られそうになる。

だが、どれほど細身に酷な状況になろうと、アベルは決して両目を閉じない。故に、この瞬間の出来事も、しっかりと眼《め》で捉えていた。

「モグロの、腕が——」

回転し、バルロイを噛《か》み砕《くだ》くはずだったモグロの左腕が、その威力を発揮する直前で横

槍《やり》を喰《く》らい、人間でいうところの二の腕部分で砕かれた。

凄《すさ》まじい回転をしながら、城に匹敵する長大さのモグロの腕が空を舞う。その被害の真下を悠々と抜けて、バルロイは散弾の雨から生還――否《いな》、壊れずに逃れた。

そして、モグロの腕を破壊し、バルロイを窮地から救ったのは――、

『お、おぉぉぉぉぉ――ッ!!』

大気を鳴動させる低い声を上げながら、猛然と横からの衝撃がぶつかる。腕を破壊されて体勢を崩したモグロが、飛び込んできたそれに緑の宝珠を瞬かせた。

アベルも、この横入りは想定外。ただ、予想して然《しか》るべきことだった。

相手が、死から舞い戻ったバルロイ・テメグリフであるのなら。

『お前！　竜の良人《おっと》から離れろっちゃぁぁぁ――っ!!』

振るわれる竜爪《りゅうそう》が易々《やすやす》と城壁でできたモグロの体を切り裂き、咆哮《ほうこう》と共に叩《たた》き付《つ》けられる尾の一撃が一発で部位を破壊、モグロの質量がみるみる削られる。

いとも呆気《あっけ》なくだが、それも当然だ。――相手は、この世界で最強の生物。

「『雲龍《うんりゅう》』メゾレイア……今の中身は、マデリン・エッシャルトか！」

『あああァァァァ――！』

吠《ほ》える龍が全身を暴れさせ、衝撃にモグロの巨体が大きく揺らぐ。その一撃ごとに城壁がひび割れ、砕かれた部位が帝都に落ちる。

世界で最も美しい城と呼ばれた水晶宮《すいしょうきゅう》の庭園が踏み荒らされ、規律正しく整然と造られ

た帝都の街並みが一秒ごとに死んでいく。

そして、帝都が襲われる災難はそれで終わらなかった。

「――――」

龍の暴威に晒《さら》されるモグロ、その体が破壊される轟音《ごうおん》に紛《まぎ》れてアベルの耳に届いたのは、はるか離れた場所で発生した世界が割れるような破砕音だ。

見れば、水晶宮の背後――帝都全体の水源となっている貯水池、山岳からの湧水を利用したそれの防壁に、先ほど千切れたモグロの左腕が突き刺さっていた。

一拍を置いて、腕の突き刺さった地点から亀裂が広がり、貯水池の水がひび割れから染み出して流れ始める。それは徐々に勢いを増し、やがては防壁全体を崩して濁流となって帝都へ流れ込むだろう。

今すぐにでも、帝都の住人と、攻防戦へ加わる帝国兵と叛徒《はんと》の避難誘導を――。

「――失敗」

そのモグロの小さくない呟《つぶや》きが聞こえた直後、アベルの体を浮遊感が襲った。

体の中身が浮かび上がる感覚に振り向けば、アベルが投げ出されたわけではなく、モグロの腕が、アベルを包んだその腕が龍に噛《か》み砕《くだ》かれていた。

「――お」

自由落下の勢いに呑《の》まれ、アベルの体が中空で反転する。

モグロの腕にしがみつく手が引き剥《は》がされるが、仮にしがみついたままでいられても、元が城壁だったものでは緩衝材にならず、死因になるだけだろう。

だが、モグロの腕が死因にならなくても、このままでは類似のどれかが同じ命運をアベルへとぶつけるだけだ。

「何かを——」

見つけなくてはと視線を巡らせ、そのアベルの目が一点に吸い寄せられる。

ただし、それは救いの手としてではなかった。

アベルの目に入ったのは、モグロから引き出された水晶宮《すいしょうきゅう》の大穴だ。

玉座の間と繋《つな》がった穴、その中を覗《のぞ》くことはできないが、意識は引き付けられた。

死者に構うなと言ったものが、同じ毒を飲んだも同然だった。

「——————」

その一秒があったところで、打開の策が見出《みいだ》せたかはわからない。

だが、その一秒を費やせなかったことは、アベルにとって尽くせなかった全霊の証《あかし》であり、その魂に消えない傷を永遠に刻み込むものだった。

もっとも、ここでそのまま転落死していれば、魂の傷など議論に値しないが。

「引けぇ——っ！」

「——っ⁉」

講じる手段に迷い、手足を順番につくやり方で衝撃を散らそうとしたアベルを、それよりも早く柔らかい感触が力強く受け止める。

思わず息を詰めたアベルの体が弾み、再びその感触の上に落ちる。何度かそれを短く繰り返して、アベルはそれが広げた布の弾みだと気付いた。

誰かが落ちてくるアベルの下で重ねた布を広げ、受け止めたのだ。

九死に一生を得た事実を咀嚼《そしゃく》すると、アベルはすぐにその布の上を転がり、端から地面に足を付けた。片膝をついて、誰がそれをしたのか確かめようと顔を上げ――、

「――さーあ、きましたよ、天命の時が！」

「――――」

「閣下か、それとも閣下か。いずれにせよ、『大災』がやってきます。ぼくと一緒に、『大災』に抗《あらが》おうじゃあーりませんか！」

それほど予言の成就のときが嬉《うれ》しいのか。

あまりにも場違いに明るい声と態度で両手を広げ、壊れてゆく街と、それを実現している巨大なモグロと『雲龍《うんりゅう》』の戦いを背後にしながら男は笑う。

『星詠み』たる己へもたらされた天命、その実現のときをウビルクは祝福していた。

3

壁の砕かれる轟音《ごうおん》が響き渡り、水晶宮が激しく揺すられ、決定的な何かが起こったのだと確信されたとき、ベルステツ・フォンダルフォンは玉座の間へ乗り込んだ。

そして――、

「――チシャ殿、ですか？」

崩落した玉座の間の壁と、新しい粉塵《ふんじん》が舞い散っている中、赤い絨毯《じゅうたん》の上に倒れている黒髪の皇帝の姿を発見し、ベルステッツは細い目の目尻を沈鬱に下げた。

歩み寄れば、うつ伏せに倒れたその体の胸に穴が開き、内で鼓動を刻んでいたはずの心の臓が爆《は》ぜて、命脈が途絶えている。

武官ではないが、一目でわかる。即死だ。痛みを感じる暇もなかっただろう。

「それは、私奴《わたくしめ》たちの行いを思えば、何とも慈悲深い終わりと言えましょう」

皇帝であるヴィンセント・ヴォラキアに反旗《ひるがえ》を翻し、謀反《むほん》を起こしたときから、ベルステッツは決して楽な死に方はできないと覚悟していた。

チシャも、共謀者として同じような覚悟を決めていたはずだ。

もっとも――、

「『星詠み』の話では、あなたは私奴とは別のものを見ていたようですが」

それは明確な裏切り行為だったが、ベルステッツはそれを責めるつもりはなかった。

むしろ、称賛する気持ちが本心だ。

欲しいものを得るためであれば、己の持てる力を尽くして挑むのが帝国流。

ベルステッツも認めるその帝国のやり方に倣えば、チシャは見事に証明してみせた。

自らの力を。――それは、ヴォラキア帝国の男として誉れある行いだ。

「ですが、称賛の言葉をかける時間は取り難《がた》いようで」

亡骸《なきがら》を見下ろしていたベルステッツは、暴風の吹き込んでくる壁の穴を見やり、その向こうで動いている岩の色をした巨体――モグロ・ハガネの存在を確かめる。

状況的に、モグロがチシャを殺したというのはおかしい。

モグロは立場上、皇帝に扮《ふん》したチシャの味方だったはずだし、チシャの死因は胸を貫いた一撃だが、あのモグロの巨体にそんな繊細な攻撃は不可能のはず。

気掛かりがあるとすれば、ベルステッツとすれ違う形で水晶宮《すいしょうきゅう》の外へ向かった『星詠み』――ウビルクが残した、奇妙な言葉だ。

「これが、いずれ来たる『大災』だと？　いったい、私奴の知らぬ何が帝国に……」

「――あらぁ、知らされてないのぉ？　なら、私が教えてあげましょうか？」

「――――」

不意に、聞こえた声に頬《ほお》を硬くし、ゆっくりとベルステッツは視線を戻した。

大穴に向けていた目を、倒れている皇帝の姿をした亡骸に。そして、さらにそこから視線を持ち上げ、玉座の間の最奥――玉座へと。

城全体を揺るがす衝撃があってなお、盤石の位置を動かずにある玉座。後ろにかかった剣狼《けんろう》の描かれた国旗が風に揺れるそこに、頬杖《ほおづえ》をついている影がある。

畏れ多くも皇帝閣下の座るべき玉座に腰を下ろし、ベルステッツを見下ろしている人影が。

「――な」

本来ならば、ベルステッツは声を厳しくし、その玉座に座った相手の不敬を咎《とが》めなくてはならなかった。しかし、それができなかった。驚きに声が出なかったというのもそうだが、それ以上に咎める資格がベルステッツにはなかったのだ。

宰相という地位は、このヴォラキア帝国においては皇帝や皇族の次に権威がある。『九神将』と謳《うた》われる一将たちも同格と言えるが、重要なのは宰相の立場にあるベルステッツが、咎める言葉を発せない相手など国内にもほとんどいないという事実だ。

にも拘《かかわ》らず、ベルステッツには相手を咎められなかった。

何故《なぜ》なら――、

「まだ生きてたなんてしぶといわぁ、ベルステッツ。――ねぇ、『選帝の儀』はどっちが勝ったのぉ？　ヴィンセント兄様？　それともプリスカかしら？」

血の気の引いた美しい顔をひび割れさせ、そう言ったのはヴォラキアの皇族。

かつて、ベルステッツ・フォンダルフォンが仕えた主《あるじ》であり、『選帝の儀』で敗死した皇女、ラミア・ゴドウィンが悠然と玉座で足を組んでいた。

4

癪《しゃく》な話を思い出した。

確か、ペトラが話していたんだったか。

「旦那様ってとっても性格悪いし、口も悪いし、嫌がらせもするし、怒られてるのに楽しそうで気持ち悪いときもあるけど、教えるのは本当に上手」

認めたくない気持ち全開で、それでも相手を嫌いという理由では、相手を不当に貶《おとし》められないのがペトラの性格だった。

歳《とし》の近い、友人と言っていいものか。ガーフィールは、ペトラのそういう高潔なところが好きだった。フレデリカがぞっこんになるのも頷《うなず》ける。

損をしやすい性格という意味では、ガーフィールがスバルやオットーにぞっこんなのと同じ系譜だろう。やはり、姉弟《きょうだい》で血は争えないというやつだ。

だったら、ガーフィールも認めなくてはならないだろう。

ロズワール・L・メイザースは恋敵であり、とても許せるはずがない悪行を計画した陣営の不穏分子であり、昔から一度も好きになれたことのない天敵でもある。

それでも、ロズワールの教えは的確で、それが自分を生かし続けているのだと。

「ガーフィール、手裏剣だ。毒が塗ってある。避けても爆発する。正解は？」

「まどろっこシッしィんだよ、てめェ!!」

吠《ほ》えるガーフィールが地面を踏みしめ、直後に隆起する大地が盾となって二人を守る。土の壁に手裏剣の突き立つ軽い音、次いで爆音が大気を焼きながら響き渡る。

ロズワールの読み通り、手甲で受け流すかしていれば被害は免れなかった。

その事実に鋭い牙を軋《きし》らせ――、

「どっちだッ！」

「私だ」

問いかけに即座の答えがあり、ガーフィールが背後のロズワールへ振り向く。

刹那《せつな》、ロズワールが両手に握った釵《さい》で投じられたクナイを打ち払う。その頭上に閃《ひらめ》く影が見えて、ガーフィールはなりふり構わず拳をぶち込んだ。

撃音が鳴り響き、ガーフィールの拳打が翻《ひるがえ》った足刀で受けられる。

繰り出したのは、ロズワールの頭蓋を砕く攻撃を中断したオルバルトだ。怪老はガーフィールの拳と脚力で拮抗《きっこう》しながら、

「ったく、本気で厄介になりよるんじゃぜ。やっぱ二対一とかズルくね？」

「今ッさら、前提崩そォとしてんじゃァねェぞ、ちんまいジジイが！」

「かかかっか！　言ってみる分にはタダじゃろうよ」

拳打の衝撃に足を引いて、それをバネにオルバルトが後ろへ跳ぶ。一瞬、ガーフィールは追撃するべく踏み出そうとして、踏みとどまる。

その鼻先を、真横から旋回する手裏剣が通り抜け、空を切り裂いていった。

それをまんまと見届け、深々と息を吐いて、ふとガーフィールは気付く。

「てめェ、なァにを笑ってッやがる」

「いやいや、目覚ましい成長ぶりに感心したのさ。君は言わずとも、今の不意打ちを予測

してみせた。戦いの中で学び取っている」

「ズルがしッこくなってるだけじゃァねェか。言っとくが、俺様ァ、てめェやあの爺《じい》さんみてェな性悪になるつもりァねェぞ」

「性悪になるにも才能がいるものだよ。私の見立てだと、君には性悪になるための素質がない。エミリーといい勝負だ」

「んなわきゃッねェだろォが！　一緒にすんなッ！」

ロズワールの物言いに思わず噛《か》みついたが、言い切ってからエミリアに聞かれたら傷付けるかもしれない反応だったと自省する。

ともあれ、ガーフィールと同じように戦場で暴れているはずのエミリアや、陣営の他の仲間たち。合流したというラムの安否も気掛かりなら、シュドラクの女たちと、ハインケルといった面々のことも思い出され、ガーフィールは深呼吸した。

「ずいぶんと余裕あるじゃねえの。お前さんの仲間ら、なかなか大変じゃぜ？　ワシらの方が層が厚い布陣じゃろうからよ」

気を引き締め直し、向き合おうとするガーフィールの出鼻をオルバルトの言葉が挫《くじ》く。

心を読まれたような感覚に付き合うのは、戦いにおいても手の内を読まれるような猜疑《さいぎ》心《しん》が働くため、望ましい状況ではない。

しかし、そう気が急《せ》くガーフィールの隣で、ロズワールは肩をすくめ、

「熱くなるのは相手の思うつぼだよ。君の場合はその方が迷いが消えるとも言えるが、熱

に不純物が混じるのはよくない。それに」

「それに？」

「元々言葉数は多いだろうが、こちらを惑わそうとする発言が増えていやしないかい？どうやら、ご老人もかなりイラついているようじゃないか」

「――。嫌な若造じゃなぁ、お前さん」

言いながら、オルバルトの長い眉で覆われた眼光が忌々《いまいま》しげな光を宿す。

それと、ロズワールの発言を聞いて、ガーフィールは当たり前の事実――戦いが長引くことに自分が苛立《いらだ》つように、相手も苛立っているのだと気付いた。

オルバルトが笑い、挑発し、おちょくってみせるのは余裕だからではなく、余裕があると思わせ、精神的に優位に立つためだ。

一方、ガーフィールは自分の腹の中身がすぐに顔にも声にも毛並みにも出る。

だから心理戦で、あっという間に相手の手玉に取られてしまう。

「それでも、君が相手の地力を上回っているときと、相手が君と同じ土俵に乗ってきてくれるときであれば勝ち残れる。だが……」

「わァってる。俺様より強ェ奴《つえ　やつ》が、てめェの得意な土俵でしか戦わねェってなりゃァ、俺様がどんなに気張っても勝ち目が見えてッこねェ。けど」

ガーフィールが今、こうしてヴォラキア帝国で戦っているのは、様々な偶然の要因が重なった結果の、どちらかと言えば不運の結実だ。

しかし、賽子《さいころ》がどう転がったのだとしても、目の前の現実の否定はできない。

そしてこの先も、この帝国での戦いに匹敵するような戦場は、エミリアやスバルと共にある限り、延々と降りかかってくる可能性があるのだ。

すなわち――、

「――泣《な》き言《ごた》ァ、しまいだ」

「ああ、そうだとも。それでいい。君の、少年期の終わりだ」

持って回ったロズワールの言いよう、それにガーフィールは鼻面に皺《しわ》を寄せた。

彼に成長を喜ばれるのも、認められるのもガーフィールとしては嬉《うれ》しくも何ともないこと。ただ、少年期の終わりという表現は気に入った。

「――やれやれ、これだから若ぇ奴《わけやつ》は嫌いなんじゃぜ。伸び代のねえジジイと違って、すーぐに何かしら開眼しやがるしよ」

首をひねり、浮かせた片足の足首を振りながらオルバルトが嘆息する。

しかし、軽口めいた『悪辣翁《あくらつおう》』の悪態には、偽りのない敵愾心《てきがいしん》が見えた。――そう、敵愾心だ。それはオルバルトが、ガーフィールを一端の敵と認めた証《あかし》。

「よォやく……」

本意気で、オルバルトとやり合える資格を得たと、ガーフィールの血が色めく。

大きく深く、再び鼻から息を吸い込み、口から吐き出す。そうして、体の中を巡っている血を、目には見えない力を、意識して――。

「あぁん？」

不意に、ガーフィールの集中を乱すような間の抜けた声が発された。

見ればそれは、正面に立ったオルバルトが発したもので、一瞬、こちらの平静を乱すためのシノビの策略かと思われた。が、違う。

何故《なぜ》なら、逆に隙を生じさせたのはオルバルトだったからだ。

視線をガーフィールから外し、戦場の遠くに向けた怪老、その眼《め》が見ていたのは――、

「――待った待った待った！　こんな中途で引き上げるのはズルいでしょうもったいないでしょう空気読めてないでしょう！　僕より読めてないのは相当ですよ!?」

やかましい声を張り上げながら、土煙を立てて戦場を駆け抜ける人影がある。

かなり遠くから、キンキンと高い声で喚《わめ》き散らしているのは、戦場と場違いな印象を与える小柄な少年――ただし、その駆け足の速度が尋常ではない。

叫びながらの少年は空を見上げ、翼をはためかせる巨大な存在を追いかけている。

それが、離れた別の戦場に舞い降りた龍《りゅう》であると、ガーフィールも一目で理解した。理解したが、龍と少年が追いかけっこしている事態は理解に乏しい。

何でも起こる戦場だと、そんな感慨はあったものの――、

「……なんで、セシの野郎が小せぇ？」

不可思議な光景に瞳孔を細めるガーフィール、その耳にぼそりとした声が届く。

片足で立ったオルバルトが、依然として横顔に隙を生んだまま、龍と少年――否《いな》、喚き

散らす少年の方に視線を奪われていた。

そして――、

「さてはチェシ、ワシの色抜いてやがったな？」

怪老の濁った瞳、それを驚きと疑念が過《よぎ》り、やがてそれは納得と、怒りへ変わる。

時間にして十秒に満たない感情変化、それがオルバルトの中でどのような思考の流れが生み出したものか皆目見当もつかない。

ただ、それが『悪辣翁《あくらつおう》』の、生涯数えるほどしか作らなかった隙の一個であるなら、性格の悪いロズワールが見逃すはずもなかった。

「――今の彼の前で余所見《よそみ》とは、あまりに時勢が見えていない」

生じた針の穴のような隙へと、踏み込むロズワールが握りしめた釵《さい》の先端をねじ込む。

とっさの反応に乱れが生じ、身をよじったオルバルトの左肩を一撃が掠《かす》めた。速度の乗った鉄塊は老人の肩に痛打を与え、歯噛《はが》みする矮躯《わいく》の姿が地面に溶ける。

この戦いの中で何度か見せた、土の中を泳ぐ術技だ。

だが――、

「ガーフィール！」

「わァッてらァ！」

ロズワールの助言が癪《しゃく》だが、すでにその攻略法は見えている。

他ならぬガーフィールの『地霊の加護』は、足裏を付けた地面からマナを吸い上げる加護であり、平たく言えば大地と繋《つな》がるものだ。

土の下に潜った相手に対しても、集中すれば居場所を辿《たど》ることが――。

「――ァ？」

ふと、ガーフィールの総毛立った全身の産毛《うぶげ》が、奇妙な感覚に囚《とら》われた。

異様にざらついた舌に、首筋をねぶられるようなおぞましい感触。それは足下のオルバルトからではなく、もっと大きく、広い範囲から迫るもので。

「ガーフィール？」

動きの止まったガーフィールに対し、ロズワールが疑問の声を投げかける。

先ほどのオルバルトへのお返しではないが、ガーフィールもまた、隙を生じさせた。あの怪老であれば、確実に突いてくるだろう隙間。

しかし、攻撃はなかった。それどころか――、

「ご老体の気配が、消えた？」

形のいい眉を顰《ひそ》めて、釵の構えを解かないロズワールが呟《つぶや》いた。

彼の言う通り、あったはずのオルバルトの気配が消えた。もちろん、相手はシノビだ。自分の気配を隠す術《すべ》なんていくらでも心得ているだろう。

だが、そうではない。土の下に潜ったオルバルトの気配は、遠ざかった。

猛烈な速度でガーフィールたちから遠ざかり、そして――、

「なんだ、この感覚……」

「妙な、気持ちッ悪《わり》ィもんが、『アイヒアの風は水を腐らせる』みてェな……」

オルバルトを警戒するロズワールは、ガーフィールと危機感を共有できていない。

彼が感じ取れていないのなら、変調の原因はマナではないのだろう。それはガーフィールの足下から迫ってくる、大きな大きな感覚で。

──『地霊の加護』を宿したガーフィールが、最速で気付いた感覚だ。

「戦場のッ土が……いや、ヴォラキアの土が、暴れてやがる？」

おぞましく、広大すぎる大地の悲鳴がガーフィールには聞こえていた。

戦いに水を差されたことや、壁を一枚破る機会を取り上げられたことへの憤慨は、その立ちふさがる重みの前に霧散する。

「ロズワール！　今すぐぐッ飛んで、全員に知らせろ！」

「────」

帝国で名乗っている偽名、それを忘れたガーフィールの呼びかけに、しかしロズワールは緊急性を重んじたのか口を挟まなかった。

大嫌いな相手に配慮されながら、ガーフィールは切迫感のままに叫ぶ。

それは──、

「──ヴォラキアの全部が、敵にッなりやがる！」

5

——ラミア・ゴドウィンは、ヴォラキア帝国の第七十六代皇帝『ドライゼン・ヴォラキア』の娘の一人であり、ヴィンセント・アベルクスやプリスカ・ベネディクトと『選帝の儀』で争い、敗死した皇女でもあった。

兄弟姉妹が最後の一人になるまで殺し合いを強制される『選帝の儀』において、皇帝の最有力と見られたヴィンセントを倒すため、他の兄弟たちと同盟を結び、権謀術数と張り巡らせた罠《わな》を駆使して最も追い詰めた対立候補。

しかし、計画は当初の下馬評を覆せず、同盟は崩壊し、最後は互いに嫌い合っていた妹のプリスカと果たし合い、命を落としたと。

当時の年齢と器から言っても、ヴィンセントでなければ玉座を手にしていたのは彼女であっただろうと、『選帝の儀』に関わったものの間では語り草となっている。

ただ、敗北は敗北。覆せぬ現実の前に、ラミアの体は『陽剣』の炎で焼かれて灰となった。それもまた、覆せぬ現実のはずだ。

それが——、

「ラミア閣下、何故《なぜ》……」

普段から閉じられたように細いベルステツの目が、その瞳の色が灰色であることが確かめられるくらいに開けられ、眼前の相手に驚愕《きょうがく》を露《あら》わにする。おののくベルステッツの視界、風に揺れる国旗を背負うように玉座に腰掛けるのは、記憶に鮮明な主人、ラミア・ゴドウィンの尊顔に他ならなかった。

血の気の引いた白い顔をひび割れさせ、美しかった紅の瞳を、黒い闇に金色の光が浮かぶという不気味なそれへと変じていること以外は。

「ベルステッツ、私の質問が聞こえなかったのかしらぁ？『選帝の儀』で勝ったのはヴィンセント兄様？　プリスカ？　まさかパラディオ兄様だなんて言わないでしょう？　私が倒れたあと、あの二人以外が競い合うなんて悪夢だものぉ」

「――。閣下がお倒れになられたあと、玉座を得たのはヴィンセント・アベルクス閣下です。現在に至るまで、在位八年の統治を」

「でも、死んでしまった。それが足下で倒れている答え？」

ベルステッツの言葉を遮り、頬杖《ほおづえ》をついたラミアが倒れ伏した亡骸《なきがら》を見やる。彼女の位置からでは顔は見えなくとも、血を分けた兄弟同士、見分けはつく。

厳密には、倒れているヴィンセントは本物のヴィンセントではなく、チシャ・ゴールドの扮《ふん》したものというのがベルステッツの見立てだが、いずれにせよ、だ。

「失礼ながら、ラミア閣下、お聞きしたきことが」

「何かしら、ベルステッツ。あなたは私の忠実な腹心だったじゃなぁい。聞きたいことがあるなら答えてあげるわよぉ」

「何ゆえに、戻られましたか。付け加えれば、その玉座はヴォラキアの皇帝以外が座ることの許されぬもの。――閣下には、その資格がございません」

不敬と、そう相手の不興を買うのを承知でベルステッツは言い放った。

かつて仕え、彼女こそがヴォラキア帝国の玉座へ就くに相応《ふさわ》しいと、そう盛り立てるのに全霊を尽くした日々があった。時を隔てて、実際にラミアがああして皇帝の玉座に座っている光景を見れば、込み上げてくるものがある。

――胸の奥に沸々と、耐え難《がた》い嫌悪と怒りが込み上げてくるのだ。

「賢明なご判断を、閣下。我々は敗れました」

胸に手を当てて恭しく、ベルステッツはかつてと同じようにラミアに進言する。

まだ年若く、しかし美しく聡明《そうめい》だったラミアは、ベルステッツの提言に耳を傾け、真剣に取り合い、考慮して咀嚼《そしやく》し、正解を導こうとするしなやかさがあった。

その、ラミアの狡猾《こうかつ》な毒花のような美徳は――、

「病気ねぇ、ベルステッツ。どれだけ愛して尽くしても、この国があなたに応えてくれることなんてないでしょうに」

凍り付いたように表情の変わらないラミアの返答に、ベルステッツは即座に動いた。

胸に当てた手をラミアへと向けると、その指に嵌《は》まった指輪が妖しく光る。

それは宰相の証《あかし》として、ベルステッツへと与えられた『ミーティア』だ。

「御覚悟《おかくご》を――！」

ベルステッツの意思に呼応し、光り輝いた指輪の宝珠から火球が吐き出される。

溜《た》め込《こ》んだマナを魔法として放出するそれは、護身の名義でヴィンセントも所有していたものだが、それがかつて忠誠を捧《ささ》げた主人──否《いな》、その似姿へ襲いかかる。

そのまま、玉座のラミアが無防備に火球に呑《の》み込《こ》まれ──、

「馬鹿ねぇ。ヴォラキアの皇族相手に火はないでしょう、火は」

次の瞬間、眩《まばゆ》い輝きが一閃《いっせん》され、火球が斜めに両断される。それは勢いそのままにラミアを避けて背後へ抜け、剣狼《けんろう》を描いた国旗へ当たってそれを燃やした。

それを成したラミアの手に、赤々と光り輝く宝剣が握られている。

見間違うはずもないその真紅の輝きは、ヴォラキア帝国の誇る至宝──、

「──『陽剣』ヴォラキア」

「ヴォラキアの皇族なら、持っていて当然でしょぉ？」

再び目を見開いたベルステッツ、その普通の人間の薄目程度に開いた眼《め》に、輝かしい陽剣を手にしたラミアが自分の方へ跳ぶのが見えた。

振りかぶり、ラミアの斬撃が自分へと迫る。あの眩い紅が見た目だけ似せた偽物でないのなら、ベルステッツの存在は焼き焦がされ、灰も残らない。

動かなければ。しかし、動けなかった。

そういう訓練を受けていなかったし、何よりも、その眩さに目を奪われた。

ヴォラキア帝国を象徴する、その陽剣の眩さに──。

「じゃあね、ベルステ――」

「ぬうううん!!」

ベルステツの命が焼かれる寸前、玉座の間の大扉が外からぶち破られ、その向こうから飛び込んでくる巨大な質量が、正面からラミアに衝突、皇女の細身を吹き飛ばした。

「な……」

目前に迫った死が遠ざかり、吐息をこぼしたベルステツの眼前、ラミアと激突したのは外から投げ込まれた戦斧《せんぶ》だ。それは玉座の間の前、水晶宮《すいしょうきゅう》の通路に並べられた甲冑《かっちゅう》に持たせた武器の一振りであり、儀礼用の装飾が施された煌《きら》びやかな一品。

それが、ラミアを正面から迎撃し、猛烈な勢いで玉座の間の背後へ吹き飛ばした。

「誰が……」

斧《おの》を投げ込んだのか、と疑問を抱いたベルステツ。それが振り向いて、相手を確かめるよりも早く、大きな足音が一気に近付いてきて、

「奸臣《かんしん》、ベルステツ・フォンダルフォン！　やはり貴公のようなものを宰相として置き続けるなど、私は反対だったのだ!!」

巨大な手に襟首を掴《つか》まれ、足を浮かされたベルステツは髭《ひげ》の巨漢と向き合わされる。大きな体に相応《ふさわ》しい大きな声と、あつらえたような厳《いか》つい面構えの持ち主だ。

剝《む》き出《だ》しの上半身は鍛え上げられた筋肉の鎧《よろい》に覆われ、ひと月以上も監禁状態にあったはずなのに覇気は微塵《みじん》も衰えていない人物――、

「貴公には公の場で裁きを受けてもらう！　無論、謀反《むほん》を計画し、実行したチシャ一将も同罪だ！　たとえその真意がどうあろうと、閣下や味方を謀《たばか》った罪は重い！」

「ゴズ・ラルフォン一将……」

「――――」

「そもそも！　我々を！　将兵を見くびるな！　たとえ如何《いか》なる艱難辛苦《かんなんしんく》だろうと、『大災』など我らが力を合わせて粉砕してくれる!!」

大音量で言ってのける巨漢、それは『獅子《しし》騎士』ゴズ・ラルフォン。

帝国の『九神将』の一人であり、『伍《ご》』の地位に与《あずか》る彼は、その忠誠心の高さと間の悪さを理由に、ベルステッツとチシャの策謀でヴィンセントの次に被害を被った人物だ。

もっとも、彼がいなければヴィンセントを水晶宮《すいしょうきゅう》から逃がされることもなかった。互いの目的のために全霊を尽くし、雌雄を決する帝国流に倣えば恨みっこなし。

なのでその点、謝罪の念や申し訳なさは全くないのだが。

「どうしてここに……あなたは、私奴《わたくしめ》の屋敷の地下に繋《つな》がれていたはずですが」

「勇敢な娘に助けられたのだ！　強き心の持ち主……私と同じく、あの屋敷に囲っていたのが運の尽きだったな！　あれこそヴォラキア帝国の誇るべき婦女子よ！」

「……なるほど、彼女でしたか」

ベルステッツの脳裏に浮かんだのは、屋敷に捕らえていた青い髪の娘だ。

貴重な治癒魔法の使い手であり、マデリンの話では鬼族の娘であるとされる彼女は、能力的にも種族的にも皇妃の候補とするつもりだった。

意志が強く、活力に満ちた女性と評価していたが、それもまだ過小評価だったらしい。

ただ、そうしたゴズの登場の真相の裏で気掛かりなのは――、

「ゴズ一将、あなたも『大災』についてはすでに？」

「詳しくは聞いておらん！　だが、それが閣下の御命《おいのち》を犠牲にして起こるという話だけは聞かされた！　それも含め、チシャ一将から話を聞かねばならぬが……それよりも優先すべきは閣下の御身だ！　貴公らは閣下をどちらへ……」

不必要に大きな声で応じながら、ゴズがベルステッツへと自分の方針を告げる。

内心、ゴズにまで伝わっていた『大災』の件を、チシャが完全に自分に伏せ切っていたことをベルステッツは称賛、加えて憤懣《ふんまん》を覚えたが、そこまでだ。

言葉の途中でゴズが何かに気付き、その目を見開いた。

そして――、

「な、ぁ……か、閣下……閣下ぁぁ!!」

絶叫し、ゴズがその場に崩れ落ちる。その勢いでベルステッツも床の上に投げ出されるが、ゴズは構わず目の前の、二度と動くことのない皇帝の亡骸《なきがら》に縋《すが》り付《つ》いていた。

見開かれたゴズの瞳から、滂沱《ぼうだ》と涙がこぼれ、流れ、絨毯《じゅうたん》を重くしていく。

「閣下……！　このゴズ・ラルフォン、あまりにも遅く……！　なんという愚劣！　なんという愚挙！　もはやこの愚かしさ、死んで償う以外に……！」

「ご、ゴズ一将！　落ち着いてください！　そのお方は……」

「これが落ち着いていられるものか!!　おのれ、ベルステツ宰相！　貴公らはこれで満足か!?　閣下の御命《おいのち》を奪い、この帝国そのものを――」

「亡くなられたのはチシャ一将です！」

胸を貫かれた皇帝の亡骸《なきがら》に激発したゴズを、ベルステツも声を大に黙らせる。

自分でも滅多《めった》に出さない大声を出したベルステツに、ゴズは目を見開くと、それから倒れている死体をしげしげと確かめ、

「これが、チシャ一将……？　馬鹿な！　だとしたら、何が起こった!?」

「私奴《わたくしめ》にも事の仔細《しさい》はわかっておりません。ただ、閣下のお姿でチシャ一将が亡くなったことと、未曽有の事態……おそらく、『大災』と関わる何かが」

感情の慌ただしいゴズを落ち着かせ、ベルステツは自分自身の思考も整理する。

そう、おそらくはこの皇帝としての死も、ベルステツと結んで起こした謀反《むほん》も、全てはチシャ・ゴールドが巡らせた謀《はかりごと》の一種。

そしてそれは、幾度も飛び出した『大災』の事象と無関係ではないのだと。

「――いきなりひどいわねぇ。こんな扱い、生まれてから死んでから初めてだわぁ」

部屋の奥から、しっとりとした声が投げかけられる。

飛び込んできたゴズが荒々しく投げた戦斧《せんぷ》、その一撃を浴びて吹き飛ばされ、轟沈《ごうちん》したと思われたはずのラミアだ。

先に言っておくが、彼女の存在を忘却していたわけではない。

その後のゴズとのやかましいやり取りこそあったが、ベルステツが彼女について触れなかったのは、あの戦斧の威力が明らかに命を奪うそれだったからだ。

ゴズ・ラルフォンは多くの将兵に慕われ、チシャ・ゴールドに次いで大軍の指揮を得意とする『将』だが、チシャと比べて個人の戦闘力も傑出している。

そのゴズが、相手を打ち倒すつもりで攻撃を放ったのであれば、それを受けた常人の体などほんのひと撫《な》ででバラバラになって然《しか》るべきだ。

だが、ラミアはそうならなかった。――否《いな》、厳密にはそうではない。

「まぁ、この体……痛いとかはないみたいで助かっちゃったけどぉ」

言って、立ち上がったラミアが陶器のように砕けた右半身――それを、ゆっくりと繋《つな》ぎ合《あ》わせながら首を傾ける。

冗談や比喩ではなく、本当にそうしている。傷から血も流れておらず、砕かれた部位が蠢《うごめ》きながら組み合わさる様子は、湖水に張られる氷のような印象だった。

ただ、死んだはずの人物が蘇《よみがえ》って動いているだけではない。

「ベルステツ宰相、私の見間違いでなければ、あの御方《おかた》は……」

「――。ラミア・ゴドウィン閣下です。八年前の、『選帝の儀』の折に亡くなられた」

「何故《なぜ》、亡くなられたはずの皇女閣下があぁしている!?　私も、とっさに攻撃してしまったぞ!?　まさか、皇帝閣下が妹君を生かされていたとでもいうのか!?」

「そのようなはずがありません。ヴィンセント・ヴォラキア皇帝閣下は、そのような情とは無縁の御方《おかた》。あの面妖な姿、ラミア閣下の方の問題です」

反射的なゴズの短慮をそう訂正し、ベルステツは今なおも肉体を復元しているラミアを見据えてそう判断する。

できるなら、ラミアとの会話を引き延ばして情報を得たいところだが。

「交渉の窓口を閉じたのは、他ならぬ私奴《わたくしめ》の方ですゆえ」

「ええ、そうねぇ。私はちゃぁんと話してるつもりだったのに、どうしちゃったのぉ？」

「さて、人生の最後に挑んだ大勝負で味方の裏切りに遭い、自棄《やけ》になったのやもしれません。私奴も、自分にこんな一面があったのかと驚いております」

「言っている場合か!!　ラミア閣下！　ヴィンセント・ヴォラキア皇帝閣下の統治下で一将を与《あずか》るゴズ・ラルフォンと申す！　大人しく、縛につかれますか！」

先制攻撃を仕掛けた手前、話をしたいと言っても耳は貸されまい。

それを肯定したラミアへと、今度はゴズが大きな一歩を踏み出した。戦斧《せんぷ》を手放した状態であっても、その丸太のように太い両腕が彼にはある。

『陽剣』の力と、それに伴った肉体の強化があろうと、ラミアの実力ではゴズを止めることはできないはずだ。

その、彼我の実力差がわからないラミアではないはずだが――、

「嫌よぉ、そんなの。目を覚ましてまた不自由だなんてたまらないわぁ」

「ならば、力ずくで……」

「──それに、ねぇ？」

聞く耳を持たないならばと、ゴズがさらに大きく踏み出そうとしたそのときだ。

ラミアの、妖しく光る金色の双眸《そうぼう》が揺らめいて、状況が変わる。──その、ラミアと同じ黒い闇に金色を宿した影が、彼女の周りに次々と起き上がったのだ。

「なんだとぉ!?」

仰天したゴズが叫び、ベルステッツも声もなく喉を詰まらせる。

まるで、地面から影が立ち上がるかのように現れるのは、ラミアと同じ目と、同じように色を失った肌をひび割れさせた異貌のものたち。

それだけでも驚愕《きょうがく》だが、ベルステッツとゴズの衝撃はそれだけでは終わらない。

その、立ち上がった全員に見覚えがあったことと──、

「──どうせ終わる帝国に縋《すが》り付《つ》いてるあなたたちが、哀れでならないものぉ」

そう言って『陽剣』を掲げたラミアの周囲、同じように空に手を伸ばした二十以上の人影が全員、紅に輝く宝剣を抜き放ち、焼かれぬ資格を持つ皇族であったからだ。

6

──『捌《はち》』のモグロ・ハガネと、マデリン・エッシャルトとバルロイ・テメグリフの新

旧『玖《きゅう》』の戦いは、水晶宮《すいしょうきゅう》の傍《かたわ》らでなおも激しく続いている。

すぐ間近で繰り広げられる規格外の戦いは、巨大な人型の城壁と雲を纏《まと》った龍《りゅう》とのぶつかり合いであり、そこに帝国最強の飛竜乗りが加わった帝国史に残る激戦だ。

響き渡る轟音《ごうおん》と地鳴りはヴォラキア帝国の上げる悲鳴そのもので、破壊された貯水池から流れ出した水は濁流となって帝都へと流れ込んでくる。

まさしく、帝都ルプガナは——否《いな》、神聖ヴォラキア帝国はかつてない、滅亡を予感させる激動の状況へと追い込まれていた。

そんな状況にも拘《かかわ》らず——、

「閣下か、それとも閣下か。いずれにせよ、『大災』がやってきます。ぼくと一緒に、『大災』に抗《あらが》おうじゃあーりませんか！」

両手を広げて破顔し、壊れゆく帝都の街並みに見向きもしない『星詠み』の姿は、場違いを通り越して悪夢のようで、只人《ただびと》の理解を軽々と踏み躙《ふにじ》っていく。

しかし、悲しいかな。その『星詠み』の常軌を逸した笑みと向き合わされたのは、この帝国で最も只人であることを許されない立場の人間だった。

「——」

一瞬、ちらと自分を救った奇跡の舞台裏にアベルは目を走らせる。

高所から転落したアベルを救ったのは、落下地点にピンと張られた布であり、水晶宮の各部屋や周囲の建物からかき集めた即席の緩衝材だ。

助かった仕組みはそれで頷《うなず》ける。問題は、何故《なぜ》それが用意できたかだ。

誰かが――否、アベルが落ちるとわかっていなければ、こんな準備はできない。

「貴様、どこまで知っていた！」

そう結論付けた瞬間、アベルの伸びる手がにやけ面のウビルクの胸倉を掴《つか》んだ。強引に引き寄せられ、「ととと」とウビルクが踏鞴《たたら》を踏んで目を丸くする。

すぐ目の前で顔を突き合わせ、アベルは厳しくそのウビルクを睨《にら》むと、

「チシャの企《たくら》み……いや、そうではない。『大災』の訪れが誰の死によってもたらされるものか、貴様はどこまでわかっていた。貴様は、俺の死と――」

「ええ、ぼかぁ、こう言いました。――ヴィンセント・ヴォラキアの死が、帝国に滅びをもたらす『大災』の始まりになると」

息のかかる距離で睨まれ、しかしウビルクの余裕のある態度は崩れない。おそらく、これは余裕ですらないのだ。もっと別のおぞましい、期待や昂揚《こうよう》と言える。

事実、ウビルクは昂揚している。ようやく、待ち望んだ機会が訪れたとばかりに。

だが――、

「ヴィンセント・ヴォラキアとは、俺のことだ！」

「いいえ、いいえ！　閣下！　それは違います。そーれは違います。声を大にして言わせていただきますが、それは違っていますよ、閣下！」

「――――」

「チシャ・ゴールド一将は、紛《まぎ》れもなくヴィンセント・ヴォラキアを全うされました。他ならぬ閣下ご自身が、それができるようチシャ一将を象《かたど》ったんです」

「俺は……」

そんな目的で、チシャ・ゴールドを傍《そば》に置き続けたのではなかった。

いずれ来たる『大災』のとき、その場に居合わせることのできない無力な皇帝に代わり、帝国の一切を取り仕切れる能力の持ち主が必要だと、そう考えた。

自分の亡き後、帝位を継ぐに相応《ふさわ》しい存在と協力し、帝国を滅びから守るものが。

「何ゆえ、貴様はこの企てに加担した」

「はい？」

「『星詠み』である貴様は、天命の成就と履行とやらにしか興味があるまい。『大災』を確実に起こしたいなら、俺の命を用いるべきだったはずだ。何故《なぜ》、不確実なチシャめの策に乗ろうと考えた。筋が通らぬ」

『星詠み』とは人間の姿を借りた天命の操り人形だ。

どれほど人好きする姿や親身に寄り添う態度を装っても、その内側にあるものは天命への執着と、それを果たそうとする凶気的な想《おも》いでしかない。

優先順位は明確なはずだ。なのに、どうしてチシャの策謀に肩入れしたのか。

「はっきり言えば、閣下ご本人でもチシャ一将でも、ぼかぁ、どっちでもよかったんですよ。起きればよし、起きなければ悪《わろ》し。チシャ一将が閣下のお姿で亡くなっても『大災』

が起こらないなら、そーのときは閣下ご本人を……と」

「──。ならば、この状況は貴様の期待通りか」

ペロッと悪戯《いたずら》っぽく舌を出すウビルクに、アベルは静かに得心する。と同時に、これ以上、ウビルクと話しても埒《らち》が明かないとも理解した。

掴《つか》んでいた彼の胸倉を放してやり、アベルはゆっくりと振り返る。鬼面越しの視界に映り込むのは、アベルを救った布の端を持った複数の人影だ。

いずれも、水晶宮《すいしょうきゅう》では見たことのない顔ぶれだが──、

「このものたちも、貴様の一派か」

「一派と言えるほどの数じゃーありませんけどね？」

肩をすくめたウビルクが回り込み、同類たちの前で両手を広げる。ざっと十数名の、老若男女関係なく集まったものたちは、彼と同じ『星詠み』だろう。

減らしても増える。観覧者の手先はどうした風に選ばれるかわからないため、存在を把握したまま放置しておいたものも多いが。

「お伝えした通り、ぼくたちは天命に従って動きます。閣下はどうされますか？」

「俺は──」

どうすべきか、と思案しながらアベルは自分の考えを舌に乗せようとする。

だが、ウビルクへと応じる途中、ひと際大きな衝撃が地面を揺すり、アベルたちから離れた位置に音を立ててモグロの体の一部が落ちてくる。

なおも激戦の最中《さなか》、しかし、二対一である点からもモグロの不利は否《いな》めない。

死んだはずのバルロイ・テメグリフと、その愛竜の復活。

そこから導き出される最悪の可能性は、それが彼らだけに留《とど》まらないことだ。

「帝都の混乱と帝国の危機、理《ことわり》の覆る出来事はまさしく『大災』の表れ」

舞い散る粉塵《ふんじん》に顔を庇《かば》うアベルの傍《かたわ》ら、ウビルクが顎をしゃくって空を示す。

蘇《よみがえ》った死者と龍《りゅう》が暴れ、それだけで済まないだろう被害の拡大を予感させながら――、

「王国の『魔女』、都市国家の『夜泣き』、聖王国の『崩落』。そして、帝国の『大災』

……世界を滅ぼす四つの災い、そのときが迫っています。この瞬間も」

「――――」

「ああ、それと閣下、これはぼくの個人的な意見なんですが」

言いそびれたことを口にするように、ウビルクがわざとらしく手を打った。そうして
『星詠み』は頭上を、モグロたちの戦いを指差し――否、ウビルクが指差したのは戦いで
はなく、激戦の余波に揺れる水晶宮《すいしょうきゅう》、それも大穴の開いた玉座の間だった。

「どうしてチシャ一将の企《たくら》みに協力したのか、でーしたね。どちらでもよかったというの
は本心ですが……閣下の方が、確率が高いと思いました」

「……なに？」

「ぼかぁ、天命の成就を最優先します。ぼくの目的は『大災』が起こり、それがもたらす
滅びを食い止めるこーと。――優先順位はブレてません」

『星詠み』は天命の成就と履行に執着し、その目的に囚《とら》われた生き人形。

その認識は変わらない。その認識を変えないままに、ウビルクは自分の行動の理由を、選択の根拠を、求める未来を提示する。

『大災』からヴォラキア帝国を救うために、アベルの方を優先したと。

「――チシャ・ゴールド、貴様は」

色の抜け落ちた自らに、ヴィンセント・ヴォラキアという色を染み込ませ、装った黒い眼《め》にどんな未来を、どんな期待を、描いていたのか。

期待や希望なんて言葉、くだらない現実逃避だと何故《なぜ》わからなかったのか。

「――およ」

顔に手を当て、鬼の面の頬《ほお》を掴《つか》むアベルの耳に、不意の爆音が轟《とどろ》き聞こえた。それに反応してウビルクが間の抜けた声を漏らし、次いで、重々しい音が傍らに落ちる。

見れば、先ほどアベルを受け止めた布の上に何かが落ちてきた。ただし、アベルのときと違って助けるために布は張られておらず、緩衝材の役割は果たされていない。

しかし――、

「布が敷き詰めてあって幸運であった！　ベルステツ宰相！　生きているか！」

「老体には応えましたが、どうにか……む」

被《かぶ》さった布を振り払い、その下から姿を見せたのは上半身裸の大男と、その腕に抱えられている白髪の老人の二人組だ。

どちらも見覚えがあり、ここで出くわすとは思ってもみなかった相手。

「おーや、ゴズ一将じゃありませんか。それにベルステツ宰相もご無事で」

「あなたの方こそ、逃げ去ったかと思えばまだここに……」

「貴公！　チシャ一将やベルステツ宰相に余計なことを吹き込んだ『星詠み』か！　貴公のせいで閣下は……閣下はぁぁ……っ!!」

頭上、どうやら水晶宮《すいしょうきゅう》の大穴から飛び降りてきたらしい大男――ゴズ・ラルフォンが、宰相のベルステツを抱えたままウビルクへと詰め寄る。

チシャの狙いがわかった今、ゴズは殺されてはいないと思っていた。が、何ゆえ空から降ってきたのか。ベルステツも、どこまでチシャと通じていたものか。

「帝都の混乱も何もかも！　全ては貴公の暗躍が原因か！　死して詫《わ》びるがいい！」

「ちょっと待ーってください！　ぼかぁ、ゴズ一将の身に起こったことと無関係です！　だってほら、天命的にはゴズ一将って気にするほどのことではなくて……」

「よくもぉ!!」

余計な口を叩《たた》いて、ますますゴズの怒りをウビルクが買う。ゴズは抱えているのを忘れているのか、太い腕に締め付けられるベルステツが苦しげに身をよじっていた。

しかも、事態の変化はそれだけに留《とど》まらず――、

「うわぁ!?　近付いてみればみるほど摩訶不思議《まかふしぎ》！　僕を袖にした龍《りゅう》を追いかけて走ってきてみれば代理の相手がでっかい人形ですか！　確かに見栄えはするかもしれませんが僕

の代理が務まるとは思えないなぁ！」

「――――」

キャンキャンと甲高い声が聞こえたかと思えば、次の瞬間にはその声の主が凄《すさ》まじい風を纏《まと》いながら土煙をぶち撒《ま》いてその場に現れる。

履いたゾーリの足裏を滑らせながら、手で庇《ひさし》を作って空を仰いでいるのは、呼ばれてもいないのにやってきた青い髪にワソーの少年――そのけたたましい態度と言動、何よりも見知った姿を縮めただけの姿かたちに、全員が目を見開く。

「せ、セシルス・セグムント――!?」

「あれ？　今僕のこと呼びました？　いやぁ、そんな疾風迅雷で僕の名前が広まるぐらいのことをしでかしましたか照れますねえ。本音を言えば最高の見得《みえ》切りはあの龍を斬り落としたときがベストだと思ってたんですが自分の花形度合いが憎い！」

「……間違いない、セシルス一将だ！」

モグロと『雲龍《うんりゆう》』の戦いを眺めていた少年が振り返り、間違いようのない独特の距離感でそんな言葉を発する。

そこにいたのは、紛《まぎ》れもなく『九神将』最強の存在であり、ヴォラキア帝国の武の頂に立つ『壱《いち》』であるセシルス・セグムント――の、幼い状態だ。

ちょうど、アベルが初めてセシルスを拾い、部下として迎え入れたときがこのぐらいの年齢だった。その後は中身はともかく、外身は成長したはずだ。

「貴様、何故《なぜ》小さい。オルバルト・ダンクルケンの仕業か？　だが、それでは……」

魔都カオスフレームで、オルバルトと遭遇した際の態度と矛盾が生じる。

オルバルトはどうやら、チシャが偽皇帝に扮《ふん》している事実を知らなかった。だが、もしもオルバルトがセシルスに、ナツキ・スバルやミディアムたち同様の術をかけていたのだとしたら、その行動を疑問に思わなくてはならない。

何故、皇帝は自分にセシルスを幼くさせたのか、と。

それに合理的な説明が付けられるとは思えない。セシルスは十年以上も何の矯正もなく過ごさせてきた。今さら、あれに付ける首輪などないのだから。

すなわち――、

「ちびっちぇえのに足速すぎじゃろ、お前さん。ワシがこんだけ突き放されるなんて、本気で体の衰えを感じちまうんじゃぜ」

頭に思い浮かべた直後、その場に今度は小柄なシノビ――オルバルト・ダンクルケンが出現する。帝都防衛のため、城壁の頂点を任されていたはずが、その役目を放棄してまで水晶宮《すいしょうきゅう》へ戻ってきた。

何故、シノビの頭領たるオルバルトがそれをしたのかと言えば――、

「あれれ、振り切ったと思ったのに振り切れませんでしたか。すごいですね、ご老人！　その歳《とし》でまだ舞台の役名が欲しいだなんて見上げたお気持ちです！　天晴《あっぱ》れ！」

「やかましいわい。その分じゃと、コロッとあれこれ忘れてやがるじゃろ、お前さん」

「コロッと忘れた？　はて、何を言われているのかさっぱりわからんちんですが」

「ワシがやってねえのにセシが小せえのは、チェシの野郎がやりよったんじゃろ。ワシは人の技は盗んでも、人に盗まれんのは嫌いなんじゃぜ」

「あはははは、すごい身勝手な言い分ですね！　でも嫌いじゃないです、むしろ好き」

不満げに唇を曲げた老人に、それよりかろうじて背の高い幼いセシルスが笑う。

なおも『星詠み』のウビルクはゴズに詰め寄られ、その太い腕に抱えられたベルステツは自由を奪われたまま、すぐ傍《そば》で続いているモグロと『雲龍《うんりゅう》』、そして蘇《よみがえ》ったバルロイとの戦闘の余波が降りかからないかを気にしていた。

「……なんだ、これは」

続々と、この場に集まってくるものたち。

気付けば、ヴォラキア帝国の『九神将』の過半数がこの場所にやってきている。

これもチシャの差し金か。

ヴィンセント・ヴォラキアができることであれば、同じことができるようにと仕込んだはずのチシャ・ゴールドは、どこまでこちらの思惑を超えてきたのか。

自分の命を懸けてアベルを生かし、その先に何を――。

『――申し訳ありませんが、それはできかねますなぁ』

「────」


かつて、ヴィンセント・アベルクスの問いかけに、チシャ・ゴールドはそう答えた。

自分のために死ねるかと聞かれ、それはできないと正面から答えたのだ。

ならば、チシャが命を投げ打ったのは、ヴィンセント・アベルクスのためではない。

もちろん、アベルや、ヴィンセント・ヴォラキアのためでもない。そうした言葉遊びではなく、チシャが命をなげうったのは────、

「──聞け！　これより『大災』がくる！　以降、俺の指示に従え！」


奥歯を軋《きし》らせ、顔を上げたアベルが瓦礫《がれき》の上に飛び乗り、振り向く。そうして集った面々を見渡し、全員に聞かせる声でそう言い放った。

そのアベルの宣言に、それぞれが身勝手な行動をしていたものたちがこちらを見る。

瞬間、事情を知るウビルクとベルステッツ以外の、『九神将』たちの瞳を過《よぎ》ったのは一抹の疑念──いったい、この男は何者なのかと。

それを受け、アベルは自分の鬼面に手を伸ばし、頬《ほお》を掴《つか》んだ。最期の瞬間、チシャが自分に被《かぶ》せたそれを剥《は》ぎ取り、素顔を見せる。

そして──、

「俺は貴様らの皇帝、ヴィンセント・ヴォラキア。──帝国の剣狼《けんろう》、その一頭だ」

7

獣爪《じゅうそう》で強く地面を噛《か》んで、大地を引き抜くような勢いで体を前に飛ばす。

知恵を巡らせ、武魔を振るい、この戦場の支配を自陣に寄せようと奔走する仲間たち。

その一助となるべく、フレデリカ・バウマンは戦場を駆け抜ける。

美しい金毛の女豹《めひょう》は風を通り越し、この戦場を駆け回るものたちの中で『二番目』の速さで伝令の役目を果たし続けた。

圧倒的に質で勝る帝国の正規兵たちに対し、言うなれば烏合《うごう》の衆である叛徒《はんと》たちが曲がりなりにも膠着《こうちゃく》状態に持ち込めたのは、オットー・スーウェンの拾った情報と、その情報を運用するアベル、そして素早く伝達できるフレデリカの貢献が大きい。

その貢献度に対する自覚の有無はともかく、このときもフレデリカは重大な情報を握って土を蹴っており、それがもたらす影響は殊の外大きかった。

それは——、

「——大地に異変の兆《きざ》しありと、わたくしの主《あるじ》と弟からの伝達ですわ」

息を弾ませ、疲労の募る体を押しながら辿《たど》り着《つ》いた本陣、そこで獣化を解いたフレデリカは素肌を晒《さら》すのも厭《いと》わず、そう急いで報告する。

それは戦場を駆け回る最中《さなか》、激戦を生き抜いたガーフィールが、その戦果を誇りもせずに血相を変えてフレデリカに伝えた言葉だ。

ボロボロの血塗《ちまみ》れで、フレデリカの想像を絶する死闘を乗り越えたガーフィール。弟の奮戦を姉として称賛したい気持ちは、その必死な訴えの前に先送りにされた。

幸い、ガーフィールの傍《そば》には、飛竜隊の援軍と一緒に到着したロズワールの姿があり、適切に介助してくれるだろう。恋敵にそうされるガーフィールの心情はともかく。

「——。具体性に乏しいな。詳細は？」

「わかりませんわ。弟の加護による直感としか。ただ……」

「ただ？」

「わたくしの弟の直感は、よいことも悪いことも当たりますわ」

野生の勘とでもいうべきか、野生だったことがないにも拘《かかわ》らず、ガーフィールの直感は獣の如《ごと》く優れている。日常ではうまく働かず、ラムの前で醜態を晒すことの多いガーフィールだが、事が戦いに関わるなら信頼性はピカ一だ。

だからこそフレデリカも、遮二無二こうして本陣に駆け付けた。

そのフレデリカの訴えを聞いて、思案げにするのは美貌の麗人たるセリーナ・ドラクロイ——飛竜隊の援軍を連れ、こちらの味方になった帝国の上級伯だ。

聞けば、ロズワールが協力を求めにいった知己というのが彼女であるらしく、ロズワールの知人なのでおそらく性格には難がある女傑だ。ただし、これもロズワールの知人の共通点だが、性格はさておき、能力的な優秀さは疑いようがない。

それはこうして現在、大軍となった叛徒の動きを律する本陣で、不在の総大将の代理を任されている点からも明らかだ。

「フレデリカ様！　羽織るものであります！」

と、考え込むセリーナの横顔を窺《うかが》っていたフレデリカの肩に、後ろから赤いマントがかけられた。ヴォラキア帝国の『将』が羽織ることを許されるマントだが、畏れ多くもそれをした人物は、そうした装飾品の意味に通じていない。

なので、純粋な善意が嬉《うれ》しく、フレデリカは微笑《ほほえ》んだ。

「ありがとうございます、シュルト様。お見苦しくて申し訳ありません」

「そんなことないであります！　フレデリカ様は頑張って、たくさんの人の間を走り回ってきてくれたであります！　とても立派だと僕は思うであります！」

マントをきゅっと引き寄せ、お礼を言ったフレデリカの前でかしこまるのは、小さい体いっぱいに愛嬌《あいきょう》を詰め込んだシュルトだった。

本陣に残され、戦況をハラハラと見守るしかないシュルトの気持ちは、伝令の役目を果たせるフレデリカ以上に辛《つら》いものがあるだろう。

それでも、戻ったフレデリカにねぎらいの言葉がかけられるのだから立派だ。

「ン、フレーも偉イ。ウーもミーたちと一緒に暴れたかっタ」

そのシュルトの隣では、黒髪の先を桃色に染めたウタカタが腕を組んで頷《うなず》いている。

彼女の好戦的な発言に「そ、それはどうでしょう」とたじろぐと、フレデリカは改めてセリーナの方へと意識を向けた。

セリーナは自分の顔の左側、そこに大きく刻まれた白い刀傷を撫《な》でながら、

「ヴォラキアの大地に異変の兆《きざ》し、か。ロズワールが重用しているものの忠言を無下にするのは、いかにも愚か者の采配だな」

「では……」

「業腹だが、『星詠み』と消えた男が言い残していった言葉とも符合する。私にしか果たせない大役を任せるなどと、いかにも身勝手な言い分だったが。まるで――」

「まるで？」

「自分が皇帝閣下であるかのような傲慢《ごうまん》さだった。それを討ちにきた立場の分際で」

腕を組んだセリーナが、怒りとも呆《あき》れともつかない複雑な表情で嘆息する。

彼女が話題に挙げたのは、鬼面の男――アベルのことだ。本来、叛徒《はんと》の全体指揮を担当していた彼は本陣を離れ、その役割をセリーナへと預けた。

その際、どのようなやり取りがあったのか、セリーナから詳細は聞けていないが。

「ここを離れる前、アベル様はセリーナ様になんと言い残されたのですか？」

「――。決着は近い、だ。ただし」

そこでセリーナが言葉を区切り、切れ長の瞳を今度は憤懣《ふんまん》が満たした。そのまま、苛烈な姿勢で知られる『灼熱公《しやくねつこう》』は、形のいい顎で戦場を示し、

「決着は帝都と叛徒、いずれの側にも傾かないまま、有耶無耶《うやむや》になると」

「有耶無耶……ですの？」

口にするのも、というセリーナの表情の意味がわかり、フレデリカも困惑する。

これだけ多くの人間が関わった戦い、その決着が有耶無耶《うやむや》になるとはどういう意味だろうか。そもそも、戦場の指揮を委ねる相手にかける言葉として、その努力が無駄になるという意味にも捉えられる言いようは思いやりが不足している。

それを言い残したアベルは致命的に、人心がわかっていないと言わざるを得ない。

ともあれ――、

「決着ということは、戦いが終わるということでありますか？　それなら、プリシラ様やアル様、ハインケル様も戻られるということでありますよね？」

「シュルト様……」

くりくり眼《まなこ》に憂いを浮かべ、シュルトが小さい体で背伸びして戦場を見やる。

少年の目が向くのは、極限状態となった戦場の中でも、特に厳しい環境を作り出している一角――赤い空と白い空、その二ヶ所の戦場はフレデリカも巡れなかった。

ただ近付くだけで、体がもたなくなるという確信が獣の本能に与えられたからだ。

それだけに、フレデリカは気休めの言葉を気軽に発せない。

あの空間で起こっていることは、フレデリカの想像を超越した現象のはずなのだ。そう忸怩《じくじ》たる思いで、フレデリカが目尻を下げていると、

「シュー、心配するナ。プーもヨーも強イ。ミーとかターといい勝負」

「ウタカタ様……」

「ウーもちゃん付けでいイ」

「ウタカタちゃん様……」

胸を張ったウタカタが、その手でシュルトの桃色の癖毛頭を乱暴に撫《な》でる。

子どもらしく根拠のない主張だったが、迷いがない分、シュルトの胸には響いた。ぶんぶんと首を縦に振るシュルトの様子に、フレデリカは唇を綻ばせる。

それから改めて、セリーナの方に向き直り、

「セリーナ様はどうされるおつもりですの？　弟の直感を捨て置かないのであれば、アベル様の言いようにも対処が必要ですが……」

「迷いどころだ。無論、迷っている暇はない。——見ろ」

再び顎をしゃくったセリーナに、フレデリカは「え？」と戦場に視線を向けられる。

そのフレデリカの翠《みどり》の瞳に、遠目にもわかる戦場の異変——暴れる巨大な人型の城壁、『九神将』の一人が背を向け、帝都の中へと飛び込んでいく。

「あれは……水晶宮《すいしょうきゅう》へ向かっている？」

「ますます、あの男の言う通りか。——ヴォラキアが敵になるという、お前の弟の発言の真意はわからんが」

『鋼人《はがねびと》』モグロ・ハガネの暴挙に心当たりがある顔で、セリーナが顔をしかめた。

そして——、

「全員に伝えよ。——水晶宮に異変があり次第、戦闘行為を中断。この戦いを、流した血

を、こぼれた命を無為にする有耶無耶《うやむや》に備えよ、と」

8

——甲高い音を立てて、青龍刀《せいりゅうとう》と斧《おの》が、蛮刀が、空中で打ち合い、火花を散らす。

容赦なく、相手の命を奪うために振るわれる鋼。

感覚が麻痺《まひ》しつつあったが、それが自分に向けられたことで改めて、命を脅かされることの恐怖と実感が、骨と皮の内側からぶわっと湧き上がってくる。

自分が精神的に脆《もろ》いと思ったことはない。むしろ、同年代の子と比べれば、潜《くぐ》ってきた修羅場の経験も合わせ、胆力に恵まれている方だと思ってきた。

しかし、爆破で焙《あぶ》られた肌がピリピリと痛み、緊張に肺が縮んだような息苦しさを味わえば、そうした自分への信頼の土台は揺らぎそうになる。

その、そう思わされる最たる理由は——、

「——っ」

戦いの最中《さなか》にも、こちらへと向けられる睥睨《へいげい》する眼差《まなざ》し。

こちらのことを忘れていないと、そう刃物を突き付けてくるような男の視線が、ペトラの息苦しさを高める最大の要因だった。

斧を振るう、頭にバンダナを巻いた帝国兵。

名前もわからないその人物こそが、目下、ペトラたちを苦しめる難敵の正体だ。

生きていれば、いつだって死とは隣り合わせだ。

どんな状況でも、瞬《まばた》きの直後に状況が一変することはありえる。その理不尽の一例が目の前の男であるように思われ、ペトラは強く歯噛《はが》みした。

地べたに膝をついて、呼吸を荒くするオットーを支える。緊急避難用に使った魔石の衝撃、その大部分を引き受けたオットーの疲労は重い。

だからこそ、強きも弱きも区別なく命を懸ける戦場で、ペトラは弱音を吐くわけには決していかなかった。

「うりゃあ！　アルちん！」

「おうよ、ミディアム嬢ちゃん」

その、血の香りがする戦場に不釣り合いな高い声と、気抜けした声とが連携し、真っ黒な殺意の持ち主と剣戟《けんげき》が交換される。

小さな体を目一杯使うミディアムと協力し、帝国兵と渡り合うアル。その戦闘力は、敵を圧倒できるほどではなく、なかなか熾烈《しれつ》な削り合いが続いていた。

当のアルには悪いが、彼が援軍に現れたとき、ペトラは期待外れだと思ったのだ。

「ガーフさんとか、エミリーなら……」

単純に、信頼できる味方というだけでなく、実力的にも相手を圧倒しただろう。

そうではないアルの実力は、ペトラの見立てではあまり高い方ではない。ペトラやオットーのような非戦闘員と比べればマシでも、シュドラクの誰よりも弱い気がした。

ただし、それほど強さが傑出していないという意味では、相手の帝国兵も同じだ。

きっとあの帝国兵も、エミリアやガーフィール、帝国の『九神将』だとかいう人たちと比べたら全然弱い。それでも、ペトラは彼が恐ろしかった。

花についた虫を払うのに大げさな魔法はいらない。指で摘《つ》まんだり、ちょっとの水があれば払い落とせる。この帝国兵の態度には、そんな考えが見え隠れしていた。

この戦場でのペトラたちは、少しだけ働き者の小虫に過ぎないのだと――。

「――厄介だな、お前さん」

ふと、そう身を竦《すく》めるペトラの耳に、男の声が滑り込む。

一瞬、肩が跳ねるが、相手が声をかけたのはペトラたちではなく、自分と剣戟《けんげき》を交わしている二人、それもアルの方だった。

「だ！　ぬお！　おわりゃ！」

男が手にした斧《おの》を振るい、アルの太めの首を狙う。が、それが隻腕の彼の青龍刀《せいりゅうとう》に受けられると、そのまま身を回して二撃、三撃と重い攻撃が畳みかけられた。

アルはその連撃を、異様に危なっかしい手つきで何とか受け切る。

ちっとも安心して見ていられなくて、ペトラは「きゃっ」「わっ」と小さな悲鳴を上げてしまうくらいだった。

「何とか、アルさんを援護したいですが……」

同じ不安はオットーも抱いたらしく、声には疲労以上の焦燥があった。

鳴り物入りで現れたアルの戦いには緊迫感がありありで、今は運よくしのげているが、一歩違ったら死んでしまいそうな攻防が五回はあった。

それが六回目を数えられるかどうか、分の悪い賭けにペトラには思える。

「やっぱり厄介だ」

ただ、帝国兵の意見は、ペトラたちのそれとは少し違っているらしい。

危なっかしかろうと、攻撃をしのがれ続けた男は大きく後ろに下がり、そこで斧を持たない手を掲げ、アルとミディアムの方へと軽く振る。

直後、空中に火球が生まれ、それが猛然と二人へ目掛けて空を焼きながら走った。

「おいおいおいおいおい！」

「うきゃーっ！」

理屈はわからないが、真っ当ではない方法で従わされている精霊。

それが繰り出した火球が迫るのから、アルとミディアムが頭を抱えて逃げ惑う。二人を外れた火球は周囲の木々に、地面の草むらに燃え移り、炎が膨れ上がった。

「マズい……っ」

そうオットーが呟《つぶや》くのもわかる。

見れば、火球がもたらした炎はアルたちを焼かなかったが、代わりに周囲を燃やし、帝国兵と向かい合うペトラたちを取り囲んで逃げ道を塞ごうとしている。

メラメラと燃え上がる炎が円陣を作り、そこに閉じ込められた形だ。

外れても、こうして逃げ道を塞ぐのが帝国兵の狙いだったのだろうが、その状態に歯噛《はが》みするペトラたちを余所《よそ》に、相手は首を傾《かし》げた。

「気に入らんな」

その静かな、状況にまるでそぐわない一言に「あぁ？」とアルが声を上げる。

彼は手にした青龍刀《せいりゅうとう》で、燃え上がる周囲を示しながら、

「これだけやっといて何言ってやがんだ。資源を大切にしろ、資源を。こうやって人間がヘロヘロで深呼吸しても大丈夫なように、植物がどれだけ苦労して酸素を……」

「ここまで、お前さんを六回くらい殺せたはずなんだが、一回も殺せてない。絶対よけられないところに放り込んでも、だ。気持ちが悪い」

「なんて言われようだ。今日は厄日だぜ、まったく」

アルの応答に、眉を顰《ひそ》めて男が不信感を募らせる。

アルの実力の底がわからず、帝国兵はかなり困惑している様子だ。正直、あの人物と同意見なのはとても嫌悪感があるが、ペトラもおんなじ疑問をアルに抱く。

アルは死にそうなのに、それでも死なない。

帝国兵の繰り出す攻撃に対応してはいるのだが、危なっかしい動きで、何とか致命傷だけは避けている。――致命傷だけは、確実に避けている。

でも、実力を隠している風ではなくて、それがとてもちぐはぐなのだ。

だから帝国兵も、損切りの決定打が得られない。

「俺と同類にしちゃ、仕込みなんてしてない場当たり的な感じだ。そういう意味じゃ、後ろの兄ちゃんの方が俺と同じ部類だろうよ」

「……それ、僕のことですか？　だったら僕の名誉にかけて異議を申し上げます」

「そうですよっ！　性格の悪さが違います！　あなたの方が物騒で陰険ですっ」

「僕の味方ってわりには僕にも刺さってるんだよなぁ」

思いがけず、話題に引っ張り上げられたオットーが苦い顔で苦笑する。

そのオットーの態度に、ペトラは少しもどかしさを覚えたが、それもすぐに消える。

「――――」

ちらと、こちらを見るオットーがペトラにウィンクする。その表情に苦い色以外の、何か企《たくら》んでいる色があると察し、ペトラは思案した。

言葉を発さないで、ペトラに察してほしい思惑があるのだと。

「長くかけすぎた」

そうペトラが察した直後、冷たい声を発した帝国兵が指を鳴らした。

直後、先ほどよりも小さい火球、それが一挙に十近く生まれたかと思うと、目にも留まらぬ速さで四方に散り、ペトラたちではなく、周囲の木々や地面に着火する。

取り囲むための炎の陣の拡大と、それに付随する焔《ほのお》と黒煙――、

「あちゃちゃちゃちゃ！　燃えちゃう燃えちゃう！」

「落ち着け、嬢ちゃん！　三つ編みが燃える前にこっちこい！」

周りを炎に取り囲まれ、熱がるミディアムが長い髪を抱えて飛び跳ねる。炎の陣を跨《また》いだ彼女がアルの傍《かたわ》らに飛び込み、その場で涙目で振り返る。

蛮刀を強く握り直して、これをしでかした相手を睨《にら》もうと――、

「あれ⁉」

「マジか……」

ミディアムの驚きとアルの嘆息が重なる。

二人の反応の原因、それは炎の光景を作り出した帝国兵の姿が消えたことだ。

「――――」

燃え上がる炎と立ち込める黒煙に紛《まぎ》れ、あの帝国兵の姿が消えた。炎を目くらましに逃げたか、それともじわじわとこちらが焼け死ぬのを待つ算段か。

「ちっ……」

「全然いないよ⁉　あたしたちも、燃えちゃう前に出ないと！」

兜《かぶと》に覆われた視界を巡らせ、アルが炎の中に消えた男の姿を探す。その間、彼は自分の青龍刀《せいりゅうとう》を自らの首筋に当てる、奇妙な構え方を続けてした。

その傍らでミディアムもちょこまかと周りを見渡すが、見つからない敵に焦《じ》れながら、強まる火勢を避けようとそう訴える。

確かに、男の行方に固執して逃げ道を失っては本末転倒と、今は危険な地帯から離れる

のを優先すべきという考えも自然だ。

しかし——、

「——」

ぎゅっと、体を支えているペトラの手に重ねた手に、オットーがわずかに力を込める。

その握力から伝わってくる緊張感を、ペトラは無言の指示と受け取った。

気を緩めてはならないと、その警戒心にペトラも強く賛同する。

その上で、ペトラはオットーと重なった手に、もう片方の自分の手も乗せて——、

「——ありがとう、ペトラちゃん」

そう、感謝の言葉を口にした直後、オットーがその場で身をひねり、背中から地べたに倒れ込むように姿勢を崩した。——刹那《せつな》、すんでのところを斧《おの》が横薙《よこな》ぎに抜ける。

「——」

敷かれた炎の陣の中から、煙に紛れて近付いた帝国兵の殺意が空振った。

その事実に、確実な瞬間を空《す》かされた男が軽く目を見張る。だが、すぐに気を取り直すように、男は振り切った斧を引き戻そうと——、

「ジワルドっ!!」

指を五本立てたペトラ、その指全部から放射状に放出された出力の弱いジワルドが、帝国兵の顔面を捉え、五射の内の一発が相手の右目を焼いた。

威力を犠牲に、面制圧を狙ったペトラの攻撃だ。それは見事に目的を果たし、眼球を焙《あぶ》

られた男が「ぐおっ」と苦鳴を上げてのけ反る。

そこへ、空中からくるくると回る人影が飛びかかった。

「いけやぁ！」

それは炎の向こうで腰を落としたアル、その背中を踏み台に跳んだミディアムだ。

くるくると縦回転するミディアムは、両手で堅く握った蛮刀を一閃《いっせん》、姿勢を崩した帝国兵へと、それが容赦なく叩《たた》き込《こ》まれた。

「うーりゃーぁ！」

硬い音が響いて、燃える炎の中にそれと異なる発色の赤が混じった。

響いた音は蛮刀を受けた頭蓋が割れる音、ではない。手を掲げたペトラは見た。振るわれる蛮刀に、男が自分から額を合わせにいったのを。

あの硬い音はおそらく、バンダナの下に仕込んでいた額当てのものだ。それでミディアムの攻撃を受けた。もちろん、無傷とはいかない。

ぶんぶんと、額に手を当てたまま斧《おの》を振り回し、不格好に追撃を躱《かわ》しながら下がり、下がり、下がり——、

「クソ……」

下がった男の頭から、血に染まったバンダナがはらりと落ちた。額当てで受けつつも、割れた額からの流血は止められない。

派手に血を流しながら、男の目がオットーとペトラを睨《にら》んだ。

何故《なぜ》、自分の奇襲が見抜かれたのかと、そう問うてくる眼差《まなざ》しだが――、

「――教えませんよ。僕はあなたの親や兄弟じゃないんですから」

地べたに倒れているくせに、それでも勝ち誇るみたいにオットーが言い放った。

それを受け、帝国兵は舌打ちする。舌打ちし、額の血を掌《てのひら》で拭うと、

「あ！　待て！　逃げるなんてズルいじゃん！」

そこで激昂《げきこう》し、飛びかかってくるなんて無謀な真似《まね》は選ばなかった。

熱と血で塞がった右目を閉じたまま、帝国兵は炎の向こうへと姿をくらます。またしても見えなくなった相手に、ペトラは再びの奇襲を警戒するが――。

「きませんよ……不利な状態で戦い続けるほど、必死じゃなさそうでした」

「う～、納得いかないですっ。まるでわたしたちだけ必死だったみたいじゃないですか」

「嬢ちゃんの気持ちはわかる。けど、捨《す》て台詞《ぜりふ》もなしに逃げたのは向こうだ。オレらの勝ち、オレらの勝ち。――オレらの勝ちだぁ!!」

「勝ちだーっ!!」

帝国兵が消えた方に向かって、アルとミディアムがそう勝鬨《かちどき》を上げる。

実際、それがあの帝国兵への嫌がらせになるかはわからないが、二人のそれで少しだけペトラの胸も軽くなった。

ともあれ――、

「最後、どうやって奴《やっこ》さんの動きを読んだんだ？　賭けだっただろ？」

「僕の手柄じゃありませんよ、ペトラちゃんのおかげです」

青龍刀《せいりゅうとう》を鞘《さや》に納めたアルの手を借り、引き起こされるオットーがペトラを示す。とはいえ、ペトラも全部が自分の手柄とは胸を張れない。

「そもそも、標的は僕でしたから、最後の一手は僕狙いだと思いました。仕掛けてくる間と方向がわかったのは、足音です」

「足音？」

「オットーさんの加護で、土の下の子たちの声を聞かせてもらった……ですよね？」

「ご名答です」

予想が的中したと、オットーの首肯にペトラが胸の前で手を合わせる。

元々、オットーが『言霊《ことだま》の加護』を用い、戦場全体の情報を掌握したのが敵に狙われた理由だった。あの帝国兵はどういう方法でかはわからないが、動物や虫の声を聞いて全体像を把握できるオットーの加護を躱《かわ》し、現れた。

そんな相手を捉えるには、それまでと同じ方法ではダメだったのだ。

「だから、土の下の子たち……目がないし、外のことも見えてないから、オットーさんは役に立たないって言ってた子たちでしたけど」

「もうちょっと言葉は選んでたかなぁって！　……とにかく、地中の動物や虫の声を聞いて、足音で相手の位置を把握しました。ぶっつけでしたが、ペトラちゃんが陽魔法で声を拾うための手助けはしてくれたので」

「オットーさん、悪そうな顔で合図してくれましたから」

手を強く握られたとき、オットーがペトラに求めたのが陽魔法の援護だった。

その助力を得たオットーが加護で相手の位置を足音から推察し、最後の奇襲を回避、逆に相手に痛打を与えて撤退させたと、それがカラクリだ。

「――。本音を言えば、戦闘不能にしてしまいたい相手でしたが」

「同感だ。強いってんじゃなく、殺すのが上手《うま》いって奴《やつ》だった。それよりも……」

「熱い熱い熱い！　早くこっから出なくちゃ蒸し焼きになっちゃう！」

危険な敵を退けても、周囲が燃えている状況が打開されるわけではない。

ミディアムの訴えを聞いて、「そうだな」とアルがオットーに肩を貸した。ペトラはミディアムと一緒に、炎の影響が弱いところを探し、二人を先導する。

そうして、炎に巻かれる前に離脱を試みる一行だが――、

「一刻も早く抜けましょう。本陣に戻る理由ができました」

「……なんか、その言い方だと危ない相手から逃げ延びた武勇伝を自慢しにいく、って感じの前置きじゃねぇんだが」

「ええ、悪い話ですよ。事は一刻を争います。……さっきの、足音を聞こうとしたとき副次的に聞こえてきた情報ですが」

一難去って、というところで口にされる嫌な前置き。

炎の熱に追われながら、それでも聞き逃せない発言にペトラが目を向けると、渋い顔を

したオットーが背後――否《いな》、戦場全体を眺めながら、

「どうも、龍《りゅう》とか燃える空とか、そういうのとまた別の角度から、戦場全体が危なっかしくなりそうな気配がきてるみたいです。それも、わりとすぐ目の前に」

　奇《く》しくも、弟分が『地霊の加護』で察知したのと同時刻、同じ内容を『言霊《ことだま》の加護』で入手して、そうオットー・スーウェンは口にしたのだった。

9

「――ヴォラキア帝国を危うくする、『大災』とやらが迫っているそうだ。私はこの帝国の一将として！　生き恥を晒《さら》して生き延びた『将』として！　何としても！　皇帝閣下の御役《おやく》に立たなくては死んでも死に切れん!!」

　と、地下の壁に鎖で繋《つな》がれていた大男――ゴズ・ラルフォンと名乗った人物から聞かされ、レムは内乱以外の問題が帝都を揺らしているのだと理解した。

　二日に一度の食事しか与えられず、かなり衰弱していたゴズだったが、彼はレムの気休め程度の治癒魔法で驚くほど元気になり、活力をみるみる取り戻した。

　たぶん、あの効果の大部分は本人の思い込みによるところが大きいと思うのだが。

「娘よ、貴公の治療には救われた！　本来であれば我が家に招き、妻や子に恩人と紹介したいところだが、今は閣下の下へ向かわねばならぬ！　この礼は必ず!!」

「あ、ええと、はい」

「可能であればここを離れ、正規兵と合流せよ！　モグロ・ハガネ一将か、カフマ・イルルクス二将ならば悪いようにはせん！　それ以外の一将は避けろ！　話が通じん！」

ものすごいやかましい声で言い放ち、鎖を外されたゴズは凄《すさ》まじい勢いで地下から飛び出すと、屋敷を警備する兵たちを一喝し、遠目に見える水晶宮《すいしょうきゅう》への同道を命じた。

それに対して、警備兵たちの態度は二つに割れた。

どうやら、屋敷の兵たちもゴズの存在を知っていたものと、知らなかったものとで分かれていたらしい。情報を伏せられていたものたちは面白くないし、情報を開示されていたものたちは、それだけベルステツからの信頼が厚いことになる。

故に――、

「なるほど。貴公たちは私の前に立ち塞がるか」

羽織るものもなく、筋肉の鎧《よろい》で覆われた上半身を剥《む》き出《だ》しにしたゴズが、武器を抜いて道を阻まんとした警備兵たちを見据える。

ゴズは無手で、監禁されていた時間も一日二日ではない。万全な状態とは程遠い。しかし、警備兵たちが立ち向かったのは、そうした勝算のあるなしからではなかった。

「いいだろう。私が皇帝閣下に忠誠を捧《ささ》げるように、貴公らは宰相へと忠義を誓う。その誉れ、私がしかと見届けよう!!」

発される圧倒的な鬼気は、自分に敵対する兵たちを見据えながらも濁りがなかった。

その後の、素手のゴズの一方的な戦いぶりもそうだ。

巨大な拳骨《げんこつ》が振るわれ、一発で警備兵が複数吹き飛ばされる。

多少の数の有利なんて誤差にすらならなかった。一瞬の、圧倒的な制圧だ。

「アベルさんから、『九神将』のお一人として名前は聞いていましたが……」

実際に、レムが本物の『九神将』を目の当《ま》たりにしたのは、城郭都市《じょうかくとし》ヴァラルでのアラキアとマデリンの二人だけ。

その両者と比較しても、ゴズの存在感は引けを取らない。

武器と装備、それから消耗の分だけ、今の彼の方が不利かもしれないが。

「よく戦った！　それでこそ、帝国の剣狼《けんろう》である!!」

打ちのめした兵たちの真ん中で腕を突き上げ、暑苦しくゴズが称賛を口にする。

確か、本当の皇帝であるアベルを逃がすため、身を挺《てい》して犠牲になったと聞いていた人物だが、繋《つな》がれて消耗していたのも嘘《うそ》と思えるぐらいの元気ぶりだ。

どうして、彼が屋敷の地下に繋がれていたのかは不明だが。

「改めて、宰相ベルステツ・フォンダルフォン！　貴公の企《たくら》み通りにはさせんぞ！　チシャ一将、貴公もそうだ！　うおおおおお――!!」

そうした細かい話をするより前に、ゴズは自分に賛同する警備兵を連れ、ベルステツの屋敷の正門から堂々と飛び出していってしまった。

『獅子《しし》騎士』の雄々しさに圧倒され、レムはその背中を見送るしかない。

もっとも——、

「私は、あのお城には用がありませんから」

思いがけない流れで屋敷の兵がいなくなり、レムを阻む障害もなくなった。

レムはゴズに打ち倒された兵の生死を確かめ、重傷者に最低限の手当てだけして、長剣の一本を杖《つえ》代わりに屋敷を移動、何度も通った一室の前へ。

そして——、

「カチュアさん、私です、レムです。出てきてください」

「……絶対出たくないんだけど。さ、さっきのでかい声、何よ」

「気持ちはわかります。でも、もうあの大きな声の方は出ていかれました。私たちも、この先どうするか話し合うべきだと思います」

「どうするかって……」

扉越しの声、姿を見せないカチュアの部屋の前で、レムは彼女の決断を促す。

現状、ゴズの勇ましさが良くも悪くも屋敷の兵を一掃してしまったため、急いで屋敷を離れなくてはならない、という緊急性は薄れた。

しかし——、

「『大災』……」

ゴズが大急ぎで、水晶宮《すいしょうきゅう》にいるという皇帝の下に向かったのはそれが理由だと。

正確には、ゴズが水晶宮に向かった最大の理由は、皇帝を騙《かた》っている偽物と対峙《たいじ》するためだろう。とはいえ、その得体の知れない災いの阻止が目的なのは事実。

いずれにせよ、ゴズの助言はこの場に居座ることを良しとしていなかった。

ならば――、

「――わ、私はここを出る理由が、ないから。ひ、人質だし」

「留め置く兵はいなくなりました。もう、人質に甘んじる理由も薄くなっています」

「そ、それでも……っ」

「――。わかりました。せめて、扉を開けてください。無事な顔が見られたら」

戸惑いつつも、自分の主張を曲げないカチュアにレムは折れた。

そのレムの最後のお願いに、しばしの沈黙のあと、車椅子の車輪が動く音がして、扉の鍵が外される。そうして、部屋の扉が開かれると、

「失礼します。いきましょう」

「え!? あ、ちょっ、あんた!?」

「ごめんなさい。無事な顔が見たいだけというのは嘘《うそ》でした」

部屋に乗り込んだレムは、扉の脇にいたカチュアを見つけると、その後ろに素早く回り込んで車椅子を押し、部屋の外へ。

慌てたカチュアが抵抗しようとするも、車輪を止めようとする彼女は非力で、強引なレムの力に対抗できず、そのまま押し出される。

「待ちなさいよ！　私はここで、待たなきゃいけない相手が……っ」

「それは重々承知しています。でも、ここで待つのは危険です。婚約者の方を待つにしても、せめて安全なところにいきましょう」

「安全って、この帝都でここよりも安全なところが――」

あるわけない、とカチュアは言おうとしたのだろう。

しかし、言葉の途中だったカチュアが、後ろのレムを睨《にら》もうと右に左に首をひねっている最中《さなか》、不意にその目を見開いて、空を見つめた。

そのカチュアの反応につられ、レムもそちらを見上げると、屋敷の渡り廊下を歩いている二人の頭上から、大きな大きな影がかかった。

――ものすごく巨大な、人型の城壁が屋敷を跨《また》いで、帝都の奥へと向かう一歩だ。

「――――」

ゴズが暴れるよりも、帝都に攻め入ろうとする叛徒《はんと》たちの攻撃のどれよりも、身近なところを通り抜けた巨大な足が都市を踏み荒らし、駆け抜ける方が衝撃が大きい。

地響きと衝撃で車椅子の車輪が浮くのを感じながら、レムとカチュアは恐る恐る互いの顔を見合わせ、

「た、確かにここが安全って話は違うみたいね……」

「……はい、急ぎましょう」

さすがに、今の巨大な一歩はこの大騒ぎの中でも例外の一個だと思ったが、わざわざそれを言ってカチュアの不興を買うのも馬鹿げている。

大人しく従う姿勢のカチュア、彼女の車椅子を押してレムが続いて向かったのは、

「あんたの連れ、静養中でしょ？　どうするのよ」

「本当はあまり動かすべきではありません。でも、そうも言っていられませんから……」

カチュアの言葉にそう応じて、レムが彼女と一緒に目的の部屋に辿《たど》り着《つ》く。

その中にはレムと一緒に屋敷に連れてこられ、重傷の治療がまだ終わっていないフロップ・オコーネルが軟禁されている。

カチュアに答えた通り、できれば安静に寝かせていたい彼だが――、

「フロップさん、私です。お邪魔していいですか？」

「む、奥さんか！　今開けるよ」

扉をノックするとすぐに返事があり、続いて扉が開いた。扉のすぐ傍《そば》にいたとしか思えない反応にレムとカチュアが目を丸くすると、それもそのはず、扉脇に潜んでいたらしいフロップは、その手に手鏡を握りしめていた。

「あの、フロップさん、その鏡は？」

「いやぁ、実は一応武器のつもりだったんだ。さっき、とても大きな声がしたろう？　街が騒がしくなっているし、誰か敵対的な人が押しかけてくるかもってね」

手鏡をくるくると回しながら答えるフロップ。一応、レムたちの名目は捕虜や人質であったため、それぞれの部屋に武器にできそうな道具は置かれていなかった。

とはいえ、対抗手段として鏡というのは。

「……あんた、その鏡で戦えるってこと？」

「生憎《あいにく》と、これくらいしか部屋になかったんだよ。ただ、鏡を使って戦ったことがないから、もしかしたら眠れる才能があるかもしれないね！　奥さんはどう思う？」

「そうですね。無駄話はやめて、必要な話をしたいです」

じと目のカチュアに、いつも通りの調子で答えるフロップ。彼の彼らしいところは素直に安心するが、一方で切羽詰まった状況では一旦おいておきたい。

ともあれ――、

「彼女はカチュアさんです。この屋敷で知り合った方で」

「僕はフロップ・オコーネルだ。君が奥さんから聞いていた、奥さんのお友達だね」

「……べ、別に、この子と友達になった覚えとか、ない、けど」

「だったら、そのつもりになっておくことだ。いい友人を作ることは、いい人生を歩むための手掛かりになる。そうじゃなくても、友人が多くて悪いことはない」

「私、たぶん、あんたのこと苦手だわ……」

レムも予想していた通り、フロップはカチュアの苦手な性格をしている。とはいえ、フロップの側はカチュアから率直に言われても気にしない性質《たち》なので、カチュアが苦い顔をしているだけで済むなら、最善の状況と言える。

「フロップさん、今の帝都の状況ですが……」

「おおよそは知っているよ。戦いに出る前、マデリン嬢が挨拶にきてくれたからね」

「……マデリンさんが挨拶、ですか？」

意外な接点から、マデリンがフロップのところに通っているとは知っていたが、まさか出陣前の挨拶までしにくる仲とは思ってもみなかった。

ただ、『九神将』から直接話があったなら、外の状況に関してはフロップの方がレムよりも詳しい可能性すらあるだろう。

「それなら話が早いです。すでに、この屋敷の警備兵はいなくなっているので、留《とど》まるも抜け出すも自由ですが……私は、屋敷から出るべきだと」

「それは、さっきの大きな声や、ものすごい地響きと関係があるのかな？」

「はい。ただ、それだけじゃありません。もっと、悪いことが起きるかもしれないと」

「あ、あれより悪いこと!? じ、冗談じゃないわよ……っ」

フロップに答えるレムの懸念、それを聞いたカチュアが顔を蒼白《そうはく》にして震える。

こればかりは、カチュアを脅して言うことを聞かせるためではなく、未確認ながら本当に危険な可能性のある話だ。しかし一方で、「何かが起こるかもしれない」という以上の話ではないため、動くための確証とまでは至らない。

「それでも、奥さんはここを離れるべきだと思うんだね」

「――はい」

フロップにそう問われ、レムは躊躇《ためら》いなく頷《うなず》いた。

軟禁されてはいたが、この屋敷の生活はそれほど不自由ではなかった。外出は禁じられていたが、互いの部屋の行き来は比較的許されていたし、怪我《けが》をしたフロップの治療も任せてもらえた。カチュアとも出会えたし、敵であるはずのベルステッツに対しても、大きな怒りや憎しみは抱く余地がなかった。

ベルステッツの謀反《むほん》の理由に関しては、悪いのはアベル＝ヴィンセントなのではないか、という疑惑がレムの中にはあるので、なおさらだ。

とはいえ、そうした事情を抜きにすれば、レムがこの屋敷から離れたいと思う決定的な理由は、おそらくレムの感情が一番大きい。

このまま囚《とら》われの身でい続ければ、レムによくしてくれた多くの人を心配させる。

そういう不義理で、不誠実な状況から早く抜け出すべきだという、そんな理由なのだ。

「よし、わかった。僕も異論はないよ。奥さんやカチュア嬢と一緒にいこう」

「いいんですか？」

「居残っても、ベッドで寝てる以外にできることはないしね。これでも行商人だから、多少なり体を動かしておかないと不安で仕方ないんだよ」

レムを気負わせないためか、そんな風に笑いながらフロップが握り拳を作る。それから彼は、「それに」と言葉を挟んで、

「実は言伝《ことづて》を任されていてね。ここでうっかり寝過ごして、もしもそれを伝える機会を逸したら、とてもじゃないが世間や妹に顔向けできないんだ」

「言伝……そんなの、誰から」

「自ら逆賊の汚名を被《かぶ》った、僕からすれば大いなる賭けに挑んだ帝国の剣狼《けんろう》だよ」

片目をつむってウィンクし、そう答えるフロップにレムは鼻白む。

どうやら、レムの心当たりのある相手ではなさそうだが、フロップが一緒にきてくれるというのはありがたい。

「さすがに、カチュアさんの車椅子を無理やり押しながら、フロップさんまで担いでいくのは並大抵のことではありませんから……」

「あんた、どうするか聞くくせに、相手にそうさせる気とか全然ないわよね⁉」

「皆さんが危ない目に遭わないなら、放っておいてもいいんですが……」

力ずくで連れ出さないと危ないなら、力ずくで連れ出すしかない。さすがにレムも、自分の力が及ばない範囲まで救おうとは思わないが、届くならやむなしだ。

相手の気持ちを捻《ね》じ曲《ま》げてでもそうする。——外聞がよくないのは承知の上で。

「——」

一瞬、それが自分に向けて伸ばされた手と同じことをしている気がして、レムは複雑な感情に胸をもやっとさせた。

その感覚をすぐに振り切り、「では」とカチュアとフロップに頷《うなず》きかける。

「気を付けて屋敷を離れましょう。誰かと遭遇するときは慎重に。帝都に乗り込んできている人とも、顔見知りではないでしょうし」

「怖いこと言わないでよ。……それと、あんた怪我人なんでしょ？　いけるの？」

「はっはっは、心配してくれてありがとう。幸い、奥さんが献身的に治癒魔法をかけてくれたからね。抉《えぐ》られた肉は埋まっているし、血も戻ってきていると思うよ。体力的な部分はあれだから、走るときは一声かけてほしいかな」

「その配慮はします。私も足が万全じゃありませんし、カチュアさんも車椅子ですから」

改めて、集った三人がそれぞれ肉体的に不安のある顔ぶれだと実感する。それでも、誰一人欠けるわけにはいかないので、力を合わせるのが肝要なのだ。

と、そう意気込んだところで、

「時に奥さん、僕たち以外の捕まっている人たちはどうする？」

「……忘れていました」

フロップの指摘に出鼻を挫《くじ》かれ、レムは額に手を当てる。

この屋敷には離れがあり、そちらの建物にはレムたち以外の捕虜――何でも、ヴォラキア皇帝の隠し子である『黒髪の皇太子』を名乗った複数のものが囚《とら》われている。

ほとんどが、皇帝に叛逆《はんぎゃく》するための大義名分作りに利用された存在らしいが、皇帝の跡取り問題で謀反《むほん》したベルステッツには他人事《ひとごと》ではなかったらしく、可能な限り、本物かどうか確かめるために件《くだん》の存在の捕虜が取られていた。

「正直、私たちの敵とも味方とも言えない人たちなので、無視したいです」

現状、カチュアはともかく、レムやフロップの立場は非常に複雑で難しい。

強い大義や主張はないが、なし崩しにアベルを代表とした反乱軍に加わってはいた。しかし、その集団から引き離された上、囚われの皇太子集団とは面識もない。

彼らの善悪もわからなければ、レムたちに対する態度も不明なのだ。

「────」

なので、本音は直前に言った通りのものがそうだ。

ただ、『大災』というわけのわからないものが迫りつつある状況で、そこから逃れるために屋敷を離れようというレムたちが、鍵のかかった離れに彼らを放置していくのは心情的に苦しくはある。

全てを拾い切るのは難しくとも、できるだけ人死には減らしたい。

だからこそ、ゴズに殴り倒された警備兵たちにも、最低限の処置は施したのだ。

「……鍵だけ探してきて、自分たちで取れるところに引っかけておけば？」

「あ……」

「わ、わかんないけど。わかんないけど、危ないかもしれないっていうなら私は関わりたくないわよ。でも、それでうじうじされてても困るの！　おかしい!?」

「いいえ、いいえ、おかしくありません。そう、ですね」

悩んでいるレムを見かねて、そうカチュアが折衷案を出してくれた。

助けるか助けないか、二つに一つしか浮かばなかったレムは、そのカチュアの一言に救われた気持ちになる。

彼女の言う通り、離れの鍵を見つけて、囚われた彼らがそれを取るのに少し苦労するようにしておけばいい。それで、安全の確保と心の安寧は保たれるはずだ。

「どうやらまとまったみたいだね」

レムとカチュアの話の決着に、フロップが満足げに頷《うなず》いた。

その間、自分の長い金髪の一部を編み込んでいた彼は、そっと扉に手をかける。そして扉を押し開けながら――、

「じゃあ、ひとまず離れの鍵の在処《ありか》を探るために……ちょっと待とう」

扉の向こうへ進もうとしたフロップが、先の言葉を引っ込めながら扉を閉めた。そのいきなりな行動に、レムとカチュアは目を丸くする。

しかし、フロップは「静かに」と自分の口に指を当てて指示すると、閉じた扉をわずかに開いて外を覗《のぞ》き込《こ》む。フロップの傍《かたわ》らから、レムも外を覗いた。

「――ぁ」

「ち、ちょっとなに？　その反応、いい予感が全然しないんだけど……っ」

フロップが扉を閉じた理由、それを扉の外に見つけたレムが息を詰まらせると、その気配に怯《おび》えたカチュアが声を震わせる。

が、とっさにカチュアの不安を解くための言葉を用意することができなかった。

何故《なぜ》なら、レムにとってもフロップにとっても、それは想像の埒外《らちがい》の光景だった。

ベルステツの屋敷の中庭、そこに兵士たちと違う人影が立っている。

それは――、

「……なんだか、とても顔色の悪い人たちだね？　寝不足だろうか」

と、そんなフロップの冗句が乾いて聞こえてしまうぐらい、殺伐とした空気を纏《まと》った人影の様子は異様だった。

生気を感じられない顔色と、見える肌に走ったひび割れ——一目で異様だと感じられる特徴を負った集団が、帝国宰相の屋敷を占拠しつつあったのだ。

10

「……パッと見たところ、彼らはみんな、帝国兵の格好をしていたね」

音を立てずに扉を閉めて、息を殺したレムたちの中でフロップが呟《つぶや》いた。

正直、目にした光景の異質さが強すぎて、そこまで詳細に目を配る余裕がなかったレムには、フロップの言い分を無責任に肯定できなかった。

ただ——、

「ぶ、不気味な奴《やつ》らが屋敷に入り込んでるって……それ、皇帝閣下を殺そうとしてる、反乱軍の誰かってことじゃないの？」

「そういう話の通じなさとは、また違った雰囲気でした。怒り狂っているとか、興奮しすぎているとか、そういうことではなくて……」

「人の姿をした違う生き物のようだ。僕も、話せばわかると言いづらい雰囲気だと感じたね。傷が嫌な予感でしくしくと痛むよ」

フロップの意見に、レムも否応《いやおう》なく賛同する。

外を確認した二人と違い、問題の相手を見ていないカチュアにはピンときていないが、彼女が外を見たら取り乱すこと請け合いだ。

そうした、理《ことわり》が違って感じられる相手を見たことで、レムはふと思う。

「あの人たちは、『大災』と関係が……？」

ゴズから単語だけ聞いたきりで、その内容はとにかく悪いことと想像するしかない『大災』だが、それが迫っているという話を聞いた上で外の存在を目にすると、それらの間には関連性があるように思われてならない。

それに、これは治癒魔法が使えるものとしてのレムの直感になるが。

「生気を感じませんでした。まるで……」

「し、死人だとか言わないでしょうね？　そんな、ホロゥがどうとか馬鹿馬鹿しい……」

「と、笑い飛ばすのは性急かもしれない。外の彼らは帝国兵の格好をしていたが、そう言えば顔や首筋だけじゃなく、鎧《よろい》もボロボロだった気がしたよ。もしかしたら、生前の傷がついたままの可能性も……どうだろう？」

「どうだろうって、知らないわよ！」

フロップの真に迫った表情に、カチュアが目を白黒させながら動転する。

だが、強く否定の言葉を放つのは、彼女もレムとフロップの様子から只《ただ》ならぬ事態が起こっていると感じ取っている証《あかし》に他ならない。

　さらに最悪なのは――、

「――ぎあっ」

「ぐっ」

「――ぁ」

　立て続けに聞こえた小さな苦鳴は、外で寝かされていた警備兵――ゴズに打ち倒され、レムが手当てだけしておいたものたちがこぼした断末魔だ。

　はっきりと、何が起きているのかを確かめたわけではないが。

「……どうやら、話してわかり合うのは難しそうだ」

　頬《ほお》を厳しく引き締めたフロップの言葉が、覆せない兵たちの末路を物語った。

　あの青白い顔をした謎の勢力は、倒れている兵にトドメを刺した。一切の交渉の余地もなく、だ。――レムたちがその例外になるとは考えにくい。

「私が……」

　兵たちを、せめてどこかの部屋に入れていれば話は違っただろうか。

　無防備に倒れる彼らを安全圏へ移しておけば、一方的な死を迎えることは避けられた。それなら、彼らの死の責任は手を尽くさなかったレムにある。

「――っ、そんなこと考えてる場合⁉」

「か、カチュアさん……」

「今、凹《へこ》んでても三人とも死ぬだけじゃない。い、嫌よ、私、そんなの……！」

悔しさに俯《うつむ》きかけたレムの顔を、カチュアの両手が挟んで上を向かせた。涙目のカチュアが責めるように噛《か》みついて、レムの弱気を食い千切ろうとする。

その勢いと、真っ正直なカチュアの言葉にレムは息を呑《の》んだ。

それから静かに頷《うなず》いて、くよくよしている場合でないと心を決める。

「フロップさん、状況が変わりました。ここは、離れを開けるしかありません」

「うん、そうだね、奥さん。僕も同じことを考えていた。離れに捕まった皇太子くんたちと仲良くできるかはわからないが、敵の敵は味方という考え方もある」

「はい。共通の敵がいれば、手を取り合える可能性はあると」

方針転換の表明に、フロップはすぐに賛同してくれる。レムとフロップの合意を受け、カチュアも首をぶんぶんと縦に振り、

「そうと決まったら、さっさと、さっさとする！　離れの鍵は、もう、あんたが頑張って壊しなさい。や、やれるんでしょ？」

「……ちょうど、杖《つえ》代わりに拾った剣があったので、それを使えば」

剣は壊れるだろうが、引き換えに扉の鍵を壊すくらいはできるだろう。

もはや、鍵を探して屋敷の中を歩き回るのも困難だ。

「彼らの注意が離れに向く前に辿《たど》り着《つ》く必要があるが、問題は……」

「カチュアさんの車椅子……」

三人の視線が、カチュアの座る車椅子に集まる。

婚約者から贈られたという車椅子は、非常に出来のいい高級志向のものだが、それでも車輪が回る音も、各部が稼働する際の音も隠し切れたものではない。

見つからないように動かなくては、という場面では不向きもいいところだ。

「わ、私は……」

同じ難題にぶち当たり、カチュアの視線が右に左に、上に下に慌ただしく泳ぐ。

しかし、足が不自由である以上、カチュアと車椅子は切り離せない。その自覚は彼女自身にもあり、しばらく悩んだ末にカチュアは言った。

「置いて、離れを開けてきなさい。ひ、一人で待ってるから……」

「一人で……でも、そんなの」

「部屋に鍵かけて！　黙ってこもってたらわかんないでしょ。相手が死人みたいな奴《やつ》らならなおさら、下手なことしないで隠れてる方が安全かも。あ、あんたたちに危ないことしてきてって言ってるわけじゃないけど」

上擦った声で早口になっているのは、それだけ彼女の心中が慌ただしい証拠だ。

ただ、カチュアがなけなしの勇気を振り絞った発言というのは、レムにもフロップにも痛いほどわかった。

その気持ちを、信頼を、無下にすべきではないということも。

「フロップさん、カチュアさんを……」

「いや、カチュア嬢の心意気を酌むべきだよ、奥さん。僕と奥さん、二人がかりで臨んだ方が勝算が高い。最悪、片方が囮《おとり》になることもできるだろう」

「――――」

本当にそれは最悪の場合だが、考えたくないことから目を背けては、実際にその状況に陥ったときに為《な》す術《すべ》なく最悪に打ちのめされるしかなくなる。

だから、その最悪に打ちのめされる可能性を考慮しながらも、レムは頷《うなず》いた。

「必ず、離れを開けて戻ります」

「し、しっかりやんなさい。あんたも戻らなきゃ、ダメだから。絶対！」

「――はい」

カチュアの手を握り、レムは堅く約束の言葉を交わす。

不器用なカチュアの心配を背負い、その重みを忘れまいと胸に留めた。そのまま、レムはフロップと頷き合い、部屋の外へと出る。

「――――」

息を殺し、身を潜めながら廊下へと出た二人は、周囲――不気味な『敵』の様子を探りながら、屋敷の裏手の方にある離れへの道を何とか進もうとする。

道中、風に紛《まぎ》れて漂ってくる血の香りは、殺されてしまった兵たちのモノ。それをした敵は十数名、危うげない足取りで屋敷の中を歩き回っている。

「……何か、探している風に見えるね」

「生きている人間、でしょうか」

「いや、警備の人たちを始末したのは行きがけの駄賃といった感じだ。虱潰《しらみつぶ》しにしては人数が少ないし、もっと明確な狙いがありそうに思える」

身を低くしながら進む途中、レムとフロップは相手の挙動に意見交換。

フロップの鋭い洞察を聞いていると、自分が的外れなことばかり言っているように思えてレムは歯痒《はがゆ》くなる。

「僕のこれも、僕がそう思ったというだけだからわからないよ」

と、そうしてフロップに取り繕わせてしまうのも悔しかった。

せめて、離れに囚《とら》われたものたちを解放するのに貢献し、挽回《ばんかい》したいところだが。

「——よくないですね」

幸いというべきか、異様な風体をした『敵』の感覚機能は人と大差ないらしく、レムたちにもわからない不思議な性能でこちらを捕捉してきたりはしなかった。

おかげで、何とか相手に見つからずに離れの傍《そば》までくることができた。

だが——、

「……さすがに、完全に見落としてはくれなかったようだね」

同じものを見たフロップの言葉に、レムも無言で頷いた。

建物の陰に隠れ、様子を窺《うかが》う離れの周り、そこに問題の『敵』の姿が三体見える。探し物があるのなら、あれだけ目立つ建物に彼らが立ち寄らないのも不自然な話だ。

当然、扉の開かない建物に彼らも目を付けた。

問題は建物の中、『皇太子』たちが鎖で繋《つな》がれでもしているなら、扉を破った時点で『敵』は一方的に彼らをなぶり殺しにするだろう。

時間の猶予はない。すぐにでも行動に移さなくては、彼らの命は奪われる。

「奥さん、僕が気を引く。その隙に三人、やれるかい？」

「――――」

「役目は逆でもいいんだけど、僕のへっぴり腰よりは奥さんの方が可能性が高いと思う。今すぐ決めてほしい」

強引だが、必要な決断をフロップが求めてくる。

それを受けて、レムは一秒だけ目をつむり、すぐに開けた。

そして――、

「やりましょう。後ろに回ります。フロップさん、一瞬だけ」

「ああ、任されたよ。自慢じゃないが得意なんだ、囮《おとり》になるのはね」

頼もしい答えに頷《うなず》いて、レムとフロップが二手に分かれる。

ちょうど離れの入口、その大扉を破ろうと画策する『敵』の三人組を間に挟み、左右に別行動する形だ。

「――――」

ぎゅっと、レムは鍵を壊すために持ってきた鋼の剣の感触を確かめる。

剣を振るった経験はなく、誰かを傷付けるのが得意な自覚もない。強いて言うなら、スバルの指を折ったのがレムの交戦経験だが、自信の根拠には程遠いと言える。

だが、自信のあるなしではない。やらなくてはならない。

――正念場だ。

「やあやあ、諸君、元気にしているかな？　僕は売り物のない行商人だ。目下、君たちに顔を売るのが目的でね！」

不意に、建物の陰から滑り出したフロップが『敵』たちにそう声をかける。

大した打ち合わせもなく、ぶっつけ本番で相手の注意を引かなくてはならないのに、そのフロップの態度たるや、あまりにも勝負強さが過ぎる。

「……なんだ、お前は」

そのフロップの登場に気を奪われ、振り向いた『敵』がそう声を発した。

冷たく、熱のない声色だが、そこには確かな知性があり、相手が言葉も通じない没交渉の存在だと考えていたレムにはかなりの驚きがあった。

しかし――、

「おや、もしかして話せるのかな？　だとしたら、僕の方も改めるべき態度があるかもしれないところだが、どうだろう」

「ああ、それなら間違いだ。帝国の人間は、全員死んでもらう」

「なるほど。――やっぱり、交渉の余地はないのだね！」

殺伐とした『敵』の返答に被《かぶ》せるように、フロップが声高にそう言い切った。それは一瞬、迷いの生じたレムの心を溶かし、動かすための明快な合図だ。

そこまで聞いてしまえば、レムもその後の行動を迷わなかった。

「あ、あぁぁぁぁ――！」

仕掛けると、そう決めて動いた瞬間、黙っているべきとわかっていながら声が出た。そうして自分を内側から鼓舞しなくては、その後の行動が続かなかった。

鞘《さや》から抜いた剣を振りかぶり、それを力一杯、背中を向けた『敵』に叩《たた》き付《つ》ける。「なっ⁉」と悲鳴が上がったが、無我夢中で二度、三度と剣を振るった。

フロップに注意を向けた『敵』が振り向く隙を与えず、怒涛《どとう》の連続攻撃。何がどのぐらいで相手を戦闘不能にできるかわからないから、やたらめったに振った。

硬い感触が手に跳ね返った覚えはあるが、それ以外のことはかなりぼやける。

ただ――、

「奥さん！　もう大丈夫だ！　全員、もうやっつけたよ！」

「あ……」

懸命な声をかけられ、我に返ったレムは正面にフロップの姿を見る。

その彼との間にいたはずの『敵』を探すと、レムの足下には打ち倒された『敵』――だったものが、バラバラになって散らばっていた。

その、予想と全く違った彼らの倒れ方に、レムは「え」と目を丸くする。

「僕の目には、彼らが割れたように見えた。実際、こうなった残骸を見てみても、陶器や硝子《ガラス》のような割れ方だ」

「……死んでる、んでしょうか」

「少なくとも、こうして粉々になる前から生きていたかは怪しいと思う」

しゃがみ込み、散らばった『敵』の破片を指で摘《つ》まんだフロップが答える。

彼の答えを聞いて、レムは自分がどんな答えを期待していたのか、それを自覚してひどく苦々しい気持ちになった。

生き物の命を奪うことは、レムにとってできるだけ避けたい忌避すべきこと。

だから、打ち倒した『敵』が何なのか、生き物かそうでないかを定義して、自分の心を守りたかったのだと、そう浅ましい期待があったと気付いてしまった。

「奥さん、すぐに彼らの仲間にも気付かれてしまう。急いで離れを開けよう」

そのレムの抱いた感傷を、フロップはこの瞬間は先送りにする判断を下した。レムも、それが正解だとフロップの方針に逆らわない。

せめて、自分の行いに正当性を持たせるべく、離れの扉を開けようとして、気付く。

「え？」

足下の、砕かれた『敵』の破片が、風や地震とは異なる形で不自然に蠢《うごめ》くのを。

「――簡単には死なないんだ。死んでるから」

ゾッと、レムが違和感を覚えた瞬間、そこへ滑り込むように『敵』の声がした。

振り向いて、レムとフロップが打ち倒したはずの『敵』の蘇生《そせい》を目の当《ま》たりにする。バラバラに砕けた陶器が、まるで時間が逆戻りするかのように繋《つな》がり合い、縫い目のようにひび割れを見せつけながらも、元の状態へ。

「――――」

そのありえない光景に硬直し、レムとフロップは身動きを封じられた。

とっさにせめて、フロップだけでも守れればと、レムはグァラルで彼に庇《かば》われたときと真逆のことをしようと、足に力を入れる。

だが、心の乱れが膝の踏ん張りに影響し、不完全な足がそれをさせなかった。

むしろ、『敵』の前で致命的な姿勢の崩れを生んでしまう。

剣を、振り上げなくては。相手よりも早く、なのに。

間に合わない。

「――っ」

ギラと、鈍色《にびいろ》の光が閃《ひらめ》いて、『敵』がレムとフロップへと容赦なく、その手にした剣を叩《たた》き付《つ》けようと――その瞬間だった。

「――エル！」

「ミーニャ!!」

高い二つの声が重なり合い、直後にレムの目の前で起こった異変を主導する。

眼前、剣を振りかぶった三体の『敵』の胸を、背後から命中した紫色の結晶が貫いた。

しかも、驚きはそれだけでは終わらない。

「か」

と、貫かれた『敵』が苦鳴を上げたかと思えば、次の瞬間、『敵』の全身がその胸を貫いた紫色の結晶と同じモノに変わり、またしても砕け散った。

ただし、砕けたという結果が同じでも、その後の展開は同じにならない。紫色の破片となって散らばった『敵』は、今度は復活する兆《きざ》しを見せなかった。

そして、すんでのところでレムとフロップを救ってくれたのは――、

「――待たせたな、レム！　真打登場だ！」

「かしら」

そう勇ましく宣言したのは、外壁を飛び越えて屋敷の敷地に入った赤い疾風馬《はやうま》、その背から飛び降り、背中合わせに腕を組んだ小さな人影だ。

それは黒髪に目つきの悪い少年と、派手で可憐《かれん》なドレスを纏《まと》った少女。二人はその場でビシッとレムたちに振り返り、片目をつむって笑顔を見せた。

派手な登場と宣言、そうする少年と少女、特に少年の顔にレムは目を瞬かせる。そうして、しばし言葉を失ったあとで、レムは言った。

「――誰ですか？」

颯爽《さっそう》と現れたその少年は、少なくともレムの目には誰だかわからぬ人物だったから。

11

――ガンガンと、激しい音を立てて扉を叩《たた》かれ、カチュアは身も凍る思いを味わう。

「いや、いやいや、こないでこないでこないで……っ」

車椅子を部屋の奥に押し込み、癖毛の頭を抱え込んで必死で祈る。

レムとフロップを離れに送り出し、一人で待つと宣言してしばらく。できるだけ、呼吸さえも少なくしてカチュアは潜んでいたつもりだった。

なのに、『敵』に存在を気付かれ、こうして死ぬほど怖い目に遭わされている。

「ついてない。私はやっぱり、ずっとずっと、ついてない……っ」

『敵』がこの部屋の前にやってきたのも、生存者を探そうとしてたまたま行き着いた結果に過ぎない。それで早々と引き当てられるのだから、自分の運は最悪だ。

たぶん、レムたちが戻ってくるのは間に合わない。そんな都合のいいことなんて、自分の身には決して起こらないのだ。

「……兄さん」

はっきりと、扉の外にいる相手の姿を目にしたわけではない。

ただ、レムとフロップの言い分によれば、外をうろついている帝国兵でも叛徒《はんと》でもない第三勢力は、死人のような様相であったという。

死人と言われ、今のカチュアが最初に思い浮かぶのは実の兄であるジャマル・オーレリーだ。殺しても死なないと思われた兄の、まさかの死。

ホロゥでも、せめてもう一目会いたいと、そう思わなくはなかった。

だが、実際に死人が歩き回っているなんてわけのわからない状況になると、思い浮かぶのは兄への執着ではなく、我が身可愛《かわい》さが全てで見苦しかった。

レムやフロップの無事を祈り、自分の代わりに生き延びてほしいなんて、そんな高尚な慈愛の心も持てない。あるのは自愛、どうしようもない自分への自愛だけ。

誰にも愛される価値のない、不完全でどうしようもない自分だけ。

「私、なんか……」

期待したり希望を抱いたり、救われたいと願うこと自体が間違いだった。そんな図々《ずうずう》しいことを考えているせいで、レムたちも巻き添えにしたのではないか。

カチュアの不運と不出来に、レムたちを巻き添えにした結果がこれではないのか。

そんなどこまでも自暴自棄な考えが、いよいよ壊れる兆《きざ》しを見せ始めた扉の軋《きし》む音に遮られ、カチュアの喉が凍り付く。

絶望的な状況を前に、悲鳴を上げることさえ満足にできなそうな自分の体を呪う。

しかし――、

「え?」

扉が破られると、そう思った瞬間だ。

その扉の向こう側、こちらへ押し入ろうとしていた『敵』の動きが止まった。――否《いな》、正確には破壊行為を中断せざるを得なくなった。

何故《なぜ》なら、『敵』のその全身が赤い炎に包まれ、燃え上がったからだ。

そして――、

「脅した微精霊も、最後の一匹だったんだがな」

その、焼かれる『敵』とは別の、違う声が扉の向こうからカチュアに届いた。

悪態めいたその声音に、弾《はじ》かれたようにカチュアは顔を上げる。それからカチュアは車椅子の車輪を回すと、自分から扉に取りついた。

あれほど開けられるのが怖かった扉、その鍵を震える手で外し、開ける。

そうして開け放った扉の向こう、焼かれて黒焦げになる『敵』の亡骸《なきがら》を足蹴に、一人の男が立っていた。

「待たせたな、カチュア。――ここから出るぞ」

見慣れたバンダナを失い、いつもは逆立てた髪を下ろした状態。乾いた血を額や頬《ほお》に張りつけながら、それでも辿《たど》り着《つ》いた男にカチュアは目を見開いた。

そして、その男の方に車輪を回しながら――、

「遅い……遅い、馬鹿！　わ、私が死んだら、殺してやるところだった！」

と、残酷に現れた婚約者の胸へと、涙ながらに飛び込んでいったのだった。

幕間《まくあい》『言祝《ことほ》ぎ』

――帝都の水晶宮《すいしょうきゅう》で、星型の城壁で、叛徒《はんと》たちの本陣で、様々に状況が動く。

事の次第を知るものと、事の次第の一切を知らぬもの。

そうしたものたちが入り乱れ、混沌《こんとん》の坩堝《るつぼ》と化した戦場――否《いな》、ヴォラキア帝国だ。

流血を強い、命が散りゆくことを選び、野心を花開かせるための行動をこそ是とされる大地が脈動し、帝国の歴史に刻まれた屍《しかばね》たちが次々と起き上がる。

それを、悪夢と呼ばずしてなんと呼ぶべきか。

「――『大災』」

そう、悪夢と呼ばないのであれば、『大災』と呼ぶより他にない。

ヴォラキア帝国に蔓延《はびこ》る『星詠み』は、これが世界を滅亡へ追いやる大いなる災いの一つであると、そうした天命が下ったと声高に言い放った。

『大災』の到来と、その後の滅びをこそ防ぐことが『星詠み』の目的だ。

それ故に、これまで彼らは敵ではなかった。

それ故に、ここからの彼らは敵となるのだ。

「ですが――」

持てる全部を費やし、目的を果たそうとするのは『大災』の方も同じこと。

譲れぬ願いを抱くのは、『大災』の方も同じこと。

死んで死なれ、殺して殺され、それが積み上がってできた屍の大地たるヴォラキア。

そのヴォラキアの流した血の全てが、計画の礎たるならば、あとは――。


「――」


それは滅びの象徴たる『大災』の担い手。

かつては王国で猛威を振るい、多くの命の終わりを生み出した最後の『魔女』。

忌まわしき『強欲《ごうよく》』の器として生まれ、その魂を受け切れなかった不完全な受け皿。

疎まれ、殺されかけ、誰にも祝福されない代わりに、自らを言祝ぐモノ。

「いきましょう。計画の成就と、帝国に滅びを与えるために」

宝珠の輝く杖《つえ》を掲げ、迷いない歩みで進む『魔女』――否、屍人《かばねびと》たちの女王に、血の大地から蘇《よみがえ》るモノたちが付き従い、行進が始まる。


――屍人たちの女王、スピンクスと呼ばれた『大災』が往《ゆ》く。

「――要・熟考です」

《了》

あとがき

大事なのは緩急！

どうも、長月達平＆鼠色猫です。＆ではないです。同一人物です。

冒頭のいきなりな一言ですが、32巻の最後で強く主張した物語の醍醐味です。33巻を読んで、皆さん、堪能いただけたでしょうか。

またしても言い訳させていただきますが、この本の最後までいくつもりじゃなかった！

信じてもらえないかもしれませんが、前回の32巻で33巻の内容まで全部入れる予定でした。作者の見通しの甘さに、自分で呆れる次第です。30巻以上やっていて、まだプロットの分量を把握できていない！　リゼロ書いて十年経ってこの有様！

それを言い出せば、そもそも『ヴォラキア帝国編』はリゼロの全体プロットには存在していません。白鯨やヴィルヘルムさんと一緒ですね。書いている間に書きたくなったから書いた、というのが26巻から始まった帝国編の真相です。チシャの思惑が明らかになったのと合わせ、作者の思惑も明らかになる一冊でした。

物語はアベルが仮面を外し、帝国の剣狼を名乗ったところで転換期を迎え、帝国編の決着である八章へ続きます。そうだよ！　全体、一章増えました！

今後とも、この物語の緩急に作者共々振り回されてください！　ありがとう！

さあ、胸の内も明かしてすっきりしたところで、恒例の謝辞へ移らせていただきます。

担当のI様、「知ってるかい？　二月は日にちが少ないんだぜ！」という地獄の中、今回も刊行へ辿り着かせてくださり、ありがとうございます！　地獄を往く道しるべです。

イラストの大塚先生、パワーのあるカバーイラストと屍人の造形、大変ありがたかったです！　おかげでモリモリと、文中でイキイキ彼らを動かせました！　屍人ですが！

デザインの草野先生、映画みたいな屍人の大行進のイラストをより魅力的にしていただき、大変ありがとうございます！　みんないい顔してます！　屍人ですが！

花鶏先生＆相川先生の四章コミカライズ、月刊コミックアライブで毎月連載中ですが、日毎に『魔女』の描き方が魅力的になってすごいです。いつもありがとうございます！

そして、ＭＦ文庫Ｊ編集部の皆様、校閲様や各書店の担当者様、営業様と皆様のお力添えで、このたびの本も完成を見ました。本当にありがとうございます！

最後に読者の皆様、帝国編の見せ場の一つへご到達、ありがとうございます！

ここから怒涛の帝国編の決着まで、さらに見せ場見せ場の連続でいきますので、何卒、最後まで物語を見届けてください！　大事なのは緩急！

それでは！　また次の一冊、帝国編完結章の八章をよろしくお願いいたします！

２０２３年２月《帝国編完結を目指し、気合いを入れながら》

プリスカ
Character Design
ラミア

「さて、閣下。政務が滞っておりますゆえ、大変恐縮ではありますが、次回予告などお願いできましたらありがたく思う次第」

「……貴様、よく俺にそのような話ができたものだな」

「はて、それは忙しいという意味のお答えでよろしかったですかなぁ？　そうであれば不肖、当方が次回予告を行わせていただく次第ですが」

「――。好きにせよ」

「では、そのように。まず、本作のテレビアニメ第三期の製作が決定、すでに告知とキービジュアルの公開が行われております様子。大塚真一郎氏の描かれたイラストも、これはなかなか壮大で、目を楽しませる試みですなぁ」

「貴様の感想を長々と語るな。次」

「お次はこちら、本編の続きとなる34巻は六月発売予定と。しばらくはこの巻と、同時発売されている『Re:zeropedia 2』を肴に、ゆるりとお待ちいただければ」

「『Re:zeropedia 2』……？　なんだそれは」

「おや、興味を持たれましたか？　一冊目と同じく、作品の内容や用語の解説を行ったものでして、今回は第四章から六章までの範囲を物語ったものとなります次第」

「六章……であれば、帝国とは関係ないな。次だ」

「仰せのままに。その他は……ああ、現在第四章のコミカライズが行われておりますが、ついに第五章のコミカライズも始まる様子」

「五章だと？　掲載紙はどうした」

「アライブ＋にて、夏からの連載を予定している次第」

「なるほどな。あれも忙しない男とは思っていたが、それも極まったものだ」

「その点で言えば、閣下もなかなか引けを取らぬ御方かと思いますなぁ」

「──。それで、話は終わりか？」

「いいえ、本作の新作公式ゲームの製作発表に加え、書籍化10周年の記念など、まだまだ語るべきことは数多くある次第。ただ──」

「────」

「ただ、当方が多くを語るのは、ここまでとするのが筋というものでしょうなぁ」

「あれもこれも、多くを抱えたまま去るか。貴様のやり様は変わらぬらしい」

「ええ、閣下も仰いました。その考えのまま、自分に仕えろと。従った次第です」

「帝国史において、貴様ほどの逆臣は存在せぬであろうよ」

「ああ、なんということでしょうか。当方としたことが、そのようなセシルスが喜びそうな扱いを、快く思えてしまった次第」

「ふん。──貴様とあれは、思いがけず似た者同士であったのだろうよ、チシャ・ゴールド」

MF文庫J

Re:ゼロから始める異世界生活33

2023年 3月29日　初版発行
2024年 9月10日　5版発行

著者　長月達平

発行者　山下直久

発行　株式会社 KADOKAWA
〒102-8177 東京都千代田区富士見 2-13-3
0570-002-301（ナビダイヤル）

印刷　株式会社 KADOKAWA

製本　株式会社 KADOKAWA

Printed in Japan　ISBN 978-4-04-682331-1 C0193